ज्ञान गरिमा के
72 वर्ष

भारतीय
ज्ञानपीठ

AF795421

णाणं
पयासयं
वीर नि.सं. 2470
ई.सन् 1944
भारतीय ज्ञानपीठ

बोहनी

(नवलेखन प्रतियोगिता में अनुशंसित कहानी-संग्रह)

प्रकाशक / लेखक की अनुमति के बिना इस पुस्तक को या इसके किसी अंश को संक्षिप्त, परिवर्धित कर प्रकाशित करना या फ़िल्म आदि बनाना कानूनी अपराध है।

बोहनी

भूमिका द्विवेदी

भारतीय ज्ञानपीठ

लोकोदय ग्रन्थमाला : ग्रन्थांक 1324

ISBN 978-93-263-5584-1

बोहनी

(कहानी-संग्रह)

भूमिका द्विवेदी

प्रकाशक : **भारतीय ज्ञानपीठ**
18, इन्स्टीट्यूशनल एरिया, लोदी रोड, नयी दिल्ली-110 003

मुद्रक : विकास कम्प्यूटर्स ऐंड प्रिन्टर्स, दिल्ली-32

आवरण-चित्र : प्रभु जोशी
आवरण : महेश्वर

© भूमिका द्विवेदी

BOHNI
(Short Stories)
Bhumika Dwivedi

Published by
Bharatiya Jnanpith
18, Institutional Area, Lodi Road, New Delhi-110 003
Ph. : 011-24698417, 24626467; 23241619 (Daryaganj)
Mob. : 9350536020; e-mail : bjnanpith@gmail.com
sales@jnanpith.net; website : www.jnanpith.net

First Edition : 2017
Price : Rs. 220

मेरे हमक़दम
मेरे शरीक-ए-हयात,
श्री नीलाभ जी की स्मृतियों को
सादर...

संवाद

"Tomorrow and tomorrow and tomorrow,
Creeps in this petty pace, from day to day,
To the last syllable of recorded time:
And all our yesterdays have lighted fools
The way to dusty death.
Out out brief candle!
Life's but a walking shadow, a poor player
That struts and frets his hour upon the stage,
And then is heard no more."

William Shakespeare
(Macbeth, V,v.)

आने वाला समय कुछ बेहतर लेकर आयेगा, इसी उम्मीद पर हम अपनी ज़िन्दगियाँ जीते हैं... यही ताज़गी, यही ख़्याल और कमोबेश यही फलसफ़ा है, जो बोझिल, वीरान और उलझी हुई गुत्थियों जैसे जीवन को अन्तिम छोर तक बेहतर बनाने का हौसला और परवाज़ देता है।

इन्हीं चिन्तन और मन्थन के इधर उधर एक आम आदमी के जीवन के झरोखों से झाँकते ये कुछ सच्चे, कई बार मीठे, लेकिन ज़्यादातर कड़वे तजुर्बात के नमूने हैं, जो कहानियों की शक़्ल में मेरे बहुत प्यारे और सबसे अज़ीज़ पाठकों के सामने बड़ी ही विनम्रता और सहृदयता से रखे गये हैं।

इन कहानियों में किशोर बेटे खो चुकी चरम ग़मज़दा माँओं के आँसू भी हैं, शादी नाम का लबादा ओढ़ाकर बलात्कार करते पति की नृशंसता भी है। यहाँ दोस्तों का दोस्त शराबी विशम्भर भी है, कर्ज़े की मार से क्षत-विक्षत ज़हरूल हसन भी है, जो मजबूर मेकअप से लिपटी वेश्या के बिस्तर पर बैठा कोई करिश्माई सिफ़त अपनी चिथड़ी होती झोली में समेट रहा है।

और 'एक पैकेट दूध' के लिये तन का मान चीथड़ों में बदलती एक माँ 'लछमी' भी है, पिता-पुत्री के कालिख शुदा दूषित ताल्लुकात की झलक भी है, किशोरी से प्रौढ़ा हुई पूनम यादव का कुटिल प्रतिशोध भी है, जो सियासी गलियारों में नये अहम समीकरण बनाता और बिगाड़ता है। एक मेधावी संघर्ष में आकंठ मुब्तला, विद्यार्थी के सच होते मासूम सपने भी हैं, जिसे कि महज एक रायटर बनना है।

इन तमाम घटना/परिघटनाओं के चौबारों और इनकी वास्तविक ज़मीन के चौपालों से गुज़रते हुए आप, हमारी आपकी ही विविध दास्तानों से ख़ुद-ब-ख़ुद रूबरू होता पाएँगे।

ये कहानियाँ आपके अपने मोहल्लों, गली-कूचों, किवाड़-आँगन-दहलीज़ के इर्द-गिर्द ही एक जाना-पहचाना ख़ाका खींचती नज़र आयेंगी, जो मेरे जाँ निसार सुन्दर सुधी पाठकों के बरअक्स पलकें बिछाये आशीर्वचन की बेचैन राह तकतीं हैं।

–भूमिका द्विवेदी

अनुक्रम

मिस रूबी

नैना शर्मा, करीब चालीस-पचास बरस की एक अर्द्ध-बुजुर्ग महिला थी। एक बहुत बड़े आलीशान मकान की बरसाती में तीन सौ रुपये महीने की किराए की दर से रहती थी। उसके दो बच्चे भी उसके साथ रहते थे। वो एक एडवरटाइज़िंग-कम्पनी में दिहाड़ी-मज़दूरी पर काम करती थी। क्योंकि वो पढ़ी-लिखी औरत थी, इसलिए एक मामूली क्लर्क का काम उसके हवाले किया गया था, ऑफ़िस का रजिस्टर वही अपडेट करती थी। लेकिन फिर भी तनख्वाह आम दिहाड़ी-मज़दूर के बराबर ही मिलती थी। रोज़ाना के आठ घंटे की ड्यूटी के अस्सी रुपये, बस्स यही।

इसकी वजह उसकी बेइन्तिहाँ मजबूरी थी, आखिर दो मासूम बच्चों का पेट जो नैना शर्मा को पालना था। खुद का पेट तो बच्चों को खिलाकर ही भर जाता था।

कभी-कभी ये अस्सी रुपये सौ भी हो जाते थे, जब ओवर-टाइम के चार घंटे और मिल जाएँ, जो कि महीने में एक या दो बार ही नसीब होते थे।

लेकिन ये औरत जिसका नाम श्रीमती नैना शर्मा था, इस काम से फिर भी खुश थी, क्योंकि वो यहाँ भले ही बेहद कमती में लेकिन नेकी और शराफ़त से कमा-खा पा रही थी। ये 'श्रीमती' शब्द उसके नाम के साथ एक कलंक-सा था, जो उसके माथे पर लाल बिन्दी जैसा चिपका हुआ था।

उसके पति चन्द्रशेखर शर्मा ने उसे उसके बच्चों सहित घर से निकाल कर दूसरी औरत रख ली थी। इसे विडम्बना ही कहा जाएगा कि उसे चार हज़ार गज की उस बड़ी-सी हवेली से निकाला गया था, जो उसी के लिए ही खरीदी गयी थी, जिसे उसने ही सजाया था, जिसे उसने ही बसाया था—प्यार से, दुलार से, परिवार से, बच्चों से, गृहस्थी से।

नैना शर्मा के पास अब अपने और अपने बच्चों के लिए कानूनी लड़ाई लड़ने के सिवा कोई चारा नहीं था। ये उस महिला के लिए ना केवल खुद के और उसके बच्चों के हक़ का मुद्दा था, बल्कि आत्म-सम्मान का, सामाजिक प्रतिष्ठा और परिवार

में उसके वर्चस्व के बुनियादी संघर्ष का भी सवाल था।

नैना ने बी.ए. की पढ़ाई के दौरान परिवारवालों की मर्ज़ी के खिलाफ़, प्रेम-विवाह किया था, इसलिए मायके के दरवाज़े भी खटखटाने का विकल्प उसने नहीं स्वीकारा।

उसकी आत्मा की कमाल की शक्ति, उसका जुझारूपन और उसका पढ़ा-लिखा होना ही इसकी मूल वजह थी, कि उसने कभी हार नहीं मानी, उसने कभी बच्चों सहित रेल की पटरियों पर बिछ जाने की कल्पना भी नहीं की। ना कभी उसने ज़हर खाने का विचार भी मन में आने दिया, उसके स्वाभिमान के चलते उसे भीख माँगना या बच्चों से मँगवाना भी गवारा ना हुआ। उसके मजबूत नैतिक मूल्यों ने उसे किसी रईस की रखैल भी नहीं बनने दिया, और अपने नेक इरादों के रहते वो ना ही किसी गलत धन्धे में ही लग सकी। वो सही, सच्चे और ईमानदार तरीके से बेहतरी की दिशा की ओर अपने बच्चों को ले जाने के लिए दृढ़-प्रतिज्ञ थी। यही उसकी इबादत थी, यही उसका धर्म था।

उसके दोनों बच्चे उसके साथ थे, हर कदम पर। गरीबी में-अमीरी में। सुख में-दुख में। हर वक़्त हर स्थिति में। शायद यही नैना की असली ताकत भी थे।

बेटी बड़ी थी, बेटा छोटा। दोनों स्कूल जाते थे। बेटी तेरह और बेटा सात बरस का था।

करीब डेढ़ साल से ये टूटा हुआ, लेकिन अन्दर से मजबूत बँधा परिवार इस मकान-मालिक की छत्रछाया में अपनी बिखरी ज़िन्दगी संवारने की जीजान से कोशिश कर रहा था। मकान-मालिक रिटायर्ड आर्मी अफ़सर था। जिस बरसाती यानी सबसे ऊपरी छत के एक कमरे में ये लोग रह रहे थे, उसमें पहले मकान-मालिक का सरकारी घरेलू नौकर रहा करता था। रिटायरमेंट के बाद उस नौकर को छुट्टी मिल गयी और वो ये टूटी-फूटी गैलेरी छोड़कर चला गया और कर्नल के लिए मुफ़्त में तीन सौ रुपये महीने की आमदनी बँधा गया। कर्नल नैना देवी और उसके बच्चों पर जो अहसान चढ़ा रहा था, वो अलग था। कर्नल मोहल्ले में सीना तान कर चलता था, कि गरीब बेसहारा को आश्रय दे रखा है। मूछों पर ताव दे देकर बताया करता था, 'मुझसे मजलूम औरत और बच्चों का दु:ख देखा नहीं जाता है। भगवान के नाम पर कोई रकम भले ही मैं ना दूँ, लेकिन जहाँ तक कर सकता हूँ मैं मदद के लिए हमेशा सबसे आगे खड़ा रहता हूँ।'

ये वही परोपकारी मददगार हैं जिनसे उस दस बाय दस की बरसाती के लिए नैना देवी ने केवल पचास रुपये कम करने को कहा था, और पूरे तीन सौ रुपयों में एक पाई भी कम नहीं की थी। ऊपर से ये अलग कहता था बिजली-पानी तो मुफ़्त दे रहा हूँ। आज भी किराया बढ़ाने के लिए टोकता ही रहता है।

बहरहाल, इसी बीच इस मकान में एक और किरायेदार आए। अरविन्द और उसकी बीबी रूबी और उनकी एक तीन साल की बच्ची प्रिया। जिन्होंने मकान का एक बड़ा हिस्सा यानी की पूरा दूसरा खंड, किराए पर ले लिया चार हज़ार रुपये प्रति महीने के हिसाब से, और आते ही मकान-मालिक को छह महीने का अग्रिम किराया भी दे डाला। अरविन्द इनकम टैक्स विभाग में दूसरे दर्जे के अधिकारी थे, पास के ही शहर से तबादले के कारण यहाँ आ पहुँचे थे। अख़बार में विज्ञापन देख कर किराए के लिए इस मकान का पता मिला था। दो नम्बर का पैसा बरसता था, इनके घर-आँगन। छह-महीना क्या छह साल का किराया भी अदा करना इनके लिए कोई बड़ी बात नहीं थी।

मकान-मालिक इस दौलतमन्द दम्पत्ति को किरायेदार के रूप में पाकर धन्य-धन्य हुआ जाता था।

दो हज़ार गज में फ़ैला-पसरा ये मकान तीन खंडों में बँटा था। सबसे नीचे शानदार बागीचे से सुसज्जित हिस्से में मकान-मालिक खुद रहा करता था, दूसरे खंड में, जहाँ तीन बड़े बेडरूम, दो बड़े हाल, सफ़ेद संगमरमर से सजी रसोई-बाथरूम वगैरह, और एक बड़ी सी खुली पक्की छत। तीसरा हिस्सा सबसे ऊपर की वो एक संकरी-सी गैलरी, जिसे नैना देवी का परिवार 'कमरा' कहता था, जहाँ हर मौसम की भरपूर मार एक बरसाती झेलती थी और खुली हुई आधी बनी, आधी कच्ची छत। इसमें रहनेवालों का बाथरूम सबसे नीचे था। इन्हीं आधी-पूरी सुविधा के हिसाब से किराए भी नियत किये गये थे।

कहानी अब शुरू होती है, जब मिसेज़ अरविन्द, जो खुद को 'मिस रूबी' कहलवाना पसन्द करती है, जब उसने उनके साम्राज्य की पताकाएँ उस दो हज़ार गज के विस्तृत परिक्षेत्र में फ़ैलानी शुरू कर दी। मिस रूबी ये मानकर चल रही थी, कि न सिर्फ़ वो मकान, बल्कि मकान-मालिक भी उसकी सल्तनत का हिस्सा हो चुका है। वो ना केवल बेधड़क मकान के तीसरे खंड तक चहलकदमी के लिए पहुँच जाती थी, बल्कि वहाँ पहुँच कर गाहे-बगाहे नैना और उसके बच्चों पर सलाहें और नसीहतें भी उड़ेल आती थी। पूरे नीचे के बागीचे पर भी उसकी पुश्तैनी-मल्कियत का-सा अहसास होने लगा था। उस पूरी ज़मीन पर वो जहाँ, जो चाहे रखती-उठाती थी, दरअसल अब ये लगता ही नहीं था कि वो किरायेदार रह गयी है।

रिटायर्ड कर्नल को इससे रत्ती भर का भी ऐतराज़ नहीं था। बल्कि वो तो मारे खुशी के झूम रहा था, कि उसके इस उजड़े दयार में किसी अफ़सर की जवान बीवी अपनी खुली-खुली टाँगों की नुमाइश, हर महीना चार हज़ार रुपये देकर कर रही है। पश्चिमी सभ्यता के रहन-सहन-खाने-कपड़े से जबरदस्त प्रभावित मिस रूबी यदा-कदा केक और पुडिंग बना कर कर्नल को चाटने के लिए भी थमा आती

थी। कर्नल उसे भगवान के प्रसाद से भी ज़्यादा अकीदत से, ऐहतराम से ग्रहण करता था, और केक/पुडिंग से कहीं ज़्यादा जमकर केक बनानेवाली की तारीफ़ों के पुल पर पुल बाँधे जाता था। कभी-कभी तो लगता था यदि कर्नल मकान-मालिक ना होकर मिस रूबी का यदि किरायेदार भी होता तो सम्भवतः खुद को अनुग्रहीत ही समझता, यहाँ तो खुद मिस रूबी किरायेदार थी, अब तो कहने ही क्या।

कर्नल की ये सब हरकतें कर्नल की बीवी को रास नहीं आती थी। वो एक शान्त, घरेलू, धार्मिक, सुलझी हुई ग्रामीण महिला थी। इधर-उधर से दबी ज़बान से नैना से कहा भी करती थी, 'इनकम टैक्स का अफसर है, अब अपनी मेहरारू को नंगा नचाये, मुझे क्या...दुनिया में हँसी उसी बेसरम की होती है, वो जाने, उसका काम जाने...कौन बोले इन लोगन के बीच में...। सीख ना दीजे बानरा, जे अपनी हानि कराये...'

लेकिन कर्नल था कि, मिस रूबी से ये कहने में भी कभी नहीं चूकता था कि वो उसे अपना ही घर समझ कर रहे, उसे अमीरी-गरीबी या मकान-मालिक और किरायेदार जैसे भेदभाव पर ज़रा भी यकीन नहीं।

लेकिन साथ ही साथ दूसरी तरफ़ यही वो शख़्स था जो नैना शर्मा के साथ पूरी अमीरी और गरीबी रेखा का साफ़-साफ़ विभाजन करके ही व्यवहार तय करता था।

नैना इस बात का पूरा ध्यान भी रखती थी, उसने अपने बच्चों को बाकायदा सख़्त हिदायत दे रखी थी, कि वे नीचे किसी के भी हिस्से में ना जाएँ, किसी भी काम से नहीं, खेलने भी नहीं। किराया भी वो पूरी कोशिश करती थी कि समय से एक दिन भी देरी से ना दे, भले ही उसे और उसके बच्चों को एक दिन फ़ाँके करने पड़ जाएँ। उसके पति के अलगाव के बाद आज उसे ये दिन देखने पड़ रहे थे, वरना तो कर्नल के इस मकान से कहीं विशाल कोठी की तो वो खुद मालकिन रही थी। शर्मा-परिवार अपने मोहल्ले का, खासा जाना-माना, रईस और रुतबेदार परिवार था।

खैर, 'रहिमन चुप हो बैठिये, देख दिनन के फेर...।' नैना किसी बेवजह की बहस-मुबाहिसा से खुद को अलग किये, सिर्फ़ बच्चों की पढ़ाई-लिखाई और श्रीमान् शर्मा से अपनी लड़ाई के सिवा खुद को कहीं उलझाती ही नहीं थी। आसपास क्या हो रहा है, क्यूँ हो रहा है, उसे कुछ लेना-देना नहीं था। अड़ोस-पड़ोस में कौन आया कौन गया, किसकी सगाई, किसका ब्याह-मुँडन-जनेऊ हुआ है कि होनेवाला है, उसे कुछ खबर ही नहीं होती थी।

उसका राबेता था तो बस अपने बच्चों की पढ़ाई-लिखाई से, होम-वर्क से, स्कूल और स्कूल के टाइम-टेबल से, और सबसे ज़रूरी उन प्यारे बच्चों की स्कूल-फ़ीस से था। उसकी बची हुई ज़िन्दगी दफ़्तर में गुज़रती थी।

यही दिन, यही रात, यही जाड़ा-गर्मी-बरसात और यही कुल जीवन की गति थी, नियति थी।

लेकिन दुनिया और दुनियावालों को ये सब गँवारा नहीं होता। उन्हें मजबूर को सताने में मज़ा आता है। उन्हें दुखी को दुख पहुँचाने में सुख मिलता है। इन दुनियावालों में मिस रूबी जैसे व्यक्ति बहुतायत में शामिल होते हैं। और इन जैसों का इलाज भी कठिन होता है।

एक दिन झरना, नैना की बेटी अपने छोटे से कमरे की सफ़ाई कर रही थी। माँ काम पर गयी हुई थी। झरना ने कमरे में सलीके से झाड़ू मारी और कूड़ा समेट कर एक-एक सीढ़ी से उतारने लगी। उसके कमरे तक पहुँचने की कुल जमा आठ-दस सीढ़ियाँ ही थीं, जो नीचे अरविन्द के दरवाज़े के बाहर से ही और गलियारे को पार करते ही नीचे के फ़्लोर को मुड़ जाती थी। झरना हमेशा की तरह गलियारे से पहले ही अपने घर का कूड़ा, कूड़ेदान में डालकर वापस लौट आती थी। आज भी झरना कूड़ेदान उठाकर चली ही थी, कि कुछ देर से अपने दरवाज़े से घूर रही श्रीमती अरविन्द यानी कि रूबी, ने उसे रोका,

'ऐई यू...ये बाकी की सीढ़ी कौन साफ़ करेगा?'

झरना को रूबी का बर्ताव वैसे ही बिलकुल नापसन्द था, वो अच्छी तरह से जानती थी, कि यही वो मिस रूबी है, जो हर वक़्त उसे और उसकी माँ को बेइज़्ज़त करने का मौका खोजती-फिरती है। झरना को उसकी बेमतलब की जिज्ञासायों, बेवजह की सलाहों और फ़िज़ूल की नसीहतों से सख़्त नफ़रत थी।

झरना ने पलट कर जवाब दिया—

"माइ नेम इज़ नॉट यू। ओके? इट्स झरना। सो, नाओ कॉल मी झरना।"

इसी समय रूबी की कामवाली भी आ गयी और उसने अपनी मालकिन को पलट कर जवाब पाते देख-सुन लिया।

झरना ने बिना रुके आगे कहा—

"और ये जो आयी हुई है, क्या आप इसे तनख्वाह नहीं देतीं। ये ज़रूर साफ़ कर देती कर्नल-अंकल के मकान की बाकी सीढ़ियाँ। ओके।"

इतना झन्नाटेदार जवाब पाकर मिस रूबी बुरी तरह तिलमिला गयी।

लेकिन बन्दी हार नहीं मानी—

"यू जस्ट शटअप। ओके। खामोश रहो वरना इस घर में रह नहीं पाओगी, समझीं।"

"नाइदर यू आर माय टीचर, नॉर माइ पेरेन्ट। आए'म नोवन टु ओबे यू। सो नाउ यू शटअप मिस रूबी।"

दीदी की आवाज़ की तेज़ी सुनकर झरना का छोटा भाई भी वहीं आ खड़ा

हुआ। इधर कामवाली भी तीखी धारदार मुस्कान छुपाती हुई, वहीं खड़ी रही और रूबी की इज़्ज़त उतरने का जैसे इन्तज़ार करने लगी।

अब मिस रूबी ने तो जैसे आपा ही खो दिया हो। उसने पूरा ज़ोर लगा कर, अपना एकमात्र सबसे दमदार ब्रह्मास्त्र छोड़ दिया।

'इसीलिए तो बाप ने घर से निकाल दिया है...बेघर कहीं की...माँ-बेटी सब सड़क पर इसीलिए तो हैं...।'

मिस रूबी के पास इससे कड़वा कुछ बोलने को था ही नहीं। वो अपनी तरफ़ से, अपना सर्वोत्तम दे चुकी थी।

झरना तो खून के घूँट पीकर चुप रह गयी, लेकिन उसका सात बरस का छोटा भाई खुद को रोक नहीं पाया और वहीं फूट-फूट कर रोने लगा। झरना उसे गोद में उठा कर ऊपर अपने कमरे में चली आयी।

शाम होने पर माँ आयी, तब तक यूँ तो बच्चा चुप हो गया था। लेकिन माँ को देखकर वो फिर रो पड़ा।

माँ ने पूरी बात सुनी और गुनी। वो दोनों बच्चों के साथ अरविन्द के दरवाज़े तक आयी और कॉल-बेल बजायी।

अरविन्द ने ही दरवाज़ा खोला, वो भी अपने दफ़्तर से लौट आया था।

''अरविन्द भाईसाहब, मुझे आपसे दो मिनट बात करनी है, क्या थोड़ा-सा वक़्त है आपके पास?'' नैना देवी ने अपने हमेशा की तरह सधे से हुए स्वरों में कहा।

''हाँ, हाँ मिसेज़ शर्मा, कहिए। आइये अन्दर आकर बात करते हैं'' अरविन्द अपने विभाग में चाहे जितना दो नम्बरी पैसा बनानेवाला हो, घूसखोर हो, चाहे जैसा भी बर्ताव रखता हो, लेकिन यहाँ वो एक सभ्य और पढ़े-लिखे, भद्र-पुरुष की तरह पेश आ रहा था। वो भला-मानस बड़ी ही शान्ति से जमकर घूस लेता, मन भर की तन्ख्वाह उठाता और खामोशी से जी भर के खर्चता था। वैसे भी उसकी तेज आवाज़ भी कभी किसी ने सुनी नहीं थी।

नैना फिर पूरे सन्तुलित रवैये से आगे बोलीं—

''नहीं भाईसाहब अन्दर आने का कोई औचित्य ही नहीं। मैं यहीं ठीक हूँ, आप अभी ही ऑफ़िस से आए होंगे, इसलिए पानी-चाय पी लीजिए, फिर आपसे दो मिनट मुझे चाहिए...क्या आप दे सकेंगे?''

''जी आप कहिए...मैं एकदम आपको सुनने के लिए ठीक हूँ। आप बताइये...। प्लीज़...''

''देखिये अरविन्द भाईसाहब, मुझे आपसे महज इतना कहना है, कि इन बच्चों के पिता से, यानि मेरे पति से मेरा मुकदमा चल रहा है। उनका मुकदमे में कहना है,

कि मेरी पत्नी मेरे बच्चों को लेकर घर छोड़ कर चली गयी है। उनके मुताबिक मैं एक बदचलन महिला हूँ और अय्याशी करने के लिए घर से भाग आयी हूँ। और दूसरी तरफ़, इसी मुकदमे में मेरा कहना है, कि उन्होंने अपनी अय्याश ज़िन्दगी जीने के लिए मुझे मेरे बच्चों सहित घर से निकालकर बाहर फेंक दिया है। वो एक बड़े वकील हैं और मेरा मुकदमा कमज़ोर है, आपकी पत्नी भी यही कहती हैं कि वकील-साहब ने हमलोगों को घर से निकाल फेंका है...। आज मेरी ग़ैरहाज़िरी में उन्होंने मेरे बच्चों से भी यही कहा है। अब यदि आप अपनी पत्नी को अनुमति दे दें और वो मेरे मुकदमे में मेरी तरफ़ से गवाही दे दें, तो आप और आपकी बीवी के सहयोग से मेरा मुकदमा मजबूत हो जाएगा। बस मुझे आपसे इतनी ही दरख्वास्त करनी है।''

नैना देवी ने आधे मिनट में अपनी मुख़्तसर-सी गम्भीर बात पूरी की पूरी कह दी।

अरविन्द बड़ा हतप्रभ हुआ, वक़ील-कचहरी-मुक़दमा जैसे अल्फ़ाज़ सुनकर उसकी घूसखोर आत्मा बहुत घबड़ा-सी गयी। उसने फौरन कहा—

''आप क्या कह रहीं हैं भाभी जी...रूबी ने ऐसा कहा... ?'' वो बात बीच में रोककर रूबी को ज़ोर से पुकारने लगा, ''रूबी...। रूबी...यहाँ आओ।''

मिस रूबी प्रगट भई...

पूरी तरह से अंजान बनकर बोली, ''क्या हुआ ?''

अरविन्द बिना एक भी क्षण गँवाये बोला, 'तुमने इनके बच्चों से आज क्या कहा है ? तुमने इनके फ़ैमिली-मैटर पर कोई भी बात क्यूँ कही है ?''

''मैंने क्या कहा...मेरा वो मतलब नहीं था...। बस'' रूबी अब भी बात की नाज़ुकी नहीं समझ रही थी।

लेकिन अरविन्द फ़िलवक़्त बहुत गम्भीर था, और उसकी आवाज़ तेज़ हो चली थी, ''सच-सच कहो, तुमने क्या कहा ?''

''ओ अरविन्द, यू डोन्ट नो, हाउ अनऐजुकेटेड दीज़ पीपल आर...। मैंने तो बस इतना ही कहा कि इन्हें इनके घर से इस बदतमीज़ लड़की की बदज़बान के कारण निकाला गया है...''

''इनके या किसी के भी पारिवारिक-मामले में दख़ल देने का तुम्हें कोई हक़ नही पहुँचता। तुम इनसे इसी वक़्त माफ़ी माँगो...ये उम्र में तुमसे बड़ी हैं, इस बात का ख़याल तुम्हें खुद होना चाहिए...। जस्ट से सॉरी।'' अरविन्द नाराज़ होकर एक रौ में बोलता गया।

''सॉरी, माय फुट्ट...मैं क्यूँ सॉरी बोलूँ...इस रूड लड़की ने मुझे मेड के सामने शटअप बोला।''

अब नैना देवी ने फिर सौजन्यता से कहा—

''भाईसाहब रहने दीजिए, छोड़िये...बात बढ़ाने की मेरी कोई मंशा नहीं...बस बच्चों से कुछ ना कहें, इतनी ही गुज़ारिश थी मेरी...वरना तो ये आपकी बात भी नहीं मानतीं...''

अरविन्द इस पूरे प्रकरण से दुखी हुआ था और अपनी बीवी से उखड़ गया था।

''रूबी मैं तुमसे कह रहा हूँ, जस्ट से सॉरी। राइट नाउ।''

नैना देवी फिर अरविन्द को समझाने लगीं, ''देखिए आप परेशान ना होइए। बस इनसे कह दीजिएगा इन्हें भला-बुरा जो कहना है मुझसे कहें...बच्चों को बीच में लाने का कोई मतलब नहीं। मेरे मासूम बच्चे, वैसे ही बाप के रहते हुए भी बेबाप के हो चुके हैं। वो बहुत नादान बच्चे हैं, उनका दिल दुखता है। बस भाईसाहब मुझे इतना ही कहना था, मैं अब जा रही हूँ।''

अरविन्द ने आखिरी बार रूबी से पूछा, ''तो तुम माफ़ी नहीं माँगोगी...इज़ दिस योर फ़ायनल डिसीज़न?'

जवाब में रूबी ने नैना देवी की ओर देखकर तकरीबन चिल्लाते हुए कहा—

''सॉरी'' और वो तुनक कर, पैर पटकते हुए, घर के भीतर चली गयी।

अरविन्द ने बेहद धीमे स्वर में नैना देवी से क्षमा-याचना की।

''भाभी जी मैं आपसे मेरी बीवी की तरफ़ से हाथ जोड़कर माफ़ी माँगता हूँ। मैं आपकी दिल से बेहद इज़्ज़त करता हूँ...आप बड़ी हैं, आपका दिल बड़ा है, आप मुझे ज़रूर माफ़ कर देंगी। मैं आपके संघर्ष की इज़्ज़त करता हूँ। आप अकेले अपने बच्चों की सिंगल-पेरेंट बनकर बड़ा कर रही हैं। मेरी नज़र में आपका बड़ा सम्मान है, मुझे प्लीज़ माफ़ कर दीजिए, हमारे कारण आपको बहुत दुःख पहुँचा है। बस मैं और कुछ कहने लायक नहीं। कुछ और कहने का मेरा मुँह ही नहीं छोड़ा इस औरत ने...'' इतना कहकर अरविन्द दुखी मन से सिर झुका कर वहीं खड़ा रह गया।

नैना देवी भी नमस्कार करके अपने बच्चों सहित अपने कमरे में लौट आयीं।

इस वाक़ये के बाद रूबी इन शर्मा-परिवार के सामने पड़ने से बचने लगी।

संयोग से अगर माँ-बेटी किसी से आमना-सामना हो भी गया, तो नज़र नहीं मिलाती थी। उसकी कामवाली भले ही गाहे-बगाहे मुस्करा देती थी।

पता नहीं रूबी को कोई अपराध-बोध जैसा कुछ था, या कुढ़न थी, या शर्मिन्दगी थी, नाराज़गी थी, या फिर उसमें कुछ सुधार था, पता नहीं क्या था लेकिन रूबी का तेवर अब बहुत बदला हुआ था।

उसकी तेज़ आवाज़ जैसे पहले यहाँ-वहाँ-जहाँ-तहाँ सुनाई दिया करती थी, अब सुनने में नही आती थी। अब तो वो कर्नल के साथ गार्डन में भी कम दिखती

थी। अब उसकी बेटी की किलकारियाँ ही सुनने में आती थी।

बहरहाल उस घटना के करीब बारह-बीस दिन बाद कर्नल साहब के फ़ाटक पर एक ट्रक रुका और अरविन्द उसमें मज़दूरों के साथ अपने सामान रखता हुआ दिखायी दिया। आज मिस रूबी बेहद झल्लाई हुई थी और अपनी कामवाली को जाने से पहले भरपूर झिड़कियाँ परोस रही थी।

मिस रूबी रुख़सत हुईं।

कर्नल अपने मकान का विज्ञापन देने फिर लोकल-अखबारों के दफ़्तर निकल गया। बेचारे का आई-टॉनिक तो जो गया सो गया ही, केक-पुडिंग भी छिन गया।

इस पूरे ऐपिसोड में जो सबसे प्रसन्न प्राणी था, वो कर्नल की बीवी थी, जिसकी मनचाही मुराद बिना किसी प्रयास के ही पूरी हो गयी थी।

मायूस परिन्दे

दंगा अपने पूरे शबाब पर था। सरकारी दफ़्तर, इमारतें, गाड़ियाँ धू-धू कर जल रही थीं। दुकानों पर ताले पड़ गये थे। बाज़ारों में सन्नाटा पसरा था। सड़कों पर जली हुई सरकारी बसों के टायर टहल रहे थे और कार-मोटरों के परखच्चे मँडरा रहे थे। भले ही कर्फ़्यू का ऐलान हो चुका था, फिर भी पुलिसिया गश्त, लाशों के सड़ते गोश्त और चील-कौव्वों की वजहों के चलते, सड़कें वीरान नहीं कही जा सकतीं थी। इस इलाक़े में बसी हुई आवाम की जानें हलक़ में अटकी हुई थी, ख़ासकर बीच बाज़ार और चौक-इलाक़े में रहनेवालों की हालत बदतरीन थी। लोगों ने अपने घर की खिड़की-दरवाज़े इस क़दर बन्द कर रखे थे, गोया मकानों में कोई रहनवारी बची ही ना हों।

ज़हरूल ख़ुदाबक्श अंसारी बहुत लाचार-सा कभी आसमान ताकता, कभी अपने छोटे-से आँगन में इस पार से उस पार तेज़ क़दमों से चहलक़दमी करता, कभी रुक कर चिलम के दो-तीन कश खींचता। उसकी बेकली का बयान मुश्किल था। उसका तकरीबन सवा साल का नवासा लगातार रोए जा रहा था। वो नन्हीं-सी जान दोनों बूढ़ा-बूढ़ी के जी को हलक़ान किए था। आँगन के किनारे कच्ची ज़मीन पर बैठी ज़ोहरा उसे गोद में लिए, हाथ का बना पंखा झले जा रही थी और किसी भी तरह उस रोते बच्चे को चुप कराने की कोशिश भी कर रही थी।

'मेरी बात मानो तो पीछे की सड़कवाले पुजारी के पास रख आओ इसे। वो लोग अभी-अभी निकले हैं इस गली से, फिर लौट के आने में कुछ वक़्त तो लग ही जाएगा। तब तक तुम पुजारी के यहाँ से हो आओगे। कम से कम कुछ दिन तो इसे वहीं छुपा रहने देते हैं...। देखो उन कमबख़्तों का कोई भरोसा नहीं, वो इस नादान को भी नहीं छोड़ेंगे...सुन रहे हो ना...।' ज़ोहरा की आवाज़ बेइन्तिहाँ घबड़ाई हुई थी।

''हम्म्...। सुन रहा हूँ...'' ज़हरूल एक जगह थम गया। उसकी बेचैन टहल

ज़रा रुक गयी, 'कहती तो तुम ठीक हो, पुजारी के अपने भी दो-तीन बच्चे हैं। वहीं मन्दिर के चौबारे में खेलते रहते हैं। उसके कुनबे में ये महफ़ूज़ तो रहेगा। लेकिन...। लेकिन पुजारी मानेगा, इस बात पर ऐतबार नहीं मुझे...।''

''मानेगा क्यूँ नहीं...ज़रूर मान जाएगा। उसने पिछली बार भी हमारी पूरी मदद की थी...। और फिर देखो, कुछ ही दिन की तो बात है...दंगा ख़त्म हो या ना हो, इन कमीने पुलिसवालों का दौरा ज़रूर कम हो जाएगा...फिर हम अपने लाल को वापस ले आएँगे...। जो माल-असबाब था घर पे, सब तो छानकर ले गये वे मरदूद...। अब तो यही एक घर का चिराग़ बचा है हमारे पास...इसकी हिफ़ाज़त ना कर सके तो हमलोगों के जीने का कोई मतलब ही नहीं...मेरी बात मानो, फौरन निकल जाओ तुम...महमूद यहाँ होता तो ज़्यादा फ़िक्र करने की ज़रूरत नहीं थी...। लेकिन महमूद को भी इसी दम जाना था...मेरी समझ से इस नाजुक वक़्त कम-अज़-कम इसे मासूम को यहाँ से हटा देना ही बेहतर है। तुम वक़्त ख़राब मत करो। जल्दी जाओ, वरना वे कमीने किसी भी घड़ी आ धमकेंगे...ख़ुदा ना करे कि वे पलट के आएँ, लेकिन अगर वे आ ही गये तो मैं उन्हें तब तक उलझाए रखूँगी, जब तक कि तुम नहीं लौट आते...।''

''ठीक है, तुम्हारी बात मान कर चला तो जाता हूँ, पुजारी ना माना तो उलटे पाँव लौट के आ ही जाऊँगा...ख़ैर, लाओ दे दो इसे मुझे। वो उस बड़ेवाले तौलिए में लपेट करके दे दो...।''

दोनों मियाँ-बीवी की थोड़ी देर बाद की रज़ामन्दी के चलते ज़हरूल अपने नन्हें नवासे को गोद में उठाए, पीछेवाले दरवाज़े से संकरी गली की ओर निकल गया।

उसके निकले अभी मिनट भी पूरा नहीं बीता था, कि ज़ोहरा ने मुख्य-दरवाज़े पर कुंडा खटखटाने के साथ-साथ, आती हुई तेज़ मर्दाना आवाज़ें सुनी...। 'धड़ धड़ धड़...। धड़-धड़-धड़...। अरे मनहूसों कहाँ मर गये हो, दरवाज़ा खोलो...। धड़-धड़-धड़...।'

ज़ोहरा सर का दुपट्टा ठीक करती, ख़ुदा से सलामती की दुआ माँगती हुई, जल्दी-जल्दी दरवाज़े तक पहुँची। उसके सांकल गिराते ही पुलिस की वर्दी पहने तीन हवलदार, एक ड्राईवर और एक दारोगा, कुल पाँच मर्दाने घर के भीतर धड़धड़ाते हुए दाख़िल हो गये। उनमें से एक गुर्राते हुए बोला—

''दरवाज़ा खोलने में इतनी देर क्यों की...''

''सेवइयाँ छान रही होगी बैठकर...। हमें खिलाने के लिए...। हा हा हा हा...'' दूसरे ने खिल्ली उड़ाई...उसकी बात सुनकर सभी हँसने लगे।

ज़ोहरा ख़ामोश खड़ी, अपना दुपट्टा कसके पकड़े, इन जाहिल ठहाकों को

सुनती रही। ज़ोहरा इन मनहूसों के नापाक़ इरादे ख़ूब जानती थी। ये उनका कोई पहला फेरा तो था नहीं। सिर्फ़ इसी घर क्यूँ, आसपास के तक़रीबन सभी घरों में ये इनसान का भेष धरे ये भेड़िये बारी-बारी से चक्कर लगाते थे। अव्वल तो दंगों की माराकाटी के चलते और ऊपर से इन सभी सरकारी वर्दीवाले डाकुओं के ज़ुल्मों की वजह से पूरे के पूरे दंगे से प्रभावित इलाकों के लोग अपने घरों को बन्द करके, क़ीमती चीज़ें समेटकर कहीं ना कहीं महफ़ूज़ ठिकानों को जा चुके थे। आसपास के मकानों में केवल ज़हरूल और ज़ोहरा ही थे, जो बेटे की ग़ैरमौजूदगी और बहू की बीमारी के चलते रुक गये थे, और इन गिद्धों के शिकार बन रहे थे, वरना तो, झगड़ा बढ़ने का अन्देशा ज़हरूल को पहले ही हो चुका था, और वो कोई ना कोई ख़ानदानवालों के पास अब तक चला भी गया होता।

अब की बार कमीनों का सरताज दारोगा, अकेली औरत ज़ोहरा से बोला, "बोलती क्यों नहीं...। ज़बान पर ताले जड़ें हैं क्या...। जवाब दे, कहाँ है बेटा तुम्हारा...शहर में फ़साद कराता है, और घुस जाता है अम्मा के पल्लू में...। निकाल कर ला उसे...कहाँ छुपा के रखा है...और वो बुड्ढा, शौहर कहाँ है तुम्हारा...दिख नहीं रहा...पिछली बार तो यहीं बैठा था साँड़ जैसा...अब कहाँ मर गया...।"

"जी.../ साब, वो.../ न न नमाज़ पढ़ने.../ गये हैं..." ज़ोहरा ने हकलाते हुए ज़हरूल को बचाने की कोशिश की।

इस पर दारोगा फिर चीख पड़ा—

"नमाज़ पढ़ने गया है...लेकिन पूरे इलाक़े में कर्फ़्यू लगा है, वो हरामज़ादा क्या ये नहीं जानता...ये तो सरासर सरकारी हुक़्म की नाफ़रमानी है...। आने दो साले को, अभी अन्दर करता हूँ...। लड़का है कि शहर भर का गुण्डा बना फिरता है और माई-बाप अल्लाह का नाम ले रहे हैं...। बहुत खूब...आख़िरी बार तुम्हारे लड़के को दंगाईयों के साथ देखा गया है, तुम लोग लाख अल्लाह का नाम लो, उससे कुछ नहीं होनेवाला...समझी...। बस एक बार तुम्हारा लाडला हत्थे चढ़ जाये हमारे, फिर देखना क्या गत बनाते हैं उसकी...एक-एक जुर्म कबूलवा के रहेंगे...।"

"साहब उसने कुछ नहीं किया, यक़ीन कीजिए मेरी बात पर। वो तो लड़ाई-झगड़ा होने से पहले ही शहर से बाहर हाजी बाबा की मज़ार पर चादर चढ़ाने चला गया था...उसकी औरत भी बहुत बीमार थी, उसे तो इन फ़सादों का कोई इल्म भी नहीं..."

इस पर हवलदार ज़ोर से चीखा।

"चुप्प्प...। बहुत ज़बान चलती है तेरी...। साहब के मूँ लगती है..."

ज़ोहरा सहम गयी, चुप होकर दारोगा को देखने लगी—

दारोगा भी उसे घूरने लगा, फिर इधर-उधर झाँककर बोला—

"बहू नहीं दिखाई दे रही तुम्हारी, तुम कह रही हो, बीमार है...। तो फिर मर गयी क्या..."

"अल्लाह ना करे साहब, वो मायके चली गयी...।" ज़ोहरा की जान हलक़ में अटकी थी।

थोड़ा रुककर दारोगा फिर बोला—

"हाँ...। तो तुमने बताया नहीं...दरवाज़ा खोलने में इतनी देर क्यूँ हुई तुम्हें...। ज़रूर अपने लड़के को छुपा रही होगी, पीछे के दरवाज़े से भगा रही होगी...। क्यों...। बोल...जवाब दे मेरी बात का...।"

"जी वो...। जी मैं ज़रा ऊँचा सुनती हूँ...। देर से आवाज़ें आई मुझे..." ज़ोहरा ने बहुत धीमी आवाज़ में जवाब दिया।

"कमीनों की इस टोली का सरदार, ज़ाहिराना तौर पर दारोगा ही था, उसने ज़ोहरा को गलीच नज़रों से देखा और उसका दुपट्टा उसकी पकड़ से, एक झटके से छीनते हुए बोला, 'अच्छा...। तो ऊँचा सुनती हो तुम...लेकिन इतनी उमर तो नहीं लगती तुम्हारी...भरी जवानी में ऊँचा सुनने लगी हो, ये तो अच्छी बात नहीं...क्यों..."

"क्या गज़ब कर रहे हैं साहब...मैं नाती-पोतेवाली हूँ...। कुछ तो लिहाज कीजे...। आपके घर में भी जनाना होंगी, अम्मा होंगी...बहन-बेटियाँ होंगी...। साहब कुछ तो ख़याल कीजे...। साहब...रहम कीजे..." ज़ोहरा के आँखों से झरझर आँसू गिरने लगे।

"ख़याल रखने ही तो आए हैं तुम्हारा...और ये नौटंकी बन्द कर अपनी...मुझे चराती है स्साली...ये जो तुम लोग अपने बच्चों की ज़रा-ज़रा-सी उमर में ब्याह कर देते हो, इसी से नाती-पोतेवाली बनके बैठ गयी हो, समझी की नहीं...बड़ी आई नाती-पोतेवाली...मुझे बहन-बेटी बता रही है...। अपनी बहू को मायके भगा के बैठी है...। हरामज़ादी, स्साली...।" और उसने बेशुमार माँ-बहन की गालियों की झड़ी लगा दी।

ज़ोहरा ख़ामोशी से अपने हाथों से अपनी छाती ढँके, सुबकती हुई बोली, "साहब मैं कोई जवान छोकरी नहीं हूँ...। मुझे बक्श दीजे...ये थोड़ी देर में आ जाएँगे...। आप उनसे बात कर लीजिएगा...।"

"अरी ओ दंगाइयों की महतारी, ज़्यादा ज़बान मत चला...समझी की नहीं...। ये लाठी देख रही है, दो बदन पर पड़ेगी तो सारा बुढ़ापा निकल जाएगा तेरा, समझी...। अब चुप हो जा हरामज़ादी...।" ये कहते-कहते दारोगा का एक चेला, अपनी स्वामिभक्ति दिखाने बीच में कूद पड़ा।

दारोगा फिर गुर्राया, "इधर आ...आ इधर...।" उसने ज़ोहरा की कलाई दबोची ही थी, कि घर के बाहर सड़क पर सायरन बजने की तेज़ आवाज़ें आने लगीं।

''कोई मन्त्री आया है दौरे पर...। ये हूटर की ही आवाज़ें लगती हैं...।'' हवलदार हड़बड़ाहट में, अपनी टोपी ठीक करते हुए, ज़ोर से बोला।

''हम्म...। तुम ठीक कहते हो...।'' कहते-कहते दारोगा के हाथ से ज़ोहरा की कलाई छूट गयी। उसने चुपचाप हाथ में लिए हुए ज़ोहरा के दुपट्टे को भी वहीं आँगन में फेंक दिया। जिसे ज़ोहरा ने बिना एक पल भी गँवाये, उठाया और अपने बदन से लपेट लिया।

जिस तेवर और रौब से वो दारोगा के घर में दाख़िल हुआ था, ठीक उसी गति से धड़धड़ाते हुए, अपने भारी-भारी जूतों की चीत्कार लिये, आँगन से निकल कर बाहर दरवाज़े तक पहुँच गया। अपनी हैट और छड़ी सँभालते हुए सड़क से होते हुए बाहर चौराहे पर आ गया। उसके सभी साथी भी उसका उसकी गति से अनुसरण करते गये।

ज़हरूल नन्हें-से बच्चे को जतन से समेटे, मन्दिर की सीढ़ियों से कुछ दूर, नाले के पार, एक बेहद सँकरी गली की आड़ में छुपा था। दम साधे हुए, आते-जाते पुलिस-दल के सामने से गुज़र जाने का इन्तज़ार कर रहा था। बारह-बीस सीढ़ी फलाँग कर, मन्दिर था, और मन्दिर के ठीक पीछे पुजारी मय अपने परिवार के साथ रहा करता था। ज़हरूल को वहाँ पहुँचने में मुश्किल से दो मिनट लगते, लेकिन पुलिसवाले मन्दिर के नीचे सीढ़ियों पर जमे हुए थे...कुछ वक़्त बीता, तो कई सारे सिपाही टहलते हुए काफ़ी दूर सड़क तक निकल गये। केवल दो सिपाही बचे हुए थे, जो आपस में ठिठोली करने में मशगूल थे...। कुछ देर बाद एक सिपाही उठकर नज़दीक बने सरकारी शौचालय पहुँचा, और उसके जाते ही दूसरा भी अपनी बटालियन की ओर मुड़ गया। ज़हरूल को यही सही मौक़ा मिला, उसने बच्चेवाली तौलिए से ख़ुद को और गोद लिए बच्चे को ढँक लिया, और करीब-करीब दौड़ लगाते हुए सीढ़ियाँ फाँदता हुआ, पुजारी के कमरे तक पहुँच गया। पुजारी उसे देखकर परेशान हो गया, फौरन अन्दर कमरे में ले जाकर बोला—

''ये क्या गज़ब करते हो ज़हरूल भइय्या...ऐसे दंगा-फ़सादवाले माहौल में काहे हाँफ़ते-पादते चले आ रहे हो...। हुआ क्या...काहे आना पड़ गया इधर तुमको...''

''क्या बताऊँ शास्त्री भाई, मुसीबत का मारा हूँ...इस नन्हीं-सी जान को हैवानों से बचाये फिर रहा हूँ...ना जाने कहाँ से पुलिस महक़मे को ये वहम बैठ गया है कि इस मासूम के अब्बू, यानी महमूद इस मज़हबी दंगे में शरीक़ है, वो कुत्तों की तरह हमलोगों की जान को सूँघती फिर रही है...बीस दिन बीत गये, महमूद का भी कुछ अता-पता नहीं चल सका...दंगा शुरू होने से पहले हाजी बाबा की मज़ार का कहकर

निकला था। दोस्त-यार भी थे साथ उसके, उधर इशरत की हालत भी बहुत नाज़ुक है, इसी वजह से उसे मायके भेजना पड़ा...अब ये पुलिसवाले हैं कि कहर ढाए पड़े हैं...दिन-दोपहरी, रात-बेरात कभी भी दरियाफ़्त का बहाना लेकर घर की चौखट पर आ धमकते हैं। इतनी गलीज़ निगाहों से जनाने को देखते हैं कि अब मैं तुम्हें क्या बताऊँ...शहर में दंगा क्या छिड़ा, उनकी तो जैसे चाँदी हो गयी...कोई देहरी नहीं बाक़ी, जहाँ लूट-खसोट ना किया हो...ऊपर से दिखाते हैं मरदूद कि दंगाईयों को खोज रहे हैं...। असलियत क्या है उन नमकहरामों की, ये तो केवल हम जैसे लोग ही बता सकते हैं...। औरत अपनी आबरू के लिए लड़ रही है, मज़दूर अपने काम को और बच्चे अपनी जान को रो रहे हैं...। पूरे क़स्बे में यही बदहाली छाई है...। अल्लाह रहम करे...रमाकान्त भाई, ऐसी सख़्त घड़ी में मैं तुमसे मदद माँगने आया हूँ...। मुझे इस नादान की बेहद फ़िक्र है...। तुम इसे अपने दर पर छुपा लो...खुदा बनाये रखे, तुम्हारे छोटे-छोटे बच्चों के बीच मेरा जिगर का टुकड़ा भी पनाह पा जाएगा...भाई मेरे, अल्लाह तुम्हें आबाद रखे, इस मासूम फ़रिश्ते की जान बचा लो...। बड़ा हौसला करके तुम्हारे दर पर आया हूँ...रहम करो इस नादान पर भाई...''

''ज़हरूल भइय्या जैसे तुम्हारा बच्चा वैसे मेरा। कोई भेद नहीं रखता मैं, ईश्वर के दरवाज़े बैठा हूँ, झूठ नहीं कहूँगा...मुझे कोई बैर नहीं किसी से, लेकिन भइय्या कसम खाकर कहता हूँ, मुझे लग रहा था, ये फसाद अभी और लम्बा खिंचेगा...ना सरकार झुक रही है, ना फ़सादी बाज़ आ रहे हैं, यहाँ गोली, वहाँ धमाके, इधर लाशें, उधर मातम...क्या कहूँ, मेरा तो जी फटा जा रहा है ये सब देखकर...। ज़हरूल भइय्या, अब आगे का तो प्रभु ही मालिक है। इसी नाते तुम्हारी भाभी को बच्चों समेत महीना भर पहले ही पीहर छोड़ आया हूँ...। वरना मेरे बच्चों के संग ये नन्हीं जान भी लुक-छुप के रह जाती, मुझे तो ईश्वर के घर से पुण्य ही मिलता...लेकिन मैं क्या करूँ अब...अकेले यहाँ बैठे-बैठे, एक-एक घड़ी राम का नाम लेकर बिता रहा हूँ...इस बच्चे को अकेले कैसे सँभाल सकूँगा...।''

''रमा भाई, बड़ी उम्मीद लेकर तुम्हारे दर पर आया था...मेरी तो जान हलक़ में फँसी है, कहाँ ले जाऊँ, किधर छुपाऊँ इस बच्चे को मैं...महमूद को क्या मुँह दिखाऊँगा, ख़ुदा ना करे इसे कुछ हो गया तो...। मैं तो जीते-जी मर जाऊँगा...। कोई नामलेवा भी ना रह जाएगा शास्त्री भाई...यही एक अमानत बची है हमारे घर-खानदान की...ख़ुदा रहम करे इस मासूम पर...।''

''ज़हरूल भइय्या भगवान सबका भला करे...मैं विवश हूँ, और इस समय तो ख़ुद ही भगवान-भरोसे जी रहा हूँ...। मैं क्या कहूँ, ना कहना पड़ रहा इस अभागे वक़्त पर...प्रभु वापस शान्ति बहाल कर दे...मुझे माफ़ कर दो ज़हरूल भइय्या...''

ज़हरूल आगे कुछ ना बोला, मायूस होकर बाहर आ गया। उसने अपना चेहरा,

बच्चेवाली तौलिया से दोबारा ढँक लिया। वो अपने घर लुकता-छिपता लौट रहा था, तभी उसे सिद्दीक़ी साहब के माली वसीम का ख़याल हो आया। जब कोई बड़ी आफ़त इनसान के सिर पर गिद्ध की तरह मँडराने लगती है, तो उसे हर नज़दीक और दूर-दराज़ के 'अपने' या 'अपने' जैसे दिखनेवाले फ़ॉरन याद आने लगते हैं, ये दीगर मसला है कि उन याद आनेवालों में दरअसल, 'अपने' होते कितने हैं। ज़हरूल को भी ऐसे आड़े वक़्त पर वसीम याद आ गया।

ज़हरूल ने याद किया, ज़ोहरा ने वसीम की घरवाली के कुछ कपड़े भी सिले थे। और बात-व्यवहार से भी वो आदमी भला जान पड़ता था। उसकी रेहाइश भी सिद्दीक़ी साहब की हवेली के अन्दर थी, इसलिए वो इन दंगे-फ़सादों से भी महफ़ूज़ था। शायद इस कठिन घड़ी में उससे कुछ मदद मिल जाती...। इसी ख़याल के साथ, वो अपने घरवाली गली से थोड़ा आगे निकल गया, जहाँ से सिद्दीक़ी साहब की हवेली शुरू होती थी। वो हवेली के पिछले फाटक से ही अन्दर जाना चाहता था, क्योंकि ज़हरूल इस ख़बर से भी अन्जान नहीं था, कि पुलिसवालों का ऐसे टेढ़े वक़्त पर सिद्दोक़ी साहब के आना-जाना खूब होता है...। भले वे वहाँ सिद्दीक़ी साहब को मौजूदा शहर के हालात से वाकिफ़ कराने ही जाते हों...वैसे भी सिद्दीक़ी साहब जैसे रसूखवालों की हिफ़ाज़त करना ही तो उन सरकारी मुलाज़िमों पहला फ़र्ज़ बनता है। भले ही वे तनख्वाह और सुविधाएँ सरकार से लेते हों, लेकिन चाकरी तो इन जैसे सिद्दीक़ी साहबों की ही बजाते हैं।

इन्हीं खयालों को लिए, उसने अपनी नन्हीं जान को कलेजे से लगाकर, फ़ड़फ़ड़ाते हुए परिन्दे की तरह सिद्दीक़ी साहब की हवेली की ओर रुख़ किया। लेकिन ज़हरूल को हवेली पहुँचकर फिर से मायूसी ही मिली, पता चला कि वसीम अपनी घरवाली के साथ हज पर गया है। वीज़ा देर से मिला, इसलिए वो अपने जाननेवालों को ख़बर ना दे सका था। वैसे भी उसकी रुख़सती से पहले ही फ़साद का आगाज़ हो चुका था। इस नाते भी वसीम ने ख़ामोशी से कुछ वक़्त के लिए शहर से दूर रहना बेहतर समझा और मक्का की ओर रवाना हो गया। ज़हरूल की एक और आख़िरी उम्मीद भी गर्त में चली गयी।

ज़हरूल अपने नन्हें-से नवासे को सँभाले, बहुत थके हुए मायूस क़दमों और मरी हुई हसरतों के साथ घर लौट आया। अगर इस मुश्किल घड़ी में ज़हरूल के दिल में कुछ भी जीता था, तो वो केवल इस बच्चे की साँसों के साथ ही जी रहा था। उसने घर के भीतर क़दम रखा, तो ज़ोहरा बेसब्र हुई उसका इन्तज़ार करती मिली—

"आ गये तुम, भला हुआ। ये बदज़ात पुलिसवाले तुम्हारे जाते ही धमक पड़े

थे। सच मानो ये बेहद गलीच लोग हैं...''

वो बच्चा जो अब तक ज़हरूल की काँख में दुबका था, ज़ोहरा को देखकर फिर मचलने लगा, और ज़हरूल की जकड़ से निकलने के लिए हाथ-पाँव मारने लगा। ज़ोहरा उसे प्यार से गोद में लेते हुए बोली, 'आजा मेरा लाल, मेरा लाडला...सुनो क्या पुजारी ने नहीं रखा इसे...लेकिन क्यूँ...''

''पुजारी ने अपने पूरे परिवार को मारे डर के, अपनी ससुराल भेज दिया है...अकेला पड़ा है मन्दिर में...। कैसे रख सकता था इसे, मुझे तो लगता है, उसकी तो ख़ुद ही जान पर बनी हुई है...। इसीलिए मैं वापस आ गया...मुझे बड़ी फ़िक्र हो रही है...''

इतने में ही बाहर कहीं गोलियों की आवाज़ें फिर आने लगीं। चीखना-चिल्लाना भी हल्का-फुल्का हो रहा था। लगता था जैसे कोई ऐसा संदिग्ध पुलिसवालों की नज़र में फिर से आ गया है, जिसे देखते ही पुलिसवालों की फ़ायरिंग फिर रवाँ हो चली।

''या ख़ुदा, ये क्या हो रहा है...इस शहर के सुकून को किसकी नज़र लग गयी...या अल्लाह अब तेरा ही सहारा है...। कुछ तो रहमतें बरसा, या मेरे मौला...।''

ज़ोहरा ये सब सुनकर बस अपने ख़ुदा को ही ज़ोर-ज़ोर पुकारने लगी। दोनों मियाँ-बीवी पहले से ही इतने खौफ़ज़दा थे, गोलियों की तड़ातड़ आती आवाज़ों ने उन्हें और भी परेशान कर दिया। वे इतने बदहवास थे, कि ना ज़हरूल, सिद्दीक़ी साहब की हवेली और वसीम के हज का बता सका, और ना उसकी बीवी ज़ोहरा पुलिसवालों की बदसलूक़ियाँ और बेहूदगियाँ ही ज़हरूल के सामने गिना सकी। अपने-अपने दुःखों-तक़लीफ़ों से अलहदा, दोनों को बस एक यही चिन्ता खाए जा रही थी, कि किसी तरह घर के इस इकलौते चिराग को बचा लें, जिसे क्या पता कभी भी पुलिसवाले आकर उनसे छीन ही लें और ना जाने उस नादान के साथ क्या बदसलूक़ी करें। उन्हें महमूद की भी बेइन्तिहाँ फ़िक्र थी, लेकिन अपने नवासे के बाद ही थी। स्वाभाविक ही है, जो तक़लीफ़ अपने सामने होती है इनसान सबसे पहले उसी का इलाज करता है। पका हुआ फोड़ा हकीम को दिखाने जाया जाता है, उसकी मरहम-पट्टी भी हक़ीम फ़ॉरन करता है, लेकिन पुराने सिर-दर्द के बारे में हमेशा बाद में विचार किया जाता है। उसका कालान्तर में ही उपचार भी होता है।

ज़हरूल की बीवी घबड़ाई हुई बोली—

''मेरी बात मानो, तो चलो, हमलोग भी चलते हैं। इशरत के घर ही चले चलते हैं। देखो, मुंगेराबाद यहाँ से दूर भी नहीं है, मुझे याद है, महमूद की मंगनी कराने मैं ही तो गयी थी...। दरिया पार करते ही गाँव है इशरत का...शहर की इस नामुराद बर्बादी से महफ़ूज़ भी ज़रूर है...। वहाँ कम से कम हमारे नवासे की जान

तो बच ही जाएगी। हम इसे वहाँ छोड़कर लौट आएँगे, और अगर तुम कहो तो हम भी वहीं रह जाएँगे। बुड्ढा-बुड्ढी कहीं कोने में पड़े रहेंगे। हमसे किसी को कोई दिक्कत पेश नहीं आनेवाली। चलो, ज़हरूल मियाँ, निकल चलते हैं...।''

'अरे ऐसे कैसे निकल चलते हैं...। बाहेर तबाही मची है...। मैं किस तरह इसको बचा कर ख़ुद लुकता-छिपता घर की दहलीज़ तक आ सका हूँ, ये मेरा ख़ुदा ही जानता है...। मन्दिर की चार सीढ़ी चढ़ने में मुझे आज ही क़यामत नज़र आ गयी थी...। वो तो करम हुआ अल्लाह का, कि रमाकान्त से मिलकर भी सही-सलामत लौट सका हूँ...अभी बाहेर जाना मुनासिब नहीं ज़ोहरा, हालात बहुत नाजुक हैं...। हर तरफ़ पुलिस अपनी बड़ी-बड़ी टोली लिए हर तरफ़ नाच रही है...मेरी बात को समझो, ये वक़्त बाहर निकलने का नहीं...।''

'ठीक है अभी नहीं जाते...जब दंगा ख़त्म हो जाएगा, पुरसुक़ून माहॉल बन जाएगा, महमूद लौट के आ जाएगा, क्या तब जाएँगे वहाँ...। क्या पत्थर पड़ गये हैं तुम्हारी अक़्ल पर...।' ज़ोहरा के तेवर तेज़ हो गये।

ज़हरूल ने उसे लाख समझाने की कोशिशें कीं, लेकिन कोई बात उसे समझ ना आयी। उसने तो जैसे ज़िद बाँध ली थी इस दर को छोड़ देने की। उसने ज़हरूल को पुलिसवालों की नीच कारस्तानियाँ भी बताईं। ज़हरूल सब सुनता रहा। ज़हरूल इसी लम्हे अपनी बीवी का दामन छूनेवालों को मौत की नींद सुला देना चाहता था, लेकिन मौक़े की नज़ाक़त जान-समझकर, अपने नन्हें मासूम नवासे को देखकर और महमूद की ग़ैरमौजूदगी के चलते अपने खून के उबाल को थामे रहा।

आख़िरकार दोनों मियाँ-बीवी में ये तय हुआ कि रात के अन्धेरे में वो दोनों अपने नवासे को उसकी माँ के पास ले जाएँगे। अगर तो इशरत के घरवालों को कोई भी तक़लीफ़-शुबहा-अड़चन महसूस नहीं हुई और उसके घर-गाँव में रहने की सूरत बन गयी तब तो वहीं ठहर जाएँगे, वरना तो अपने इस वीरान घर में वापस आ जाएँगे। दोनों चुपचाप दम साधे, रात ढलने का इन्तज़ार करने लगे। अल्लाह की मेहरबानी रही, कि इस रात के इन्तज़ार के कठिन दौर में कोई यमदूत जैसा पुलिसवाला बीच में नहीं आ टपका।

शाम हो ही गयी थी, इतनी देर में ज़ोहरा ने, घर में बचे हुए अनाज-मसाले को मिलाजुला कर खाने की कुछ चीज़ें बना लीं, जिससे समधी के घर खाली हाथ ना पहुँचे। ज़हरूल भी अपने कामकाज की चीज़ें, और बच्चे के कपड़े-लत्ते, समेटता-बहोरता रहा, और एक थैले में भरता रहा।

रात की कालिमा गहरी होने लगी तो ज़हरूल, बच्चे और सामान के एक थैले सहित ज़ोहरा को गली के पीछे खड़ा करके, अन्दर आ गया। उसने काला कम्बल लपेटकर घर के सामनेवाला दरवाज़ा बन्द किया और उस पर ताला लटका दिया।

सिमटता-सिकुड़ता वो भी, सारे पुलिस-सिपाही-अफ़सर-चौकीदार से बचता हुआ, पीछे ज़ोहरा के पास आ गया। दोनों ने काले कम्बल के साये में ख़ुद को लपेटकर, धीरे-धीरे नदी के तट की ओर बढ़ना शुरू किया। दोनों ने चलने से पहले रत्ती-सी अफ़ीम दूध में घोलकर बच्चे को पिला दी थी, ताकि वो गहरी नींद में सो जाये, और उसके हँसने-रोने का सिलसिला ना रह जाये और उसकी आवाज़ किसी को किसी भी हाल में सुनाई ही ना दे।

दोनों मियाँ-बीवी चोरी-छुपे, डरते-सहमते नदी के किनारे तक पहुँच गये, जहाँ से आमतौर पर लोग नदी पार जाया करते थे। उन्हें वहाँ नाववाले को उस पार जाने के लिए तैयार भी करना था। ख़ैर, दोनों ने अभी चैन की साँस पूरी ली भी नहीं थी कि उन्होंने देखा तीन पुलिस के सिपाही अन्धेरे में बैठकर बीड़ी-सिगरेट में लगे हुए हैं। वो यहाँ अन्धेरे में बैठकर दारू भी चढ़ाये थे। भला पूरे-पूरे दिन इस मुर्दा कस्बे की गश्त भी कोई कम ज़हमत का काम था। मिलना-मिलाना दमड़ी नहीं लेकिन चौकसी दिन-रात की। जब तक सत्तर-पचास कुनबे बाक़ी थे शहर में, तब तक, कुछ नहीं तो इधर-उधर से बदन-सेंक की व्यवस्था तो हो ही जाती थी, लेकिन सारे के सारे भाग गये एक-एक करके। अब जो राई-रत्ती बचे हैं, सारे के सारे अच्छी तरह निचोड़े जा चुके हैं, अब उनसे कोई अला-भला नहीं होने वाला। इन हालात में, भई 'फ्रस्ट्रेशन' तो हो ही जाएगा। चलो ड्यूटी से दो घड़ी जान छुड़ाकर कुछ हँस-बोल लेना भी तो ज़रूरी है, ना। इनसानियत नाम की भी एक चिड़िया होती तो है और इनसानी ज़रूरत भी किसी शय का नाम होता है।

ज़हरूल और ज़ोहरा वहाँ उन लोगों को देखकर ठिठक गये, और एक पेड़ के मोटे तने के परे छुप गये। तीनों पुलिसवाले बैठे चुहल कर रहे थे। इधर-उधर की वाहियात बातें कर रहे थे, और गन्दे-गन्दे चुटकले सुनाकर एक-दूसरे का खूब मनोरंजन भी कर रहे थे। ज़हरूल ने उन्हें अपनी मस्ती में मशगूल देखा तो ख़ामोशी से, वहीं बँधी नाव से ख़ुद ही नदी पार करने का तय कर लिया और वो नाव का रस्सा धीरे-धीरे खोलने की कोशिशों में लग गया। उसने काफ़ी मशक्कत के बाद थोड़ा-सा रस्सा खोला ही था, कि वहाँ पड़े सूखे पत्ते उसकी हरक़तों की वजह से खड़खड़ाने लगे। वो रुक गया। दोबारा उसने और आहिस्ता से खोलना चालू किया, लेकिन पत्ते फिर भी आवाज़ करने लगे। ऐसा कई बार होने पर, उन्हें बाधा जैसी महसूस हुई और उनमें से एक सिपाही इन आवाज़ों की हक़ीक़त जानने चुपचाप उठकर आया और उसने दोनों को साफ़-साफ़ देख लिया, वो फ़ॉरन ही दहाड़ उठा—

''क्या हो रहा है यहाँ...। कमीनों चैन से दो घड़ी सुस्ताने मत देना हमें...''

इतना कहते-कहते उसने ज़हरूल को ज़ोरदार धक्का दिया, और ज़हरूल छटक के दूर जा गिरा। उसका बूढ़ा जिस्म अच्छी-ख़ासी चोट खा गया। ज़हरूल की चीख

सुनकर बाक़ी के दो सिपाही भी वहीं आ धमके और ज़ोहरा से जबर्दस्ती करने लगे। उन्होंने ज़ोहरा के हाथ से उसका थैला लेकर नदी की धार में फेंक दिया। वहाँ होनेवाली घटनाओं से शोर बढ़ने लगा। ज़हरूल कोहनी, टाँगों और पीठ में लगी चोटों के दर्द के चलते चीख-पुकार मचाए था, और ज़ोहरा के हाथ से वो लोग उसकी सीने से लगाई हुई गठरी छीन रहे थे, वो अलग ज़ोरों से चिल्ला रही थी।

"साहब क्या कर रहे हैं, हमारा सामान है, छोड़िए इसे...। हम कोई बदमाश लोग नहीं हैं, जाने दीजे हमें...। वो बूढ़ा शौहर है मेरा...। हमलोगों को आपके कामकाज से कोई लेना-देना नहीं...। जाने दीजे हमें, रहम कीजिए हम पर...।" ज़ोहरा बड़बड़ाए जा रही थी और पूरा ज़ोर लगाकर बच्चे को ढीली होती अपनी पकड़ से बचाने में लगी हुई थी।

पुलिस के सिपाही थे कि कुछ सुनने को तैयार ही नहीं थे, उनके आराम के पलों में खलिश पड़ने की वजह से वे बहुत भड़के हुए थे। उन्हें पूरा होश था ही नहीं कि वे कर क्या रहे हैं। दारू में धुत्त, अभद्र गालियों की बरसात के साथ बुढ़िया के हाथ से वो गठरी छीने ले रहे थे, जिसमें उसने अपना लाडला बच्चा छुपा रखा था।

"क्या छुपा के लिए जा रही है हरामज़ादी। इधर ला...। शहर में आग लगी हुई है, और ये दोनों मालमत्ता लिए फ़रार होने की तैयारी में निकले हैं...मनहूस कहीं के...। दिखा क्या छुपाए है इस गठरी में...क्या लेकर जा रहे थे कमीनों, नदी के पार...ला इधर दे...।"

कहते-सुनते आख़िरकार बुढ़िया की हिम्मत जवाब दे गयी और उन्होंने उसकी गठरी उसके हाथ से छीनकर सीधा नदी में फेंक दी। ज़हरूल ने सारी चोट और दर्द भूलकर, जल्दी से अपनी सारी ताकत बटोर ली और वो बदहवास हुआ, तत्काल नदी में कूद पड़ा।

उसने इधर-उधर बुरी तरह से बेचैन होकर हाथ-पाँव मारने शुरू कर दिये। उसकी बूढ़ी आँखें, उसका बेचैन दिल-जिगर और उसका बेबस हुआ जिस्म हर सम्भव कोशिश के बाद भी उसके नवासे को नहीं खोज पा रहे थे। बच्चा वैसे ही अफ़ीम की मन्द बेहोशी में था, उसकी ओर से भी कोई रोना-चिल्लाना कुछ हुआ नहीं, वो नदी के तेज़ बहाव में ना जाने कहाँ गुम हो गया।

ज़हरूल बहुत देर तक नदी की ठंडी लहरों से उलझता रहा, नदी के प्रवाह से जूझता रहा, अपनी बदकिस्मती से पूरे वेग और ताकत से लड़ता रहा, आख़िरकार बेदम होकर किनारे आकर गिर पड़ा। ज़ोहरा अलग रो-रो के तूफ़ान मचाए थी, कभी अल्लाह को, कभी पुलिसवालों की बेरहमियों को, कभी महमूद की ग़ैरमौजूदगी को, तो कभी इशरत की बीमारी को, कभी ख़ुद अपने आप को, दिल भर के कोसती रही, गरियाती रही, चीखती-पुकारती रही। उसका रोना भी पूरे रौ में बहुत देर तक

नदी किनारे गूँजता रहा। आख़िरकार सुबकते-तड़पते वो भी बेदम हो गयी।

पुलिसवालों का तो कुछ नहीं बिगड़ना था, उनका रत्ती भर कुछ ना गया, उनका कुछ भी नुकसान नहीं हुआ, वे अपने काम में दोबारा जा रमे।

ये दोनों लुटे-पिटे, नाक़ाम, मायूस ज़हरूल और ज़ोहरा, वहीं नदी की लहरों का बदनसीब शोर सुनते रहे।

बोहनी

ज़ारुन दिल और नीयत का बुरा आदमी नहीं था। उसके चाल-चलन पर कभी कोई भी अँगुली नहीं उठा सका। अपने घर-परिवार में रमा रहने वाला सीधा-सादा मामूली इनसान था, लेकिन फिर भी पिछले कुछ दिनों से बुरी तरह तंगी से गुज़र रहा था। बीवी का उसकी आँखों के सामने सिर के बाल नोचना, ज़ोर-ज़ोर से चीखना, छाती पीटना उसे रह-रहकर कचोटता था। आख़िर वो बेचारी मजलूम इस लाचारी में करती भी तो क्या करती। अपना ही सिर दीवार पर पटक-पटक कर रह जाती थी। मकान तो अल्लाह के करम से अपना था, किराए-भाड़े का सिर-दर्द नहीं था। लेकिन बच्चे भूखों न मरें, इसलिए ज़ारुन ने कर्ज़ ले रखा था। चुकाने की नौबत ही नहीं आ रही थी, कि रुख़साना फिर पेट से थी। बीवी की दवा लाए कि अपने लिए दारू खरीदे या फिर पूरे कुनबे के लिए ज़हर मोल ले आए, और सबको खिला के ख़ुद भी मौत को गले लगा ले, कुछ समझ नहीं आ रहा था उसे। हाथ में रोकड़ा तो गिनती का होता है ना, लेकिन ज़रूरतों की तो कोई भी गिनती नहीं, कैसी भी सीमा-मर्यादा कुछ भी नहीं।

हाथ में दिन भर का कुल हासिल, महज डेढ़ सौ रुपये लिए बेजान-सा चला जा रहा था, सूनी उम्र जैसी लम्बी सड़क पर अकेला। डॉक्टर का पर्चा जेब में पड़ा था, दवाएँ पौने चार सौ की थी, वो तो लेना मुमक़िन था नहीं। दारू चढ़ाने लायक भी उसका दिल इस वक़्त नहीं था। बस निढाल चला जा रहा था, बिना मंजिल की जानिब सोचे। चलते-चलते ज़ारुन बहुत थक गया, और जब क़दमों ने आगे बढ़ने की ताक़त बटोरने से इनकार कर दिया तो लस्त होकर सड़क के किनारे बैठ गया। बैठा-बैठा अपने नसीब को कोसता रहा। ख़ुदा को जी भर के गरियाता रहा। बीवी-बच्चों पर भी दिल ही दिल में नाराज़ग़ी उड़ेलता रहा। वो बच्चा जो अभी जन्मा भी नहीं था, उसे भी बुरा-भला कहता रहा। अपने हालात, अपनी तंगहाल ज़िन्दगी, अपने बुरी तरह बर्बाद हुए क़ारोबार का मातम मनाता रहा। इस बीच उसने कुछ सहमी-

सी आवाज़ सुनी। अपनी मरी हुई सूरत उसने इधर-उधर घुमाई। कोई नज़र तो नहीं आया, लेकिन आवाज़ फिर से लहराई। उसने सिर उठाया तो देखा एक लड़की उसे इशारे से बुला रही थी। रात के दो बज रहे थे, ये बीस-पच्चीस साल की कौन लड़की पुकार रही है, वो भी एक अजनबी आदमी को। ज़ारुन खड़ा हो गया, और पूछने लगा— "क्या बात है, क्या मुझे बुला रही हो? क्यूँ लेकिन?"

"ऊपर आ जाओ फिर बताती हूँ। इधर किनारे सीढ़ी है। चले आओ।"

उस अजनबी लड़की की सहमी आवाज़ अब ज़रा तेज़ हो गयी थी।

ज़ारुन ज़्यादा कुछ सोचने-विचारने की मनोदशा में था नहीं, इसलिए उसने चुपचाप सीढ़ी की ओर रुख़ किया। सीढ़ी के आसपास अन्दर की ओर और भी लड़कियाँ सजी-धजी और लुभावने इशारे करती नज़र आने लगीं।

ज़ारुन कुछ घबड़ाया फिर भी सीढ़ी चढ़कर ऊपर पहुँचने का लोभ छोड़ नहीं पाया। ऊपर वही लड़की चमकीले-चमकीले लिप्स्टिक-पाउडर पोते हुए और खूब झिलमिल-झिलमिल साड़ी लपेटे मुस्कराती मिली। नीचे से उसका ये तीखा मेकअप, ये सितारोंवाली साड़ी और बाल में लगा ये मुरझाया फूल, कुछ भी नहीं दिख रहा था। यहाँ तो सब अलग और तेज़-तीखा दिखता है। उस औरत के आँखों के नीचे पड़े काले-गहरे गड्ढे भी अब स्पष्ट दिख रहे थे।

अचानक उसकी आवाज़ से ज़ारुन की बेख़याली टूटी—

"नीचे बैठे क्यूँ रो रहे थे?"

वो कुछ अजीब ज़हनी हालत में आधा-अधूरा सा जवाब-सवाल करने लगा...। 'हाँ वो यूँ ही...। बस्स ऐसे ही...लेकिन...। लेकिन...। मुझे क्यूँ आवाज़ दी तुमने...मुझे लगा कोई रोने की आवाज़ थी कहीं...।'

"रोना तो ज़िन्दगी का दूसरा नाम है...। लेकिन रोने से कोई हल तो नहीं...। फिर कोई क्यूँ रोये भला...। क्या मैं सच नहीं कह रही?"

"हाँ तुम ठीक कह रही हो...लेकिन तुम हो कौन, मुझे इतनी रात गये क्यूँ पुकारा तुमने...।"

"मैं लड़की हूँ...मेरा नाम नीला है। खड़े मत रहो बैठो ना। दो घड़ी ही सही, बैठो तो तुम...इतने उदास मत रहो...।" इतना कहते-कहते नीला ने ज़ारुन का हाथ पकड़ के उसे अपने मैले बिस्तर पर बैठा लिया।

ज़ारुन बेदम तो पहले ही था, बिना कोई विरोध किये बैठ गया।

"नीला आगे बोलने लगी, 'तुम अकेले उदास मुँह और एकदम ही बुरी तबीयत लिए ठीक मेरे बारजे के नीचे बैठे थे, मैं भी अकेली थी यहाँ, मैंने सोचा क्यूँ ना तुम्हें बुला लूँ और तुमसे ही बात करूँ...। अकेले जी लगता है भला किसी का इस बेरहम संसार में...मेरी समझ से आज का दिन शायद ठीक नहीं था हम दोनों के लिए, तुम

भी रुआँसे बैठे थे नीचे और आज कोई भी नहीं आया मेरे पास भी, देखो तो कितना बज गया, कितनी रात ढल गयी है, विश्वास करो मेरा, बोहनी तक नहीं हुई अब तक मेरी...।''

''तो तुमने मुझे अपनी बोहनी करने के लिए बुलाया है...यहाँ...ऊपर...। क्यूँ?''

''अब तुम जो भी समझ लो...। मेरी सूरत इतनी बुरी भी नहीं कि चार पैसे ना कमा सकूँ और तुम्हारी सूरत इतनी अच्छी भी नहीं कि राह चलते तुम्हें कोई भी अपने पहलू में बिठा ले...।''

ज़ारुन को उसकी बात सुनकर हँसी आ गयी...। उसके बहुत बुरी तरह बेचैन दिल-दिमाग़ को ज़रा-सा क़रार मिला...उसने अपनी रूह पर थोड़ी-सी ही सही, लेकिन आराम की-सी दस्तक पाई। बैठा रहा और उस रंग-बिरंगी चमकीली लेकिन बेहद मजबूर-लाचार औरत को ग़ौर से देखता रहा। मन भर काजल लगाने के बाद भी उसकी आँखों से रिसता दर्द और तकलीफ़ें साफ़ तौर पर नुमाया थीं।

''लो ये डेढ़ सौ रुपये हैं...कुल यही हैं मेरे पास। मेरी बीवी पेट से है, उसकी दवा लेने निकला था, लेकिन इतने में आ नहीं सकती। बच्चों की फ़ीस भी नहीं भर सकूँगा इससे। दारू की तलब नहीं है मुझे। लो इसे रख लो, ये तुम्हारी बोहनी के लिए ही जेब में लिए घूम रहा था शायद...।''

''लेना तो पड़ेगा ही...चाहे खून का घूँट पीकर लूँ, चाहे आँसू पीकर...चाहे तुम्हारे दर्द की दास्तान सुनकर लूँ, या अपनी तक़लीफ़ों को कम करने का सोच कर लूँ...। लेना तो पड़ेगा ही...। लूँगी नहीं तो इस कमरे की माल्किन मुझे कच्चा चबा जाएगी, मेरे फूल-से बच्चों को पीटेगी...साहब लेना तो पड़ेगा ही...?''

''बातें तो तुम बड़ी-बड़ी करती हो, कितना पढ़ी हो?''

''पढ़ी-लिखी होती तो यही काम करती साहब, क्यूँ मेरे हालात का मज़ाक बनाते हो...। सभी लाचारी में ग़लत रस्ते पकड़ते हैं...ये हरामी दुनिया जो ना सिखा दे वो कम है। सारे पाठ, सारी पढ़ाई, सारी दुनियादारी, सारे सबक़ इसी निर्दयी दुनिया ने सिखा दिये मुझ ग़रीब को...।''

'इतना ज्ञान है तुम्हारे पास, इतनी समझ है तुममें...। तो क्यूँ करती हो ऐसा काम...?''

''भूखा पेट ही तो है, जो ना करवा ले साहब...भूख से बिलबिलाते बच्चे दो रोटी के लिए माँ का मुँह तो देखेंगे ही...बच्चों के पेट में अनाज के चार दाने ना डाल सकी तो ये हाड़-माँस लेकर करूँगी क्या साहब...एक दिन तो जलनी ही है ये मिट्टी की देह, क्यूँ ना रोज़ जलाऊँ और उसी आँच में बच्चों के लिए दो रोटी सेंक दूँ...। मेरा भला हो ना हो मेरे बच्चे तो भूखों नहीं मरेंगे...।''

''कितने बच्चे हैं तुम्हारे?''

''साहब दो हैं। बड़े प्यारे हैं। एक बेटा और एक बेटी। बेटा रवि और बेटी नीना...पड़ोसवाली के घर सो रहे हैं। धन्धे का टाइम है ना, इसलिए उन्हें वहाँ छोड़ आती हूँ...। मुझे चार मरद के साथ सोता देखेंगे तो दसियों सवाल करने लगेंगे। अभी छोटे हैं ना साहब, इसीलिए...। बड़े हो जाएँगे तो ख़ुद समझ जाएँगे...बगलवाली अकेली है, बहुत बूढ़ी है, अब काम-धन्धे के लायक रही नहीं, इसलिए मैं उसे भी देखती हूँ। अभी बूढ़ी मौसी के यहाँ ही रहें मेरे बच्चे वही ठीक है ना साहब?''

''हाँ ठीक है...सब ठीक है...और क्या कहूँ मैं तुमसे?''

''तुम भी साहब क्या सोच रहे होगे कि मैं अपनी राम कहानी लेकर बैठ गयी तुम्हारे सामने...दो पल के लिए अपना ही समझ बैठी तुम्हें...और तुमने भी तो कुछ याद नहीं दिलाया मुझे...कहो क्या ख़ातिर करूँ मैं तुम्हारी, ये तो ख़ातिर की ही बेला है...और तुम तो आए भी होंगे ख़ातिर करवाने...।''

''नहीं नहीं...। कोई ख़ातिर-वातिर नहीं चाहिए मुझे...। तुमसे बात करना ही भा रहा है मुझे...। तुम बोलो, सुन रहा हूँ मैं तुम्हारी बात...।''

''अरे, बड़े धर्मात्मा बनने निकले हो, इस पापी कमीने जगत में...। चलो अगर बात ही से जी लगता है, तो बतियाती ही हूँ तुमसे...हराम का एक आना मुझे देकर मत जाना, धन्धेवाली हूँ मैं, भिखारी नहीं...ठीक है ना, चलो अब कुछ कहो ना...। चलो अपनी सुनाओ कुछ...क्या काम करते हो?''

''मेरी क्या सुनोगी...। मैं लोहे का काम करता हूँ...। मेरी अपनी दुकान भी थी, दोस्त के साथ साझे में काम करता था। रहीम आर्डर लाता था, मैं सामान बना कर भेजता था। सारा रुपया-पैसे का हिसाब वही रखता था। आने का भी कभी पूछा नहीं मैंने उससे। मैं तो बस अपना काम ही करता था, सुन्दर लोहे की नक्काशी करने में दिल लगता है मेरा। बहुत बेहतरीन सामान बनाये मैंने इन्हीं हाथों से...बड़े-बड़े, एक से बढ़कर एक खूबसूरत फाटक बनाये मैंने...आज भी आलीशान कोठियों की रौनक बने हुए हैं मेरे बनाए हुए ढेरों सामान...मेरे हाथ के बनाये सामान तो शहर से बाहर भी गये हैं...।''

''अरे वाह। तुम तो बड़े हुनरवाले आदमी हो जी। मैं तो नाहक ही तुम्हें हल्के में ले रही थी। देखो ये जो हुनर की पिटारी है न, भगवान सबके लिए नहीं खोलता। किस्मतवालों के हाथ ही ऊपरवाला हुनर की बख़्शीश देता है...तुम किस्मतवाले हो...मैं सच कह रही हूँ...।''

''कैसी किस्मत और कहाँ का किस्मतवाला...इन्हीं हाथों से लाखों का माल बनाया और बेचा, कोई गिनती नहीं...। लेकिन आज अपनी ही औरत के लिए दवा नहीं खरीद पा रहा हूँ, उस बेचारी औरत के लिए जो कि बच्चा जननेवाली है...ग़रीबी से तंग आकर अपना सिर दीवार पर फ़ोड़ती रहती है वो लाचार औरत...तुम भी

बेक़ार की बातों से जी बहला रही हो मेरा...। किस्मतवाला, और मैं...।''

''नहीं नहीं, मैं ग़लत नहीं कह रही...। ना बेकार में बहला रही हूँ तुम्हें। हुनर तो एक दौलत है, जो कि इनसान अपने साथ लेकर ही चलता है हर समय वो दौलत साथ चलती है साहब। भरोसा करो मेरी बात का...भला मैं तुमसे झूठ क्यूँ कहूँगी...।''

ज़ारुन लम्बी साँस लेकर बोला—''तुम नहीं जानती बहुत बुरा हुआ मेरे साथ...तुम कुछ नहीं जानती तभी मुझे खुशनसीब कहती हो...।''

''अच्छा भई बड़े बदनसीब हो तुम...। अब खुश...। बताओ तो कहाँ रहते हो? इस बदनाम रंगीन गल्ली में कैसे आना हुआ तुम्हारा, किस बुलबुल को खोजते-खोजते चले आए इधर? शक़्ल से नीच-कमीने तो नहीं दिखते तुम...। और फिर नीचे क्यूँ बैठे थे? महबूबा से झगड़ा हुआ क्या तुम्हारा? या तुम्हारी उस बीमार बीवी ने रो-धोकर घर से निकाल दिया तुम्हें, जिसका की तुम कहते हो, बच्चा होनेवाला है...। हा हा हा हा...यहाँ तो सारे यही सब रोना-पीटना लेकर आते हैं...। अपनी कहो, तुम कैसे चले आए इधर...''

''तुम्हें हँसी सूझती है...सुनो, मैं बताता हूँ, मेरा वो दोस्त रहीम था ना, वही दग़ाबाज़ निकल गया...अच्छा-भला निबाह हो रहा था हमारा...। लेकिन एक दिन ना जाने क्या हुआ, दो लाख का आर्डर लाया था और सारा का सारा पैसा, बना हुआ सारा माल, पूरी तिजोरी सब, सब साफ़ करके पता नहीं कहाँ-किधर भाग गया। अरे कोई आफ़त आन पड़ी थी तो कहता मुझसे...। हमेशा, हर वक़्त तो मैं खड़ा था उसका हिमायती बनकर...। बाप-माँ, दोस्त, वक़ील सबकुछ था मैं अकेला उसका...। मेरे रहते वो कभी अकेला नहीं था इस दुनिया में...लेकिन अबकी जाने क्या गुज़रा उस पर...। अल्लाह ही जाने कि अब की क्या हुआ है उसके साथ...।''

''हुआ होगा कुछ, तभी तो नहीं लौटा इतने भले दोस्त के पास...इन्तज़ार करो, क्या पाते चला ही आए कोई दिन...साहब थोड़ा धीरज धरो...।''

''हाँ...। बस उसी सब्र का दामन पकड़े ही तो जी रहा हूँ...वरना तो ख़ाक़ में उड़ गयी ज़िन्दगी मेरी...। दुकान गिरवी में रख दी मैंने...एक वक़्त था, चार आदमियों की रोटी मेरी दुकान से चलती थी, और आज...आज कर्ज़ की रोटी ख़ुद भी खा रहा हूँ, और बच्चों को भी उसी कर्ज़े में पाल रहा हूँ...। वो कमीना सूदखोर बनिया सिर पर बैठा रहता है, उसका बस चले तो खाल नोचकर सूद वसूल ले मेरे जिस्म से...। तुम पूछती हो इस बेग़ैरत गली में किसे खोजता आया हूँ...सच मानो, मुझे तो होश भी नहीं मैं कब, कहाँ से, किस उधेड़बुन में, इधर, इस तरफ़ चला आया...। मुझसे मेरे हवास मेरी ही तंगहाली ने छीन लिए हैं नीला...। यही नाम बताया था ना तुमने...।''

''हाँ-हाँ, तुमने ठीक कहा है, यही नाम बताया था मैंने...लेकिन मैं फिर कहती हूँ तुम्हें निराश नहीं होना चाहिए...ये सब तो ज़िन्दगी में लगा ही रहता है...ज़रा-सी

पैसों की परेशानी में कोई होश नहीं खो बैठता तुम्हारी तरह...ये भी कोई बात हुई भला कि दुकान क्या गिरवी गयी, तुम लगे रंडी के दरवाज़े बैठकर बिसूरने...अरे गिरवी ही गयी है ना वो मुई दुकान तुम्हारी, कोई बिक तो नहीं गयी...मर्द जात के हो या फिर दिन पूरे हो गये अब तुम्हारे...दिखते तो भले-चंगे पट्ठे हो...। उम्र भी पचास पार नहीं होगी तुम्हारी, क्यूँ...फिर भी मू लटकाए बैठे हो...। चलो अब जाओ भी, नया गाहक खोजने दोगे के नहीं...। नीचे कितनी ढेर-सी खड़ी हैं झुंड के झुंड, देखा था ना तुमने...मुझे तो डर था कहीं तुम भी ना अटक जाओ उन्हीं कमीनियों के संग...बड़ी कुतिए हैं सब, दूसरे का गाहक उन्हें बड़ा प्यारा होता है...नज़र गड़ाए बैठी रहती हैं हर वक़्त...। अब जाओ तुम अपनी दुकान पर बैठो जाकर और ये मेरी दुकान भी चलने दो...। बोहनी तो हो गयी तुम्हारी किरपा से...अब जाओ, तुम भी अपना काम-धन्धा देखो...।''

'हाँ तुम ठीक कहती हो...उजाला होने लगा है बाहर...नमाज़ भी नहीं पढ़ी अब तक मैंने...। चलो मैं निकलता हूँ...तुमसे बात करके बुरा नहीं लगा मुझे...। अल्ला सब अच्छा ही करता है...चलो ख़ुदा हाफ़िज़...।''

ज़ारुन ने अपनी सफ़ेद जालीदार टोपी पहनी, सीढ़ी से उतरा और अपने रास्ते वापस लौट गया। उसने घर पहुँच कर, नमाज़ पढ़ी, दिल से अल्लाह का शुक्राना किया।

दस-ग्यारह बजे के करीब वो अपनी लोहे की दुकान में जमी आठ महीने की बेहिसाब गन्दग़ी साफ़ कर रहा था। और अपनी उसी दुकान के बाहर अपने बनाये हुए सामानों के नमूनेवाली तस्वीरें खूब दिल से, तबीयत से और तसल्ली से सजा रहा था।

दाँव

यूँ तो पूनम यादव केवल नाम की सेक्रेटरी थी। लेकिन काम की कुछ ज़्यादा थी। 'अघोषित पत्नी' थी, और 'घोषित रखैल' तो तयशुदा रूप से थी ही।

असल सेक्रेटरी तो किशोर श्रीवास्तव था। वो दिन के सभी काम बखूबी निपटा सकता था, लेकिन रातवाला उसके बस का नहीं था। उसके लिए तो पूनम ही बचती थी। और पूनम को कोठी-परिक्षेत्र में बनाये रखने के लिए ही उसके गले में भी एक 'सेक्रेटरी' नाम का तमगा लटका दिया गया था।

फ़लाने प्रदेश के राज्यपाल श्री रामदयाल जोगी जी, सत्ता का उपभोग करते करते बुढ़ा गये थे। अब नयी-नयी छोकरियाँ अपने छोटे-बड़े काम कराने के लिए उनके आगे-पीछे मँडराना छोड़ चुकी थीं। अधेड़ औरतें भी राष्ट्रपति सरीखे राज्यपाल के आभासी पद और उसके तथाकथित अधिकारक्षेत्र की बारीकियों से अच्छी तरह परिचित हो चुकी थीं। इसलिए उन रंगे हुए काले बालों, जिम में पसीने बहाकर घटाई हुई चर्बी और मसाज से कसे हुए चेहरों का रामदयाल जोगी के बंगले में फेरा लगना तक़रीबन बन्द हो चुका था। अब तो भूले-भटके किसी स्कूल की कोई सफ़ेद बालों और सुनहरे फ्रेमवाली प्रिंसिपल अपने स्कूल के वार्षिकोत्सवों में जोगी जी के साथ बाँहकटी ब्लाउज़ पहनकर फोटू खिंचवाने आती थी। या फिर लिप्स्टिक-पाउडर से लिपी-पुती, छोटी-बड़ी दुकान की कोई एक-आध मालकिन ही जोगी जी से अपने गौण प्रतिष्ठानों के उद्घाटन में दीप जलवाने के लिए गुहार लगाने आती थी, क्योंकि ऐसी फ़ैशनपरस्त महिलाएँ अपने बड़े और मुख्य शोरूम का फीता तो किसी हीरो या चॉकलेटी नेता से कटवाना ही पसन्द करती थी। तिस पर भी ये वैकल्पिक अवसर मास-छह-मास में इक्का-दुक्का ही आते थे, और रामदयाल जी के पास इसके लिए वक़्त ही वक़्त हुआ करता था।

ऐसा नहीं कि रामदयाल सदा से ही यूँ ही झुर्रीयाफ़्ता ढीले बदन और सन्नाटेशुदा मज्लिसों के स्वामी रहें हैं। भारी बहुमत और अपार लोकप्रियता वाला राज भी रामदयाल

जोगी जी ने भरपूर भोगा था। हर तरफ़ जोगी जी की जयकार, खुली जीप में फूल-मालाओं की बौछार, पब्लिक के कन्धे पर लदे नेता जी का सत्कार, जगह-जगह उनके भाषण-मीटिंग-जुलूसवाली झिलमिल, चमकीले दौर की बहार भी उन्होंने खूब-खूब देख रखी थी। लेकिन बरसात के मौसम में निकली धूप और राजनीति के समन्दर में ठहरी हुई नैया का कोई भरोसा नहीं होता। कौन कह सकता है, अब गयी, कि तब गयी।

चमकते सूरज जैसे, रामदयाल जोगी जी के राजयोग में भी ना जाने कब राहू की छाया पड़ी और वो बनी-बनायी पार्टी से बड़ी बेहयायी और बेमुरव्वती से निकाल दिये गये। क्योंकि रामदयाल जी ने इस पार्टी को अपने साठ-सत्तर बरस दिए थे, इस नाते पैतृक-गाँव जाकर खेती-बाड़ी देखते बाक़ी जीवन ना गुज़ार देने का तयकर, उन्हें उसी प्रदेश का राज्यपाल बनाकर उनकी ज़बान और विद्रोह में उठने से पहले उनके बचे-खुचे जोश-ओ-खरोश को खामोश कर दिया गया।

अब सिवाय मन्त्रियों को शपथ दिलवाने और पार्टी की इच्छानुसार उनके त्यागपत्र स्वीकार/अस्वीकार करने के, जोगी जी के पास कोई और काम ना रहा। वो किसी के ना रहे, और कोई उनका ना रहा, सिवाय एक पूनम यादव के।

ले देकर पूनम यादव ही जोगी जी की अकेली चेली बची थी, जो अनधिकृत होकर भी सारे अधिकार का मज़ा लूट रही थी। अब इसे मज़ा लूटना कहा जाये या जूठन में बची रबड़ी चाटना, जो भी कहा जाये, पूनम का दुःख सिर्फ़ पूनम ही बेहतर जानती थी। पूनम यादव की उम्र अब पैंतीस पार हो चली थी। बीस बरस पहले जब जोगी जी ख़ुद पचास पार थे, और वज़ीराबाद नाम के एक गाँव में पोलियोड्रॉप के दो घूँट पिलाने गये थे। वहीं से अपने लिए दो बूँद जवानी की उठा लाये थे। एक भैंस चरानेवाली गाँव की अल्हड़ लड़की के रूप में वो उस वक़्त पूनम को अपने एम.एल.ए. आवास में ले आए थे। उस दौर में निरच्छर पूनम घोषित तौर पर रसोई में सब्जी कटवाने में मदद किया करती थी। लेकिन तब भी, मूल रूप से उसका काम जोगी जी की तन-मन से सेवा करना ही था। जोगी जी का दिल बहलाना ही था। जोगी जी ने ही उसे मैट्रिक करवाया, बारहवीं भी करवाई। तब से लेकर आज तक नियमानुसार वो उसकी तेरहवीं भी रोज़ाना कर ही रहे हैं। उस वक़्त जब ये अहीर-छोकरी देहात से शहर आयी थी, किसी ने ऐसा नहीं सोचा था कि वो उपले बनानेवाली लड़की कभी स्पा और पार्लरों के फेरे भी लगा सकेगी।

इधर इस पन्द्रह साला लड़की की उम्र बढ़ती गयी, उधर जोगी जी का पद बढ़ता गया। वो विधायकी छोड़कर लालबत्ती ऐम्बेसडरों में लहराते हुए 'मन्त्रीजी-मन्त्रीजी' कहलाने लगे। और पूनम यादव, ग़ैर-सरकारी कामों के लिए आते-जाते जोगी जी से उन्हीं कारों में दिन-प्रति-दिन पहले से ज़्यादा सटकर बैठने लगी।

दुनिया कुछ भी कहती रहे। चलन चाहे जितना भी बदलता रहे। वक़्त कितनी ही तरह की करवटें क्यूँ ना लेता रहे, लेकिन रामदयाल अपने खेल के सदा से पक्के थे। उन्होंने अपने बाल उबलती हुई राजनीति की ग़रम आँच में पकाए थे। ज़माना बदला, लेकिन उन्होंने पूनम को उसकी औक़ात से आगे बढ़ने नहीं ही दिया। साथ ही रामदयाल ने अपने लिए एक बी.ए. पास सेक्रेटरी भी अलग से रख लिया था। राज्यपाल के सारे कार्यक्रम, सूचनाएँ, उनके आने-जाने और मिलने-मिलाने के वक़्त का हिसाब वही रखता था। उनसे मिलनेवालों का अता-पता भी इसी सेक्रेटरी को होता था।

जोगी जी कुँडली मारे पूनम के सुनहरे सियासी भविष्य के आगे खड़े रहे, और अंगद के पाँव सरीखे जमे रहे। पार्टी के शीर्ष नेताओं की ज़रा-बहुत इच्छा जताने पर भी वे टस के मस ना हुए।

हर साल पार्टी का एक शालीन, सन्तुलित, सार्वजनिक और बड़ा ही औपचारिक अधिवेशन, मीडिया की मौजूदगी में तयशुदा तौर पर होता ही था। लेकिन एक अनौपचारिक सालाना जलसा भी अलग से किया जाता था, जिसे अनिवार्य रूप से मीडिया से दूर रखा जाता था। इस अनौपचारिक गेट-टुगेदर में नये-पुराने सभी सदस्य एक दूसरे से बेतक़लुफ़ होकर मिलते थे। पूनम यादव इन जलसों में शराब परोसने का काम सालों-साल करती रही।

इन्हीं जलसों में झूमते हुए, पार्टी के ही एक कद्दावर नेता और पदासीन मन्त्री बदरीप्रसाद तिवारी तो पूनम की कलाई कई बार धर भी चुके थे। वैसे तो वो पूरा का पूरा पूनम को ही धरना चाहते थे, लेकिन लुकछुप के, ठंडी आहें भरकर उस चमकदार गोरी चमड़ीवाली के दुपट्टे की हवा से ही ख़ुद को हर मर्तबा बहलाते रहे। ये बात हर कोई भली-भाँति जानता था कि पूनम जोगी जी की रखी हुई 'व्यक्तिगत बाँदी' है, और फिर एक ही पार्टी के इतने सीनियर और उम्रदराज़ नेता के सामने कुछ ''शर्म-ओ-हया', 'आँख का पानी' या फिर 'लिहाज' जैसा कुछ तो बनता ही था। और फिर बाघ के मुँह से उसका निवाला निकालना, अपने बने-बनाए सियासी-कैरियर और बसे-बसाए राजनीतिक ऐहतराम को भी दाँव पर लगाने जैसा था।

इसीलिए बाक़ियों की तरह तिवारी जी भी ख़ामोशी से जोगी जी के 'प्रयाण' का इन्तज़ार करने लगे।

रामदयाल जोगी ने, ना तो कभी पूनम को ब्याहता होने के गुरूर और सम्मान से ही नवाज़ा और ना ही कोई जगमगाती कुर्सी पर कभी बैठने का मौका ही दिया। और तो और पूनम का निवास भी बंगले के पिछवाड़े, सर्वेन्ट-क्वार्टर में ही रहा। ये अलग बात थी कि रामदयाल जोगी के चरण दबाने का दायित्व एकमात्र पूनम पर ही था। रोज़ाना गहरी होती हरेक रात को पैग-दो-पैग चढ़ने के बाद पूनम देवी तलब

कर ली जाती थी। और प्रारम्भ से लेकर वर्तमान तिथि तक, इस सेवा में कोई नागा, कोई बहाना, कोई कैसा भी कार्यक्रम कभी आड़े नहीं आने पाया था।

पूनम यादव को ख़ुद भी, वापस वज़ीराबाद जाकर उपले बनाने, उसे सुखाने और सुखाकर घर ले जाकर अपने चौदह लोगों के कुनबे के लिए चूल्हे पर रोटियाँ बनाने से बेहतर काम बुड्ढे की चरण-वन्दन और देह-मर्दन करना लगता था। भले ही ये सब करते हुए, उसका ज़मीर रोज़ रात को कुचला जाता हो, लेकिन फिर भी पूनम अपने गाँव लौटना नहीं चाहती थी। और अगर वो कभी जाने का सोचती भी, तो किस मुँह से सोचती। क्योंकि घर छोड़ने से पहले उसका ब्याह उसके गाँव के ही एक किसान सुरेस से तय हो चुका था। पूनम अपनी तीनों भैंसों को चरा के जब लौटती थी, तो यदा-कदा साँझ ढले पोखरे के पास सुरेस अहीर से मिल भी आती थी। अब तो उस आदमी का भी घर-परिवार बस चुका था और वो बाल-बच्चों में रम गया था। सुरेस को तो अब पूनम की सुध भी ना रही थी। गृहस्थी ऐसा जंजाल है कि एक बार कोई उलझा तो पूरी उमर खपा के भी उससे आज़ाद नहीं होता। गृहस्थी में से इनसान अर्थी पर सवार होकर ही बाहर निकलता है। पूनम की तो ना गृहस्थी ही बसी, ना तो कोई ऐसा पद ही मिला जिससे वो ताउम्र मलाई चाभती। सिर्फ़ एक कामातुर बूढ़े की रखी हुई लौंडी ही तो थी वो। पूनम को ये दुःख दिन-रात सालता था, लेकिन कोई हल नहीं निकल रहा था। मौसम एक एक कर गुज़र जाते। हर भवन की तरह ही, अब राजभवन की बड़ी-सी बगिया में भी हज़ारों हज़ार फूल खिलते, खिलखिलाते, महकते और मुरझा भी जाते। लेकिन पूनम के जीवन में कोई बहार, कोई बसन्त, कोई बरसात, कोई भी फुहार छू तक नहीं सकी थी। वो एक ऐसी कली थी, जो सीधा ठूँठ बनती जा रही थी। एक-एक कर पूरे बीस साल बीत गये। वो पन्द्रह बरस की छैल-छबीली देहात की अल्हड़ लड़की देखते ही देखते पैंतीस पार की संजीदा औरत बन गयी। और औरत भी ऐसी सूखे जंगल जैसी, जिस पर ना कभी फल लदे, और ना ही सिन्दूरी आभावाला कोई रंग ही चढ़े। और तो और आगे भी ऐसी कोई खुशनुमा शहनाई बजने के आसार भी दूर-दूर तक दिखाई नहीं देते थे।

एक दिन सुबह-सवेरे पूनम आँख मलते हुए जोगी के बेडरूम से बाहर आयी। बूढ़ा अभी बिस्तर से उठा नहीं था। उसके लिए, उसका कुक छज्जू 'हर्बल-टी' बना रहा था। बाहर सूरज निकल चुका था और माली काका भी आ चुके थे। महेस काका एक किनारे बैठे, ओस में नहाई हुई मुलायम मिट्टी को खुरपी से खोद रहे थे। वो गुलाब की क्यारियाँ बना रहे थे। महेस के पास कई रंगों के गुलाब की ढेरों क़लमें रखी हुई थीं। पूनम ने महेस काका के पास बह रहे पाइप से पानी लेकर कुछ छींटे अपने चेहरे पर मारे। भीगा हुआ पूरा बागीचा बड़ा ही सुहावना लग रहा था। ओस

की बूँदों से तृप्त, हर फूल, हर पत्ते, और हर क्यारी पर सूरज की मद्धिम किरणें पड़ रही थीं। अपने दुपट्टे से मुँह पोंछती हुई पूनम वहीं माली के पास बैठ गयी। महेस की उम्र पचास के आसपास रही होगी। ये भी जोगी के पुराने सेवकों में से एक था। उसका अपना भरा-पूरा परिवार था, जिसमें तीन बेटियाँ भी थीं। जिनमें वो दो को सकुशल विदा कर चुका था। वो पूनम को भी बिटिया-बिटिया ही कहा करता था।

आज महेस ने पूनम को नज़दीक से काफ़ी समय बाद देखा था। वो उसके चेहरे पर फैले नैराश्य को पढ़ रहा था। उसके माथे पर उभरी थकान, तक़लीफ़ और अपमान से भरी शिकन को देखता-समझता रहा। उसे आभास था कि रात भर एक पुरुष के साहचर्य से, किसी सयानी बेटी का चेहरा थकान के बाद भी खिलता है, अगर वो उसका स्नेही हो तो। ये जबरन के सम्बन्ध, ये बेमेल की रति भला किसी जवान लड़की को कहाँ सुहाएगी। जिसमें ना स्नेह हो, ना अस्मिता, ना प्रेम हो, ना ज़िम्मेदारी, ना अपनापन हो, ना कोई अनुराग, ना कैसा भी बन्धन, और जहाँ ना ही कोई भविष्य ही दिखता हो।

महेस पूनम को ध्यान से देखता रहा। फिर धीरे से बोला—

''कइसी हो बिटिया...। ढेर दिन बाद दिखी...।''

पूनम बेहद फीकी मुस्कान के साथ बोली—

''अच्छी हूँ काका...''

महेस ने फिर स्नेह से पूछा—

''महीना दुई महीना दिखी नाहीं...गाँव-देहात चली गयी रहियू का...।''

पूनम ने फिर मरियल आवाज़ में जवाब दिया—

''नहीं काका, मैं तो यहीं थी...। वो हमलोगों के क्वाटर की पुताई चल रही थी कई दिनों से, उसी उठाधरी में लगी थी...।''

''अच्छा...। हुई गवा सब रंगापोती का कामधाम...।''

''हाँ काका...सब निपट गया...।''

आज बुज़ुर्ग़ महेस काका जाने किस अचूक घड़ी राजभवन की कोठी में दाखिल हुए थे, कि पूनम के दिमाग़ में पूरे जतन से मन्त्र फूँके जा रहे थे,

''पूनम बिटिया, कछु आपन जिनगी का भी रंगाई देयखो तुम...उमिर होये रही हंय बिटिया...। ई सरबेन्ट काटर तओ हर साल रंगत-पुतत रहिए...ई सब लगत रय्यै।''

''क्या कह रहे हो काका...। कुछ छुपा नहीं है तुमसे, जानते तो हो सब...।''

''जानत हंय, तबै तओ समझाये रहे हंय...। ई बुढ़वा घाघ तुमका मार के मरी...। तनिक बिचारो बिटीवा...एकरे जीते जी तुम्हरा कछु भला नाय होये सकत...''

पूनम ने इस बार कोई जवाब नहीं दिया। वो बस अपने हमदर्द पिता समान

महेस काका को देखती रही। महेस काका के उसके लिए चिन्ता और हमदर्दी से भरे हुए शब्द सुनकर उसकी आँखें नम हो आयी। वो वहाँ से उठकर अपने क्वार्टर में चली गयी। पूनम का शलवार-कुर्ता गीली ज़मीन में बैठने से पहले ही काफ़ी भीग गया था। उसका दुपट्टा गीले चेहरे और हाथ पोंछने से भीगा था। सिर्फ़ उसका मन जो अब तक, रात भर से, रूखा-सूखा बचा हुआ था, वो माली काका की स्नेहिल आत्मीयता ने भिगो दिया था।

पूनम पिछले बीस सालों से सियासत की दाँव-पेंचवाली इसी ज़मीन पर पल रही थी। कई सारे मोहरे उसने बनते और उनकी दुर्गत होते भी देखे थे। तमाम सारी चालों को खेलना भी उसने बखूबी समझा हुआ था। वो बादशाह और वज़ीर तक को धूल चाटते, हारते, बुरी तरह मात खाते हुए देखते ही बड़ी हुई थी। बिसात पर पड़े हर एक मोहरे की कीमत भी उसे मालूम थी। लेकिन इन सबके बावजूद कभी भी उसने ख़ुद को खेल का हिस्सा नहीं समझा। वो तो एक मामूली-से मरे हुए प्यादे जैसी खेल के मैदान से बाहर पड़ी हुई थी। लेकिन माली काका के अल्फ़ाज़ जितना उसे रुहानी आराम दे रहे थे, उनसे निकले तल्ख़ी में लिपटे शब्दों के कटु-भावार्थ उसके दिमाग़ को भेदते जा रहे थे।

ना जाने वो ऐसी कौन-सी भोर हुई थी, जिसने उसे ख़ुद भी मैदान में उतरने का जज़्बा और हौसला दे डाला था। वो भी अपने मैले-कुचैले, फटे-पुराने वजूद को बटोरने की कोशिश करने लगी थी। वो तो महज एक शह देने का मन बना रही थी। 'मात' जैसी शै अभी उसके लिए बहुत दूर की कौड़ी थी। पूनम हर रात एक लिजलिजे बूढ़े शरीर की क्षुधा शान्त करते-करते वैसे भी उबिया चुकी थी। वो इन बोझिल लम्हों में अपनी आत्मा को मरा हुआ महसूस करने लगी थी।

इन्हीं तमाम सारे ताज़ा विद्रोही ख़यालात और नये ज़हरीले तेवर को दिमाग़ में पालते हुए, थोड़ा-सा वक़्त और गुज़रा। तभी एक दिन उसके क्वार्टर के बगल में रहनेवाले राजभवन के कुक छज्जू का दूर का नातेदार बिसम्भर आया। वो छज्जू के क्वार्टर पर रुका हुआ था। बिसम्भर दमे का मरीज़ था और उसी के इलाज के सिलसिले में शहर आया था। वो अपने पहनावे-ओढ़ावे से बड़ा अजीब-सा प्राणी दिखता था। एक लबादे जैसा कपड़ा खुद पर डाले रहता था। लम्बे-लम्बे बाल जटाओं जैसे बिखरे थे। उसका रंग भी चटक काला था। माथे पर वो कई रंगों का तिलक लगाये रहता था। उसे ग़ौर से देखने पर थोड़ा डर भी लगता था। वो एक बड़ी-सी कपड़े की बनी गठरी भी साथ लेकर चलता था। ख़ुदा जाने उसमें क्या-क्या भरा था।

ये तो सर्वविदित था कि जोगी साहब के पास पूनम की ड्यूटी केवल रात को ही लगती थी, लेकिन छज्जू को देखा जाये तो वो पूरे दिन ड्यूटी बजाता था। बशर्ते जोगी जी को कहीं बाहर खाने पर ना जाना हो। जब छज्जू रात का खाना बनाकर

लौटता था, तब कोठी के भीतर पूनम की हाज़िरी का वक़्त होता था। छज्जू का रोज़ाना रात को रसोई से लौटना ही पूनम के प्रवेश का इशारा होता था। लेकिन सवेरे ऐसा नहीं था। सवेरे तो पूनम जब तक बाहर नहीं आती थी, छज्जू दरवाज़े पर बैठा उसकी राह तकता और उसके बाहर निकलते ही खुद रसोई की ओर दाख़िल होता था। बरसों-बरस से यही क़ायदा चलता रहा। रसोईये बदले, घर बदले, मौसम बदले, टाइम में भी ज़रा-बहुत हेर-फेर हुआ, लेकिन लुगाई पूनम ही रही, जो रात को प्रविष्ट होती, और सुबह-सवेरे बाहर निकलती। वो तो जैसे एक समर्पित पतिव्रता स्त्री की तरह धर्म निभा रही थी।

एक दोपहर जब छज्जू राजभवन की रसोई में था, उस समय बिसम्भर क्वार्टर के बाहर आराम से हाथ-पैर पसारे धूप सेंक रहा था। पूनम अपने कमरे के भीतर से उसे देख रही थी, जिससे बिसम्भर पूरी तरह से बेख़बर था। कुछ देर बाद बिसम्भर ने बगल में रखी अपनी गठरी खोली। पूनम ने देखा, बिसम्भर ने उस गठरी में से कई सारी पिटारियाँ निकालीं। कई सारी छोटी-छोटी पुड़िया निकाली। जड़ी-बूटी जैसी भी कुछ दवाएँ निकाली। एक बीन भी निकाली।

''अरे, ये बिसम्भर तो साँप पालनेवाला, एक सँपेरा निकला।' उसे देखकर पूनम को तत्काल अपने बचपन का गाँव और छोटे भाई-बहनों के साथ मदारी और सँपेरों के पीछे दौड़ते फिरने की याद हो आयी। कैसे वो नदी पार करके साँप-नेवले की लड़ाई देखने जाती थी, सँपेरे की बीन सुनकर कैसे वो स्कूल से भाग जाती थी। नाग-नागिन का जोड़ा, हरी नागिन, बिसखोपड़ा, कई रंगवाली बिच्छी, दोमुँहा साँप, गेंहुअन, अजगर का बच्चा, घोड़ापछाड़, वो एक-एक कर, ये सब याद करती हुई, मारे कौतूहल के अपने कमरे से बाहर निकल आयी। उसने एक बच्चे की तरह व्याकुल होकर बिसम्भर से कहा— 'बिसम्भर चाचा ये बीन बजाओ ना...। सुना दो ना एक बार...। जमाना गुज़र गया इसकी धुन सुने हुए...। यहाँ शहर में कोई बजाता ही नहीं...।''

बिसम्भर अपने में खोया हुआ था। वो अचानक पूनम को देखकर अचकचा गया। उसने थोड़ी रुखाई से कहा— ''मैं बीन बजाऊँगा तो साँप जग पड़ेंगे...। अभी ही सुलाया है सबको...।''

''अभी ही सुलाया है...। दिखाओ तो सोते हुए साँप कैसे दिखते हैं...।'' कहते हुए पूनम बिसम्भर की खाट से पास जा बैठी।

''बावरी हुई है क्या लड़की...। अच्छी भली उम्र मालूम पड़ती है तेरी...फिर भी बच्चों की-सी बातें करती है...। जाओ यहाँ से, मुझे तंग मत करो...।''

पूनम थोड़ी मायूस हुई, लेकिन फिर भी हिम्मत करके बोली—

''बिसम्भर चाचा बीस साल हो गये, ना गाँव देखा, ना गाँववाले...ना माई-बाप का नेह देखा, ना भाई-बहन का लाड़...। ना मदारी भइय्या, ना सँपेरा मऊसा, ना किसान चच्चा, ना महाजन ताऊ...। अरसों-बरसों बाद तुम्हें देखा तो मन हो आया कि एक बार बीन की तान सुन लूँ...। इसी कारण तुम्हारे पास आने से ख़ुद को रोक नहीं पाई मैं...अब तुम मुझसे तंग होते हो, तो ठीक है, मैं चली जाती हूँ...'' कहते-कहते पूनम खड़ी होकर वापस जाने लगी।

इतनी मर्मस्पर्शी बातें सुनकर बिसम्भर का दिल थोड़ा पसीज गया। उसने पूनम को रोका—

''सुनो बेटी...इधर आओ...बैठो यहाँ...।''

पूनम चुपचाप सिर झुकाकर, बिसम्भर के पास बैठ गयी। बिसम्भर ने आगे कहा—

''मैं दमे का मरीज़ हूँ...। इसलिए थोड़ा चिड़चिड़ा हो गया हूँ...। बुरा ना मानो लेकिन बीन बजाने लायक तो अब मैं बिलकुल नहीं रहा...साँप देखना चाहो तो दिखा देता हूँ...। बोलो कौन सा देखना चाहती हो...।''

बिसम्भर की स्नेहिल-वाणी से, पूनम की मायूसी जाती रही। वो चहककर पूछने लगी—

''आपके पास कौन-कौन से साँप हैं... ?''

''करीब-करीब सारे ही हैं...। इतने बरस की कुल यही तो कमाई है मेरी...रुक जाओ दिखाता हूँ तुमको...।'' कहते-कहते बिसम्भर ने कई और पिटारियाँ भी अपनी गठरी से बाहर निकाल लीं। वो एक एककर सबका ढक्कन खोलकर पूनम के सामने रखता गया। पूनम बड़ी खुशी-खुशी पिटारी में सोये हुए सारे साँपों को निहारती रही। हरे, काले, भूरे, गाढ़े सलेटी, चित्तीदार, चौखंडे दागवाले, गुड़मुड़ाए हुए, ढेरों साँपों को चुपचाप सोता हुआ देखकर उसे बड़ा मज़ा आ रहा था।

बिसम्भर एक-एक कर धीरे-धीरे पिटारी के मुँह को बन्द भी करता चल रहा था। अचानक एक पिटारी में से एक बड़ा-सा काला नाग जो कि शायद सोया नहीं था, वो फ़ुफ़कार कर बिसम्भर की तरफ़ लपका। पूनम की मारे डर के बहुत ज़ोर की चीख निकल गयी। लेकिन बिसम्भर मँजा हुआ, अनुभवी सँपेरा था। उसने नाग के फ़न के आगे मुट्ठी नचाई और नाग फ़ॉरन ही काबू मे आ गया। बिसम्भर ने वापस उसे लपेटकर पिटारी में सुला दिया। जब बिसम्भर ने उस पिटारी को अपनी पोटली में वापस रखा तब कहीं जाकर पूनम ने राहत की साँस ली। फिर उसने थूक गटकते हुए कहा—

''बिसम्भर चाचा, तुम्हारी मुट्ठी में तो जादू है...वो भयानक काला-नाग भी

तुम्हारी मुट्ठी पहचानता है...। देखो तो कैसा शान्त हो गया...वरना तो वो मुझे आज डस ही लेता...। है ना?''

बिसम्भर ठहाका लगाके हँस पड़ा। उसने हँसते हुए पूनम से कहा—'अरे मेरी नादान बेटी...। ये कमाल मेरी मुट्ठी का हर्गिज़ नहीं...। ये तो इस बूटी का है...इसी को सुँघाकर उस बदमास करिया-नाग को बेहोस किया है...। अरे बेटा दिन-रात साँप को लिए-लिए फिरता हूँ मैं, भला इन सब जड़ी-बूटीयों के बग़ैर कैसे चलूँगा...। साँप को बस में करना कोई मामूली बात थोड़े है...।'' और बिसम्भर ने अपनी मुट्ठी खोलकर पूनम को एक मटमैले रंग की छोटी-सी जड़ी दिखा दी।

पूनम कुछ देर तक तो, बड़ी हैरानगी के साथ, बिसम्भर की हथेली पर रखी उस क़रामाती बूटी को घूरती रही। फिर उसने बिसम्भर से कहा—''चाचा, लाइए मुझे भी सूँघना है...ज़रा देखूँ ये कैसी महकती है जिससे इतना बड़ा साँप तक बेहोश हो जाता है...।''

''अरे नहीं नहीं...। ये इनसानों के लिए नहीं है बेटी...इसे तो अगर मामूली इनसान भी देर तक सूँघ ले, तो बच नहीं सकेगा...। इसकी हल्की-सी गन्ध से भी आदमी को लकवा मार जाता है...या फिर वो गूँगा-बहरा हो जाता है...अरे ये बहुत तेज जड़ी है लड़की...। बस इतना मान लो, कि इससे आदमी की जान बच नहीं सकती है...।'' बिसम्भर अपने सामान सहेजता रहा और बूटी की महिमा बताता रहा।

कुछ दिनों पहले पूनम को महेस काका ने एक शिक्षा दी थी। पूनम को इस वक़्त कुछ ऐसा अहसास हुआ, कि बिसम्भर काका की वजह से आज उसकी दीक्षा भी पूरी हुई। उसने बड़ी सादगी से बिसम्भर से पूछा—

''चाचा क्या इस बूटी का एक यही टुकड़ा आपके पास है...। और नहीं है... ?''

बिसम्भर अपना फ़ैलाया हुआ सारा असबाब समेट चुका था। खाट पर पसरते हुए बोला—

''होएगा काहे नहीं...। गठरी में भी होगा...घर में तो ज्यादा भी होगा...। लेकिन तुम ये क्यों पूछ रही हो...।?''

''चाचा यहाँ पीछे कच्ची ज़मीन है...आगे भी देखो कितना बड़ा बाग-बगीचा फ़ैला हुआ है...कोठी के उस तरफ़ तो स्वीमिंग-पुल के लिए खुदाई भी हो रही है...। कई बार रात-बेरात साँप-बिच्छू निकल आते हैं...। अगर आप मुझे ये टुकड़ा दे देते तो आपकी मुझ पर बड़ी कृपा होती...। मैं अकेली जान भला इन जीव-जनावर से कैसे अपनी सुरक्षा करूँ, आप ही कहिए...।''

बुजुर्गों को पटाना समझदार औरतों के बाएँ हाथ का खेल है। इससे फ़र्क़ नहीं पड़ता कि रिश्ता कौन-सा होता है।

बिसम्भर बिना पल गँवाए बूटी पूनम को थमाते हुए बोला—

"रख लो बेटा...। कोई बात नहीं...। लेकिन रुई या कोई छोटे-मोटे कपड़े में लपेटकर रखना...देखो बड़ी ज़हरीली और असर करनेवाली बूटी है...। ध्यान से रखना, किसी ऐरे-गैरे के हाथ ना लगे...।"

पूनम बिसम्भर को खूब धन्यवाद देकर, बूटी सहेजते हुए अपने कमरे में चली गयी।

पूनम जोगी जी के आलीशान बेडरूम में रोज़ की तरह ही दाख़िल हुई। जोगी जी अपने शानदार डबलबेड पर हाथ में आधा ख़ाली गिलास लिए हुए फ़ैले थे। पूनम कमरे के अन्दर आकर करीने से सजे हुए शनील के सोफ़े पर बैठ गयी। उसे देखकर जोगी जी बड़े अन्दाज़ से बोले—

"काहे इत्ता दूर बैठी हो पुन्नो रानी...। ज़रा पास तो आओ हमारे, कुछ ठंडक तो पड़े हमारे जलते हुए कलेजे को...।"

पूनम बिना कुछ बोले चुपचाप, जोगी के नज़दीक बिस्तर पर आकर बैठ गयी। व्याकुलमना जोगी जी, गिलास किनारे लैम्प के पासवाली काँच की नक्काशीदार, छोटी-सी मेज़ पर रखकर, बड़े आवेग से उससे लिपट गये।

थोड़ी चूमाचाटी के बाद बोले, 'भई ये खादी का कुर्ता बड़ा चुभ रहा है हमें...। ये तो रोड़ा ही बना है तुम्हारे हमारे बीच में...। हटाओ तो इसे...।" कहते-कहते जोगी जी ने अपनी बाहें उठा दीं।

पूनम ने गहरी साँस लेते हुए, यत्रवत जोगी का कुर्ता उतार दिया। एकदम ढीले हुए दो कन्धे, लटकी हुई खालवाली दो बूढ़ी बाजुएँ और सफ़ेद बालोंवाली झुर्रीदार छाती नुमाया हुईं। पूनम चिढ़कर उस पशु को देखती रही। बोल तो अब भी उसकी ज़बान से नहीं फूटे थे।

लेकिन जोगी जी शायद आज बड़ी ख़ुमारी में थे। शायद आज कोई लम्बा दाँव जीतकर आए थे। उन्होंने पहले गिलास उठाकर दो घूँट में ही खाली कर दिया। फिर पूनम को चिपकाए हुए बड़बड़ाने लगे, "पुन्नो रानी जो नशा तुममें है, वो सौ बोतल में नहीं...। कितने बरस हो गये तुम्हें साथ सुलाते, लेकिन मजाल है...मजाल है कि कोई और औरत हमें पसन्द आए...। नहीं...हर्गिज़ नहीं...। अरे तुम तो जान हो हमारी...हम मरते हैं, कसम से तुम पर...। पुन्नो सच मानो, हम मर जाएँगे तुम्हारे बिना...। एक पल भी जी ना सकेंगे...वो हरामी स्साला, गाँव का देहाती लौंडा तुम्हें ये सब कुछ दे पाता, जो हमने तुम्हें दिया...। नहीं...। कभी नहीं...। कभी भी नहीं दे सकता था...। अरे वो क्या जाने हम कितने बड़े खिलाड़ी हैं...राजनीति के दाँव-

पेंच कोई हमसे सीखे...। किसको किस दाँव से पटकना है, ये हम जानते हैं...सिर्फ़ हम...। हम कौन-सी हस्ती हैं, ये तो बस हमारी जान पुन्नो जानती है...। पुन्नो में बसती है हमारी जान, बस...। और कहीं नहीं...कहीं नहीं और...।''

काफ़ी लिपटने-चिपकने के बाद जोगी जी ठहर गये। वो पूनम को देखते रहे। फिर बोले, ''जरा कमर दबा दो हमारी, आज बड़ी दुख रही है...। पूरे दिन बैठना पड़ा...। ये सत्र भी जान का दुश्मन है मेरी...। पता नहीं काहे लौट-लौट कर चला आता है...। मेरी पुन्नो अपनी नाजुक-नाजुक कलाई फिरा दो थोड़ा...'' कहते-कहते जोगी जी करवट लेकर लेट गये।

पूनम फिर बिना कुछ बोले, ''अजगर जैसी उस मोटी लिजलिजी कमर को दबाने लगी।

जोगी फिर बकुरा, 'आज तुम बहुत चुप-चुप हो...। कहो, का हो गया...कुछ रुपिया-पईसा खतम हो गया क्या तुम्हारा...।''

पूनम इस बार चुप नहीं रही। उसने गम्भीरता से एक वाक्य बोल दिया, ''रखैलों को चुप ही रहना चाहिए...।''

जोगीजी की ख़ुमारी एकदम-से तैश में बदल गयी, ''अरे पुन्नो रानी तुम हमारी जान हो...। अरे तुम तो मलकिन हो हमारी...ये कैसा गन्दा-गन्दा बोलती हो...। साला कोई मा...। है जो तुमको हमसे अलग कर सके...। पुन्नो नहीं, तो रामदयाल जोगी नहीं...हम तो पुन्नो के हैं बस, और कोई के नहीं...कोई और मेहरिया नहीं चाहिए हमको...बस पुन्नो...। बस एक पुन्नो...।''

इस ज़ोरदार ऐलान के बाद जोगी ने पहले तो पूनम को बड़ी दमदार झोंक से गले लगाया। फिर उसके सारे कपड़े एक-एक कर उतार फेंके। उसके बाद अपने नीचे लिटाया और बड़ी मुश्किलों से एकत्रित की हुई अपनी सारी बुढ़ौती की ताक़त उस पर उड़ेल दी।

पूनम उन बूढ़ी आँखों से लार की तरह टपकती हवस देखती रही। बूढ़े के सिर पर सफ़ेद बालों को हिलते-डुलते देखती रही। उसके माथे पर उभरी दो-एक पसीने की बूँदों की कँपकँपाहट देखती रही।

उसे आज जोगी से आती हुई गन्ध से उबकाई आ रही थी। वो इसी पल उस लपलपाते गलीच भेड़िये को ढकेल कर इस राजभवन से कोसों दूर भाग जाना चाहती थी, जहाँ उसे ख़ुद उसके सिवा कोई भी ना पहचानता हो। जहाँ उसे कोई ना जानता हो। जहाँ वो फूट-फूट कर इतना रो सके, कि उसके सारे पाप धुल जाएँ। जहाँ वो खुलकर बेतहाशा चीख सके, और उसे कोई भी ना सुनता हो। जहाँ उसका रोंआँ रोंआँ ग्लानि, क्षोभ, पश्चाताप और प्रायश्चित जैसे तीव्र जज़्बातों से बाहर निकल सके। जहाँ महेस काका उसे ना देख सकें। जहाँ बिसम्भर चाचा उससे कोई बात ना

कर सकें। जहाँ जाकर वो शुद्ध हो सके, पहले की तरह निर्मल और पवित्र बन सके। जहाँ वो निर्वेद के नज़दीक पहुँच सके।

लेकिन पूनम को कहीं जाने की ज़रूरत नहीं पड़ी। जोगी निढाल होकर बिस्तर के एक तरफ़ गिर पड़ा, और उसकी बड़बड़ाने की आवाज़ें शनैःशनैः खर्राटों में तब्दील हो गयीं।

निर्वस्त्र पूनम ने ख़ुद को एक चादर से लपेटा और पैताने पड़े अपने दुपट्टे को उठाया। उसने दुपट्टे के छोर में बँधी गाँठ खोली। वो तिलिस्मी बूटी अब उसके हाथ में थी। पूरे बिस्तर को पार करके वो जोगी के करीब पहुँची। उसने उसके फ़ड़फ़ड़ाते नथूने के पास बूटी रख दी। पहले तो जोगी का मोटा थुलथुल बदन खर्राटों की लय में संचालित होता रहा। फिर ये लयबद्ध क्रम कुछ बिगड़ा। कुछ तेज़ हुआ। कुछ देर बाद उस लौंदे जैसे जिस्म में कुछ सिहरन दौड़ती दिखाई दी। उसके फ़ैले-पसरे बेढब शरीर में कई तरह से कँपन पैदा होती रही। दम साधे हुए पूनम ने, बूटी जोगी की नाक से रत्ती भर भी नहीं हिलने दी।

आख़िरकार, एक लम्हा ऐसा भी आया, जब जोगी का बदन एकदम बर्फ़ की सिल्ली जैसा जड़ हो गया। उसमें लेशमात्र की हलचल भी नहीं बची। वो बहुत गहरी नींद में सोया हुआ दिखने लगा। पूनम ने उसे वही सफ़ेद चादर उढ़ा दी, जो कि उसने पहले ख़ुद पर लपेटी हुई थी।

सवेरा हुआ। सूरज निकला। चिड़िएँ जागी। भोर की हवाओं ने लहराकर सारे सोये हुए जगत को नींद से जगाया। भोर की हवा चाहे कितनी ही मोहिल और आत्मीय क्यूँ ना हो, लेकिन वो केवल सोये हुओं को जगा सकती थीं, मरे हुओं पर उनका भला क्या ज़ोर चलता...। रत्ती भर भी नहीं...हर्गिज़ नहीं।

छज्जू बाहर इन्तज़ार में बैठा था। पूनम पूरे कपड़े पहनकर, रोज़ की तरह जोगी के कमरे से बाहर निकली और हमेशा जैसे ही, बिना किसी से आँख मिलाए अपने कमरे में चली गयी।

शोक सभाओं का आयोजन होता रहा।

रंचमात्र की श्रद्धा ना होते हुए भी और यथार्थ का एक क़तरा आँसु ना होते हुए भी, अश्रुपूरित श्रद्धांजलि दी गयीं।

जोगी के मृत शरीर पर गिरते ही अशुद्ध हो जानेवाले फूलों से पुष्पांजलि दी गयी।

सत्तालोलुपता में तिल-तिलकर कर मरने और एक-दूसरे को मारने पर आमादा, बेहद ख़ुदग़र्ज़ नेताओं ने अपने महामहिम को तिलांजलि भी दे दी।

दुपट्टे से ढके हुए सिर को झुकाए, जोगी की तस्वीर के पास बैठी पूनम सुबक रही थी। तिवारी जी ने उसके कन्धे पर हाथ रखकर उसे ढाढ़स बँधाया। आश्वासन और सांत्वना के वरक़ में लपेटकर, मोहब्बत के हज़ारों पैग़ाम वो आँखों ही आँखों में अलग से पूनम को देते गये। पूनम एक साथ ही 'अनाथ' और 'सनाथ' दोनों हो गयी।

राज्यपाल की मौत एक बड़ा प्रसंग था। एक गम्भीर मसला था। पार्टी हुक़ूमत में थी, इसलिए हलचल और भी बड़ी थी। बड़े पैमाने पर मीटिंग रखी गयी। तकरीबन सारे नेता हाज़िर हुए। बदरीप्रसाद तिवारी भी दलबल के साथ पहुँचा।

बहुत देर तक ना चलनेवाली इस मीटिंग में, तय ये हुया कि वर्तमान कृषिमन्त्री को, जो कि अब अस्सी के करीब पहुँच गये हैं, नया राज्यपाल नियुक्त किया जाये। और खाली होनेवाले इस मन्त्री पद पर किसी नये जोश, नये चेहरे, किसी नये युवा को बिठा दिया जाये। बदरीप्रसाद का इशारा पाकर उसी के एक चेले, भईय्या भोलानाथ ओझा ने पूनम यादव का नाम लिया। पूनम, यादव बिरादरी से भी थी। महिला थी। और अकेली भी थी। बदरी के सारे चिलांडू-नेताओं ने उसके प्रस्ताव में फ़ॉरन हामी भर दी। ये भी तय हुआ कि नये राज्यपाल की नियुक्ति के सप्ताह भर के भीतर नये कृषि राज्यमन्त्री यानी की पूनम यादव को भी शपथ दिलवा दी जाएगी।

अब पूनम यादव के सर्वेंट-क्वार्टर से बाहर निकलने के दिन आ गये थे। फिर भी 'बूटी' उसके लोहे की बकसिया में बड़े ऐहतियात से सुरक्षित रखी हुई थी।

आज चौड़े किनारोंवाली सूती साड़ी पहनकर, अन्दर ही अन्दर उल्लसित होती पूनम बाहर पोर्टिको में, इन्तज़ार करती सफ़ेद ऐम्बेसडर की ओर बढ़ रही थी। उसने राजभवन के अपने सर्वेंट-क्वाटर से बाहर निकलते हुए बागीचे में देखा, माली काका ने गुलाबों की क्यारियाँ बना ली थीं। हर क्यारी में अलग-अलग रंगों के मुस्कराते, खिलखिलाते और झिलमिलाते गुलाबों को वो बड़ी तबीयत से देखती रही। लाल, पीले, सफ़ेद, बैंजनी, नारंगी, गुलाबी, काले, सतरंगी गुलाब।

पूनम ने बढ़कर एक सुर्ख़ गुलाब बदरीप्रसाद तिवारी के लिए तोड़ लिया। इस लम्हे, पूनम के चेहरे पर एक शातिराना मुस्कान उभर आयी थी।

क़यास

रामदई शहर के किनारे बसे हुए उस इलाक़े में रहा करती थी, जिसे लोग-बाग 'पसियाना' कहते थे। इस इलाक़े में ज़्यादातर मकान कच्चे थे, कुछेक ही पक्के घर थे जिस पर इलाक़े के आसपास के प्रभावशाली लोगों की इनायतें यदा-कदा बरसती थीं। सँकरी गलियों से बने इस इलाक़े में बिजली-पानी-पक्की सड़क-शौचालयों जैसी तमाम बेसिक दिक्कतों के साथ ही सामाजिक-प्रतिष्ठा का भी सरासर अभाव था। शहर के सभ्य कहे जानेवाले घरों के लोग इस इलाक़े और इनकी गलियों में झाँकना भी ग़वारा नहीं करते थे, लिहाजा यहाँ के लोगों ने बड़े लोगों से अलहदा अपना अलग एक समाज बना रखा था।

'पसियाने' के लोगों द्वारा निर्मित विशिष्ट 'मलिन समाज' की तमाम सारी ख़ूबियाँ उसी शहर के सबसे 'सम्भ्रान्त और कुलीन' कहे जानेवाले समाज से एकदम मिलती-जुलती थीं। मसलन देर रात तक दारू का दौर चलना, दुनिया भर की अंट-शंट बातें करना, हर एक शख़्स का ख़ुद को दूसरे के सामने, बढ़ा-चढ़ा कर पेश करना, बातों और दलीलों का गाली-गलौज तक पहुँच जाना, एक-दूसरे की इज़्ज़त/शोहरत पर बड़ी आसानी और बेबाक़ी से कीचड़ उछालना, परस्पर इल्ज़ामात लगाना, एक-दूसरे की उपलब्धियों को हमेशा कमतर आँकना वगैरह-वगैरह।

अब इस तरह की मजबूत समानताओं में दोनों वर्गों की उपलब्धियों के मुद्दे अलग-अलग हो सकते थे, जहाँ मलिन-बस्तीवालों की उपलब्धि ज़्यादा से ज़्यादा पक्की चहारदीवारी बना लेना था, आँगनबाड़ी के माध्यम से भी सरकार से कुछ रकम नोचना था, या मृतक-आश्रित-कोटे से सरकारी जमादार बनना था। वहीं कुलीन-बस्तीवालों के लिए एक नयी फ़ैक्ट्री डाल लेना या, फिर कुछ लम्बी विदेश-यात्रा हो सकती थी। इस मंडलीवालों के लिए 'ग्रीनकार्ड' की उपलब्धि भी कमतर नहीं हुआ करती थी। हमारे मुल्क़ की लचर सियासी ज़मीन में प्रधानमन्त्री या राष्ट्रपति का वित्तीय/सांस्कृतिक/विधि सलाहकार का पद हथिया लेना भी इन जुगाड़ू हासिल

करने में अनिवार्यतः शामिल रहा।

शराब के नशे में धुत्त मलिन तबका सरकार की 'हरिजन उद्धार योजनाओं' की बुराई-भलाई करता, या बिरादरी में उन योजनाओं से लाभान्वित शख़्स को 'पक्का हरामी है साला मा...' कहता। और कुलीन-सभ्य समाजवाले प्रधानमन्त्री की विदेश-नीति को या पारित हुए किसी नये विधेयक को धुआँधार तरीके से कोसते।

भाषा-शैली-शिल्प-संवाद मलिन समाज से कुलीन समाज की जुदा हो सकती थी, अपनी बात को रखने का तरीक़ा भी ज़रूर भिन्न हो सकता था, लेकिन फिर भी बुनियादी तौर पर ये समानताएँ पूरी तरह से एक जैसी ही थीं।

दोनों ही बड़े निर्भीक थे। एक इसलिए कि वो शासन-तन्त्र पर पकड़ मजबूत रखता था, दूसरा इसलिए कि उसे ना आगे का सोचना था ना पीछे का। चार्वाक-सिद्धान्त का पक्का अनुयायी, 'यावतज्जीवेत, सुखम जीवेत, ऋणम कृत्वा, घृतम पिबेत।'

वो इसलिए भी भयमुक्त था, क्योंकि वो अपने हाड़ के बल पर रोटी कमा-खा रहा था, और उसके पास खोने के लिए ज़्यादा कुछ था ही नहीं। यहाँ तक की इज़्ज़त भी नहीं।

ये दोनों ही समाज, मिडिल-क्लास कहे जानेवाले तबके को बहुत दूर तक अपने कब्ज़े में रखने की कूवत रखते थे। पहला अपनी पहुँच, बौद्धिकता और ऊँची शिक्षा-दीक्षा के चलते और दूसरा अपने रोज़मर्रा के काम-काज के बूते, जिसके चलते कुलीन तबका तो पूरा पूरा ही इन पर आश्रित था। दूसरा तबका अपनी नंगयी के बूते भी मिडिल-क्लास को अपने चंगुल में फँसाए रखता था।

दोनों ही बेशक धर्मभीरु नहीं थे। क्योंकि दोनों कर्म-प्रधान तबके थे। इन दोनों में गहरी संवेदनाओं और भाव-विह्वलता का प्रचुर मात्रा में अभाव भी था। दोनों के कलुषित दिमागों में कुटिल-भाव-भंगिमाएँ कूट-कूट कर भरी थी।

उस शहर की दो अलग-अलग धुरी पर खड़े, इन दोनों ही समाजों में एक और बात भी जबर्दस्त तरीके से एक-सी ही थी। वो ये कि ज़्यादातर शादीशुदा महिला और पुरुष दोनों ही अपने ख़ुद के पति/पत्नी से किसी एक सीमित दर्ज़े तक ही खुश थे। क़रीब-क़रीब वे सारे ही अपनी शादी के सिवा दूसरे ताल्लुक़ात में बुरी तरह उलझे हुए थे। इन दोनों ही समाजों में हो रहे शहर के चर्चित अपराध और जाने-माने क़त्ल भी कई बार इन्हीं 'अवैध-सम्बन्धों' के कारण अन्जाम दिये जाते थे। इन दोनों ही समाजों के कई सारे घरों में पल रहे बच्चे भी बहुत सम्भव था कि उस बाप के ना हों जिसका कि उस बच्चे को नाम मिला है। मतलब की इन दो तरह के विपरीत ध्रुवों/सिरों/छोरों पर बसे दोनों ही समाजों में नाजायज़ सन्तान बहुतायत में मौजूद थे।

रामदई भी इस मलिन-समाज और दूषित-बस्ती का एक हिस्सा थी, उसकी रहनवारी अभी पक्के मकान तक नहीं पहुँची थी। रामदई के पूरे ख़ानदान ने 'बड़े लोगन' के घर का मैला साफ़ करके अपना और अपने कुनबे का पेट पाला था। जब तक जीता रहा, रामदई के पति ने भी वही काम किया और कई बच्चे पैदा किये। लेकिन दुर्भाग्य से उन सारे बच्चों में से बचा कोई नहीं। कोई महामारी का शिकार होकर मरा, तो कोई इलाज के लिए पैसे ना होने की वजह से। किसी को समय पर सही ख़ुराक़ नहीं मिली इस लिए भुखमरी से बच नहीं सका, तो कोई ज़हरीली शराब की ढंग की ख़ुराक़ पीकर मर गया। कोई पतंग के पीछे दौड़ते हुए नंगे बिजली के तार से चिपक के मरा, तो किसी को पुलिस चोरी के इल्ज़ाम में उठा ले गयी, और लॉकअप में जुर्म क़बुलवाने के लिए इतना पीटा कि वो दुनिया ही छोड़ गया।

इतने बड़े-बड़े दुःख झेलकर रामदई के पति के पास जीने की ना तो ज़रा-सी भी इच्छा बची, ना ही तनिक-सी भी हिम्मत।

रामदई को गर्भवती छोड़कर वो भी एक दिन चल बसा। रामदई के बिरादरीवाले कहते हैं कि ये आख़िरी बच्चा रामदई के पति का था ही नहीं। रामदई के पति को सर्किट-हाउस के सारे बाथरूम को साफ़ करने का और पूरी सामने की रोड का, जहाँ तक कारें खड़ी की जाती थी, वहाँ तक का कूड़ा उठाने का काम मिला था। इस तरह से पेशे से वो एक सरकारी जमादार था। रामदई के लिए सर्किट-हाउस का माहॉल अपरिचित नहीं था। वो यहाँ कभी-कभार अपने पति का खाना पहुँचाने आती थी। उसका भूले-भटके रात-बेरात भी इधर का दौरा हो जाया करता था, जब कल्लू जमादार 'बखत' पर घर नहीं पहुँचता था, और यहीं पीछे अन्धेरे में कहीं 'साहब लोगन' की छोड़ी हुई महँगी विलायती शराब पीकर लुढ़का होता था। सर्किट-हाउस में ठहरनेवाले ही किसी अफ़सर या नेता के बच्चे के जन्म का इन्तज़ार रामदई का पति बड़े जतन से कर रहा था। लेकिन कल्लू जमादार उसे अपनी गोद में ले नहीं सका।

अचानक हुई रामदई के पति की मौत की वजह से उसकी बेवा को एक पक्का मकान और 'लड़कियन' के सरकारी स्कूल में झाड़ू मारने का काम मिल गया था। ऊपरवाले की कृपा और किसी ख़ास के प्रयासों के चलते रामदई को एक बेटा मिल भी गया। ये बेटा रामदई की अँधेरी बुढ़ौती का अकेला चिराग था।

ये बच्चा रामदई के पति की क़िस्मत का सितारा तो हर्गिज़ नहीं था। उसके तो सभी बच्चे बड़ी बदहाली-बर्बादी और तबाही के जीते-जागते शिकार बने थे। लेकिन इस बच्चे के जनम ने रामदई की तक़दीर वाक़ई बदल दी थी। वरना तो वो भी 'पसियाने' की सभी औरतों की तरह भुखमरी और तंगी में बच्चा जन-जन कर एक दिन ख़ुदा को प्यारी हो ही जाती। भले ही रामदई के हाथों से कोहनी तक की भरी-भरी कलाई से चूड़ियाँ उतर गयी थीं, भले ही उसका बड़ा-सा लाल टीका और पूरी

माँग का नारंगी 'मोटिया सिंदूर' मिट गया था और रंग-बिरंगी नायरलॉन की साड़ियों की जगह बेरंग सूती-सफ़ेद धोतियों ने ले ली थी। फिर भी रामदई के चेहरे पर एक झलझल चमक ने अपना ठौर पक्का रखा था। जिसकी मूल वजह अब तो सिर्फ़ उसका चाँद जैसा लाल था, जो उसके अल्लाह को प्यारे हुए सारे बच्चों में सबसे हसीन और बाँका था। इस लड़के का नाक-नक्शा कुछ भी 'कल्लू जमादार' जैसा ना था। इसी चन्दा को हँसते-खिलखिलाते-बढ़ते देख-देख कर वो अपने गुज़रे हुए भीषण सदमों को एक-एक कर पीछे ढकेलती गयी।

जब रामदई के 'रिटायर' होने में महज दो-एक बरस बाक़ी रह गया था, उस वक़्त रामदई के पास एक पक्का मकान, जमादारनी की एक सरकारी पक्की नौकरी और उसका खिलखिलाता लाडला चन्दन था, यही रामदई की ज़िन्दगी का कुल हासिल था। वो इससे बड़ी खुश और सन्तुष्ट भी थी। उसके पास गर्व-अभिमान-ममता जैसे मूलभूत इनसानी गुण भी मिडिल-क्लास से निकलकर, छन-छन कर आ गये थे।

रामदई रोज़ की तरह सवेरे उठकर अपने स्कूल जाने के लिए अपनी धोती बाँधने लगी। चन्दन हमेशा की तरह सो रहा था। रामदई बड़े लाड़ से अपने प्यारे को चैन से सोता देखती रही। रामदई उसके मुतमईन चेहरे पर से गुज़रते कई चेहरों को देखती रही। सिब्बू, रवि, सोनू, सन्नी, पूजा, आसा और स्यामू का चेहरा। सारे गुज़रे हुए बच्चे एक साथ रामदई को दिखाई देते, लेकिन चन्दन में कुछ अलग था। सुन्दर-सलोना, हीरे की कनी जैसा गोरा, दमकता हुआ उसका चन्दन। रामदई ने सोते हुए चन्दन के माथे के किनारे काजल का एक टीका लगा दिया। अपने बिछड़े हुए सारे रिश्तों का प्यार भी रामदई ने एक साथ चन्दन पर ही उड़ेल दिया था। चन्दन को रामदई पर इतने से कहीं ज़्यादा दुलार था, जितना शायद एक आम माँ अपने एकलौती औलाद से आमतौर पर करती हो। रामदई ने दोबारा उसका माथा चूमा और घर की देहरी को पार करके स्कूल के जानिब निकल पड़ी।

स्कूल में झाड़ू-बुहारू के बाद खाने की छुट्टी के दौरान स्कूल के फाटक के पास वहाँ की दाईयों, चौकीदारों और मालियों से थोड़ी बातें करने लगी। अपना हाल सुनाती, कुछ उनके दुखड़े सुनती और स्कूल के मैदान में उछलती-कूदती, खेलती, तरह-तरह के झूला-झूलती लड़कियों को खूब निहारती। आख़िर उसके मरे हुए बच्चों में दो प्यारी बेटियाँ भी तो थीं। रामदई को जब चन्दन का खिला चेहरा याद आता तो वो इस शोरगुल में, इस धमाचौकड़ी में भी बेहद सुकून से भरी हुई एक शान्त और राहत देनेवाली ठंडी बयार को महसूस कर लेती। रामदई को बैठे-बैठे ध्यान आया कि—

''मेरा लाडला, मेरा चन्दन सो कर उठ गया होगा...। तरकारी रोटी बना के रख आयी हूँ...उसकी पसन्द का चने का साग बनाया था...। भला हो माली भइय्या का, कितना ताज़ा साग लाया था मेरे लाल के वास्ते...। शायद अब तक मेरा चन्दन खाने भी लगा होगा, साग-रोटी...। दो लड्डू भी बचा के डिब्बे में रख आयी थी उसके लिए, ना जाने देखा होगा कि नहीं...।''

''ना जाने मुँह-हाथ धोए भी होंगे या यूँ ही बैठ गया होगा सीधा खाने...। हर बात पर डाँट लगानी पड़ती है...बिगड़ रहा है अब...बिना बताए निकल जाता है कहीं भी मोहल्ले के उचक्कों के संग...सौ बार कहा है, नदी-पोखर में तैरने ना जाया कर, घर में मन ही नहीं लगता उसका...मेरी कोई बात मानता ही नहीं...। साँप-गोजर-बिच्छू कितने कीड़े-मकोड़े निकल आते हैं बरसात में...। पानी भी बढ़ आता है...कैसे रोकूँ...कैसे बेड़ियाँ डालूँ, जी घबराता है मेरा तो हर वक़्त...अब तो इस स्कूल से आज़ाद होकर ही चैन आएगा मुझे...। तब दिन-रात चौकसी कर सकूँगी अपने लाल की...।''

यही सब सोचते-विचारते खाने की छुट्टी ख़त्म होने की घंटी बज गयी। रामदई उठकर लड़कियों का फ़ैलाया कूड़ा बटोरने चली। उसने झाड़ू उठाया ही था कि ना जाने कैसी चीत्कार जैसी पीड़ा उसने अपने दिल के भीतर महसूस की। अचानक कौन सा बहुत तेज़ तक़लीफ़ देनेवाला धक्का उसके दिल पर लगा, वो समझ नहीं पायी। वहीं ज़मीन पर धम्म से बैठ गयी। उसे कुछ समझ नहीं आया कि उस पर से एकाएक ये क्या गुज़र गया। बिजली गिरने या फिर बिजली के कड़कने जैसा ये कौन-सा अहसास उसे पल भर के लिए हुआ था। ये क्या बला थी। ये क्या धमाका था। ऐसा दर्द, ऐसी तक़लीफ़, ऐसी बेचैनी, ऐसा ज्वार उसने पहले भी सहन किया था, लेकिन ये एकबारग़ी की उभरती तीव्र परेशानी उसने पहले नहीं झेली थी। वो अपनी छाती पकड़े, कुछ देर बैठी रही।

स्कूल की ज़्यादातर लड़कियाँ अपने-अपने क्लास में जा चुकी थीं। पानी पीनेवाले नल की क़तार ख़ाली हो चुकी थी। वहाँ लड़कियों के अचार, सब्जी, पूरी-पराठे के टुकड़े, आइसक्रीम की डंडियाँ, चूरन के कागज़, इमली-कैथे-अमरख के ढेर सारे छिलके और बीज फैले पड़े थे। रामदई ख़ुद को सँभालती नल तक आयी, उसने पानी के कुछ घूँट हलक़ में ढनगाये। फिर झाड़ू सँभाली ही थी, कि उसके प्राणों से पियारे बेटे चन्दन का एक दोस्त हाँफ़ता हुआ उसके पास आया। वो इतनी तेज़ी से अपनी साइकिल फेंककर, रामदई के नज़दीक तक पहुँचा था, कि ना तो ढंग से साँस ले पा रहा था और ना कुछ बोल ही पा रहा था।

''चा...। ची...चाची...चाची...। वो चन्दन...चाची वो...''

रामदई को ख़बर दी गयी कि उसका ये आख़िरी बेटा चन्दन दोस्तों के संग

नदी में तैरने गया था। बरसात के कारण बढ़ी हुई नदी का पानी उस पर हावी हो गया और वो डूब गया।

रामदई ये ख़बर सुन रही भी थी या नहीं, मालूम नहीं वो कुछ ना बोली। ना एक बूँद आँसू गिरा उसकी आँख से...ना रोयी ना हँसी...उसके हर तरफ़ एकदम सन्नाटा पसर गया हो जैसे...चन्दन की मिट्टी उसके आगे रखी गयी। अर्थी उसके सामने सजी। कफ़न से उसके लाडले चन्दन का मुँह उसकी आँखों के सामने ढँका गया। मैय्यत उसकी नज़रों के आगे से उठाई गयी। 'पसियाने' की सारी औरतें चीख-चीख कर रोयीं...उसके कन्धे पर सिर पटक-पटक कर दहाड़ मारतीं रहीं...लेकिन रामदई चुपचाप बैठी सारा मंज़र देखती रही। वो ख़ामोश बैठी सबको रोते-चीखते-चिल्लाते-दहाड़ते-बिलखते देखती रही, गोया वे लोग किसी ग़ैर के लिए मातम मना रहे हों। वो अजीब निग़ाहों से सबको समझने की कोशिश कर रही थी। लेकिन उसे वास्तव में कुछ समझ नहीं आ रहा था। उसे अर्थी के गुज़रने पर पीछे से पानी डालना, औरतों का सिर धोना, उसके मोहल्ले की औरतों का ख़ुद रामदई को सिर धोकर नहलाना, सारे कपड़े धो-धो कर निचोड़ना पता नहीं क्यों एक अजीब अनहोनी दास्तान जैसा दिख रहा था। वो किसी का कोई प्रतिरोध नहीं कर रही थी, लेकिन ये सारी गतिविधियाँ उसे किसी खेल-तमाशे से कम नहीं लग रही थीं। वो सबकुछ बड़ी अजीब-ओ-ग़रीब नज़रों से देख रही थी। उसे तो हरेक शख़्स अजनबी दिख रहा था। उसका पहचाना हुआ तो सिर्फ़ एक चन्दन का ही मुखड़ा था, वो इतने सारे अलग-अलग औरत-मर्द, बच्चे-बूढ़े, रोते-गाते लोगों में केवल एक चन्दन का ही नादान चेहरा खोजती रही थी।

धीरे-धीरे दिन ढल गया। पहले ही सन्नाटा फ़ैला था, अब तो रामदई का वो पक्का मकान कुछ और भयानक-सा, कुछ बेहद वीरान-सा, शायद एक श्मशान जैसी जगह में तब्दील हो गया। तकरीबन सभी पुरुष अर्थी के साथ पहले ही निकल चुके थे। जो कुछेक लौट के आए अपने-अपने झोपड़े को रवाना हो लिए।

कई सारी औरतें अभी भी रामदई के मुर्दा चेहरे को देखती उसके करीब बैठी रहीं। रामदई के होश ना जाने कहाँ थे। उसके हवास पर ना जाने कौन सा फ़ितूर, कौन सी बात, कौन सा नशा हावी था, जो ना उसे रोने दे रहा था, ना कुछ बोलने और ना ही उसके दिल, उसकी ज़बान को खुलने ही दे रहा था।

रात ढलते ही रामदई ने कयास लगाने शुरू कर दिये—

''कहाँ रह गया मेरा चन्दन...। मेरा लाल अभी तक आया नहीं...कहीं नन्दू के घर ना जा बैठा हो...। टीवी तो नहीं देख रहा होगा...। कितनी बार कहा है, बिना बताये ना जाया कर...। सुनता ही नहीं है...। इसका बाप ज़िन्दा होता तो ख़बर लेता इसकी...। मेरी तो एक बात नहीं सुनता...। मेरा दुलारा बेटा शायद देर से आएगा...मैं

अपने बच्चे को अब कहीं नहीं जाने दूँगी...। आता ही होगा मेरा लाल...।''

सवेरा हुआ, आधी जागी और आधी सोयी हुई, बदहवास रामदई अपने खाट के पाये पर सिर टिकाए पूरी रात चन्दन की बाट जोहती रही। जब अनमनी-सी रामदई उठी भी, तो उसका क़यास लगाने का सिलसिला फिर से रवां हो चला—

''चन्दन मेरा लाल, मेरा हीरा, मेरा मोती अभी सो रहा होगा...उजाला हो गया है...। उसके लिए कुछ बना देती हूँ...। जब जागेगा साग रोटी खिलाऊँगी उसे...। चने का साग बनाऊँगी उसके लिए...वही माली काकावाला साग...ताज़ा-ताज़ा...। उसे बहुत पसन्द है...। मैंने तो लड्डू भी सहेज रखे हैं उसके लिए...डिब्बे में...। ना जाने उसे मिल भी सकेंगे कि नहीं...जाग जाये तो ख़ुद खिलाऊँगी...अपने हाथों से खिलाऊँगी...। आता होगा मेरा लाल...। यहीं कहीं दोस्तों के संग निकला होगा...। क्या पता सो रहा हो...। देर से जागता है मेरा चन्दन...। बस अभी आता ही होगा...शैतान कहीं का...आने दो फिर बताती हूँ...। इस बार नहीं छोड़ूँगी...क्या पता...कहीं पतंग लेने ना निकल गया हो...। मँझा-लटाई-सद्दी सबका पैसा दे दूँगी, हाँ-हाँ दोस्त के लिए भी खरीद लेना...बरसात तेज़ है, कहीं गिर ना जाना...। इधर-उधर शरारत करता होगा...आता होगा मेरा लाल...। बस आता ही होगा मेरा लाल...।''

यही गुनते-गुनते रामदई का पूरा अगला दिन भी गुज़र गया...अड़ोसी-पड़ोसी औरतों ने अपनी आँखों से आँसू पोछते हुए उसके मुँह में कुछ निवाले डाले। रामदई उन औरतों को भी बड़ी तल्लीनता से समझाती रही—

''मेरा चन्दन आ जाएगा अभी...। जल्दी आ जाये तो दूध गरम कर दूँ उसके लिए...। शायद मामा के यहाँ चला गया होगा, मामी खीर जो पकाती है मेरे चन्दना के लिए...। अरे मामा-मामी का बड़ा प्यारा है वो...। बस केवल उनकी सुनेगा लाल मेरा...। कि मेरी भी कुछ सुनेगा...। बहुत बातें बतानी है उसे अभी...। मेरा लाल, मेरा गुड्डा, मेरे कलेजे का टुकड़ा...। आ जाएगा मेरा चन्दा अभी...। आता ही होगा...। बस आता ही होगा...।''

दूसरे दिन भी सूरज डूबने तक, रामदई अपनी खाट पर सिर टिकाए बड़ी तन्मय होकर, एक के बाद एक, क़यास पर क़यास लगाती रही।

द लास्ट फ़्लाइट

ऐली बड़ी तन्मयता से अपने सिंगारदान के सामने खड़ी होकर अपने बाल बना रही थी। बड़े क़ायदे से उसने साड़ी बाँधी। पूरा ख़ूबसूरत मेकअप किया। क्या काजल, क्या आई-लाईनर, क्या लिपस्टिक, क्या लिप-लाईनर, क्या फ़ेस-फ़ाउंडेशन, क्या हल्की मैचिंग जूलरी, एक-एक चीज़ पर पूरा वक़्त ख़र्च कर रही थी। ख़ुद को बड़ी करीने से सजाती हुई, वो बड़ी बन-ठन के तैयार हो रही थी।

ऐली का पिता जौन फ्रेडरिक एमैनुयेल बड़ा बेचैन होकर इधर-उधर वहीं उसके ही कमरे के बाहर चहल-क़दमी मचाए हुए था।

ऐली को अपने सिंगारदान के बड़े से आईने में बार-बार आते-जाते, बेचैनी से भरे हुए उसके तेज़ क़दम दिखाई दे रहे थे। ऐली को उनकी अकुलाहट की पर्याप्त जानकारी भी थी। बहुत देर तक दोनों एक जैसे ही गतिशील रहे। आख़िरकार ऐली ने ही ज़ोर से कहा—

''डैडी आप कब तक टहलते रहेंगे...। अन्दर आ जाईये, यहाँ बैठ जाइए...। प्लीज़ फ़ॉर गॉडसेक...।''

जौन अपनी बेटी के कमरे में दाख़िल तो हो गया, वहाँ रखी क्रोशिये से बनी सफ़ेद चादरवाली पलँग पर बैठ भी गया, लेकिन उसकी बेचैनी ज़रा भी कम नहीं हुई। बल्कि अपनी बेटी को इस तरह पूरा सजा-सँवरा और तैयार देखकर और ज़्यादा ही बढ़ गयी।

जौन भुनभुनाने लगा—

''पता नहीं ये मेरी अपनी औलाद मेरी ही बात क्यूँ नहीं मानती...मैं कैसे समझाऊँ इस सिली लड़की को...।''

ऐली अपनी सजावट और आईने को छोड़कर अपने पिता के पास चली आई। वो जौन से मुख़ातिब होकर कहने लगी—

''डैडी, माय स्वीट डैडी, लुक ऐट मी...डोन्ट यू फ़ील, हाओ हैप्पी आय'म

टुडे...। मेरी ममा नहीं है...डैडी तुम ही मेरी ममा हो, मेरे डैडी हो, मेरे बेस्ट-फ्रेंड हो...अलाऊ मी, विद चीयरिंग फ़ेस डैडी...प्लीज़...।''

''ऐली माय लिटिल चाइल्ड, अब मैं तुमको कैसे समझाऊँ...तुमको पूरी दुनिया में यही एक जॉब मिला था...। बाय गॉड, मेरा दिल बैठा जा रहा है...तुम जानती हो, तुम्हारे फ़ादर ने भी कभी हवाई-जहाज के अन्दर पैर नहीं रखा...अब तुम सात समुन्दर पार जा रही हो...''

ऐली ने अपने पिता के कन्धे पर सिर रखा और बड़े मधुर लहजे और मीठी ज़बान में कहने लगी—

''डैडी, क्या मैं तुम्हारी बेस्ट-फ्रेंड नहीं हूँ...। ममा के जाने का दुःख तुम मुझे देखकर ही भुलाते हो ना...मेरी बर्थ के टाइम ही ममा हमलोगों को छोड़कर गॉड के पास चली गयी थी ना...। लेकिन तुम ही कहते हो ना डैडी कि मैं तुम्हें ममा से भी ज़्यादा प्यारी हूँ...। बताओ क्या ये सच नहीं है डैडी...।''

''माय लव, माय स्वीट बेबी, माय डार्लिंग ये सच है...एकदम सच है...तभी तो मैं तुम्हें ख़ुद से दूर नहीं करना चाहता...। नॉट फ़ॉर ए सिंगल मिनट माय चाइल्ड...'' कहते-कहते जौन ने ऐली को गले से लगा लिया।

ऐली ने जौन को फिर समझाया—

''फिर क्यों अपसेट हो रहे हो डैडी...क्यों मुझे डिसकरेज कर रहे हो...आज पहली बार मुझे मौक़ा मिला है इंटरनेशनल फ़्लाइट में जाने का...आज आस्ट्रेलिया जा रही हूँ, कल यूएस, यूके, कैनेडा ना जाने कहाँ-कहाँ जाऊँगी डैडी...। क्या हर बार तुम ऐसे ही उदास रहोगे...। ओ डैडी आय कान्ट टेल यू, हाऊ मच हैप्पी आए'म...हाओ लकी आए'म डैड...वैसे भी ये डोमेस्टिक-उड़ानें मुझे कभी नहीं चाहिए थी। बाहर तो पहली बार जा रही हूँ...आए'म सो एक्साइटेड डैडी...। डैडी देखो, फिर ये कोई मेरी लास्ट फ़्लाइट तो न...।''

ऐली का आख़िरी वाक्य पूरा होने से पहले ही जौन के उसके मुँह पर अपना हाथ रख दिया, और तड़प कर बोला,

''नो नो नो...ऐसा नहीं कहते बेटा...ऐसा कभी नहीं कहते...। गौड कैन नेवेर बी सो क्रूएल विद अस नाऊ...। यू नो, यू आर द ओनली होप औफ़ माय लाइफ़...जाओ तुम खुशी-खुशी जाओ...देखना आस्ट्रेलिया में तुम हँसते-हँसते क़दम रखोगी...गॉड ब्लेस यू माय चाइल्ड...गो...। गो विद योर स्माइल...आय'ल वेट फ़ॉर यू...आय'ल प्रे फ़ॉर यू...।''

इस बातचीत के दौरान, ऐली की एयर-वैन दरवाज़े पर आ चुकी थी। उसने मुस्कराते हुए अपने पिता से विदा ली। इंटर्नशिप ख़त्म होने के बाद एक एयर-होस्टेज़ के तौर पर ये उसकी पहली विदेश जानेवाली उड़ान थी।

ऐली ने अपने सहकर्मियों के साथ चहकते हुए हवाई जहाज के भीतर क़दम रखा। वो अपने परिचारिका वाले सभी कर्तव्यों को पूरी निष्ठा से खुशी-खुशी निभाते हुए सफ़र तय कर रही थी। हवाई जहाज में कई देशों से आए लोग सवार थे। सभी के अपने-अपने काम-धन्धे और अपनी-अपनी निराली दुनिया थी। सभी अपने-अपने लक्ष्य को पूरा करने के लिए, एक ही नियत समय पर इस जहाज पर एक साथ आकर बैठे थे और ज़ाहिर तौर पर सभी एक-दूसरे के सहयात्री भी थे। जहाज के मुसाफिरों में नया जन्मा एक बच्चा भी था जो अपनी माँ की गोद में खूब 'ऊँ-ऊँ' करके अंगड़ाईयाँ ले रहा था, और पूरे सफ़र भर हाथ-पैर मारता रहा। खुशमिज़ाज़ ऐली उसे देखकर मुस्करा उठती थी, और वो बच्चा भी ऐली को देखकर और भी सक्रिय हो जाता था। ऐली और वो नवजात दोनों ही पहली बार एक विदेशी ट्रिप का हिस्सा बने हुए थे। वो आज बहुत आनन्दित थी। ऐली की ज़िन्दगी का यही एक सपना था, जो आज हक़ीक़त बन रहा था।

लेकिन होनी को कुछ और ही मंज़ूर था। और 'होनी होकर होय' ये बात भी सोलह आना सच थी। आस्ट्रेलिया की सीमा तक तो हवाई जहाज सकुशल पहुँच गया। ऐली अपनी सहकर्मी लड़कियों के साथ हँसती-खेलती पहुँच गयी थी। लेकिन आस्ट्रेलिया के हवाई अड्डे पर लैंड करने से ठीक आठ मिनट पहले कोई ऐसी बड़ी तकनीकी ख़राबी हवाई जहाज में देखने में आयी, जिसे प्लेन को उतारने से पहले ठीक करना बेहद ज़रूरी था। वरना प्लेन के साथ पूरे एयरपोर्ट को ध्वस्त होने में ज़्यादा वक़्त नहीं लगता। लेकिन प्लेन में आई इस ख़राबी को उड़ते हुए ही ठीक करना भी मुमक़िन नहीं हो रहा था। इसी क़श्मक़श में उलझा हुआ पायलट और उसका पूरा स्टाफ़ ना प्लेन उतार पा रहा था, ना ज़्यादा देर आसमान में ही रखने की स्थिति में था। पूरे परिचारिका स्टाफ़ में ख़लबली मच गयी थी। हर कोई अपने-अपने आराध्य को बेचैन होकर याद करने लगा था। बचने के लिए कोई सूरत नहीं निकल रही थी।

इस नाज़ुक वक़्त पर घबड़ाई हुई ऐली को अपने पिता की बहुत याद आने लगी। मारे बेचैनी के उसके हाथ-पाँव फूल रहे थे। उसे अब लगने लगा था कि उसे जौन की बात मान लेनी चाहिए थी और उसे इस उड़ान में शामिल नहीं होना चाहिए था। पायलेट-स्टाफ़ के साथ-साथ पोर्ट में बैठे सभी कर्मचारी भी बुरी तरह से परेशान थे। अंततः कोई रास्ता नहीं निकला, और बदनसीब इन आख़िरी आठ मिनटों की ज़द्दोज़हद के दौरान जब प्लेन में मौजूद एक-एक सदस्य बदहवासी की चरम पराकाष्ठा से गुज़र रहा था, उसी वक़्त किसी एक बेहद मनहूस पल में बड़ा-सा धमाका हो गया। देखते ही देखते अच्छे-भले उड़ रहे पूरे के पूरे प्लेन के परखच्चे उड़ गये। एयरपोर्ट की लैंडिंग से तक़रीबन एक मील दूर, एक ख़ुले मैदान में ये

हँसता-खेलता भरा-पूरा, हवाई जहाज, कचरे के ढेर की शक्ल में जा गिरा। हर तरफ़ ग़ुबार-धुआँ-राख़ का ढेर था, और आसमान तक उड़ते हुए गहरे काले-काले बादल दूर तक दिखाई दे रहे थे। एयरपोर्ट तक इसके गिरने की भीषण आवाज़ों और एक-आध टूटे-फूटे पुर्ज़े के दूर छिटक के आ गिरने के सिवा कोई नुक़सान नहीं हुआ था।

इस भयंकर विस्फ़ोट ने पूरी दुनिया में तहलक़ा मचा दिया था। दूरदराज़ के रहनेवाले कई मुल्क़ों के बाशिन्दे इस जहाज पर सवार थे। हर ख़ास-ओ-आम को इस दर्दनाक़ हादसे ने हिलाकर रख दिया था। दुर्घटनास्थल पर कुछेक घंटों में ही मददग़ार वाहनों, राहत सामग्री पहुँचानेवाली गाड़ियों, प्रेस-टीवी पत्रकारों के रेले, ऐम्बुलेन्सों और प्लेन में मरे हुओं के नातेदारों की भीड़ आ जुटी थी। तमाम सारे अधिकारी और मन्त्रीगण का भी हुजूम देखते ही देखते इकट्ठा हो गया था। हर कोई बदहवास, हताश, परेशान हुआ बुरी यन्त्रणाओं से गुज़र रहा था।

मलबे में से लाशें निकालकर परिजनों को सौंपने का काम बेहद तीव्र गति से किया जाने लगा था। ऐसा साफ़ दिख रहा था कि एक भी शख़्स उस त्रासदी में जीवित ना बचा होगा।

कई सारे शवों के बीच ऐली की लाश भी पड़ी थी। राहतकर्मियों ने जैसे ही पेट के बल पड़ी हुई ऐली की लाश को हटाया, वे हैरत में पड़ गये। उन्होंने वहाँ ऐली के शव के नीचे एक महीने भर के नन्हें बच्चे को ज़िन्दा पाया। तुरन्त बच्चे को अस्पताल पहुँचाया गया और मालूम हुआ कि नन्हीं जान एकदम सुरक्षित है। ऐसा माना जा रहा था कि प्लेन-क्रैश होते वक़्त ऐली ने अपनी गोद में उस मासूम को छुपा लिया होगा और प्लेन-क्रैश की सारी तबाही ऐली ने ख़ुद पर झेली होगी। ऐली के शव को बड़े सम्मान से हिन्दोस्तान में उसके पिता जौन फ्रेडरिक के घर के लिए रवाना कर दिया गया।

प्लेन-क्रैश की ख़बरें सुनकर और टीवी पर उसके ख़ौफ़नाक मंजर को देखकर जौन की रूह पहले ही काँप उठी थी। देहरी पर ऐली के शव को रखा देखकर वो मारे दुःख के पागल ही हो गया। उसके रिश्तेदारों, पड़ोसियों और दोस्तों ने मिलकर ऐली का अंतिम-संस्कार किया। ताबूत में रखे ऐली के शव को जौन यूँ देख रहा था जैसे अभी वो उठ खड़ी होगी, और फिर उसके कन्धे पर सिर रखकर मीठी-मीठी बातें करेगी। जौन को ऐली की माँ भी इस वक़्त टूटकर याद आ रही थी। ऐली की क़ब्र पर मिट्टी डालते वक़्त, जौन को ऐसा लग रहा था, जैसे उसकी ज़िन्दगी में सबकुछ ख़त्म हो चुका है, क्योंकि उसकी इकलौती औलाद भी आज उससे हमेशा के लिए जुदा हो गयी थी।

जौन की दुनिया लुट चुकी थी। वो अब अपने घर से पूरी तरह बेज़ार हो गया था। शराब की बोतल सँभाले चर्च के पीछेवाले क़ब्रगाह को ही लोगबाग उसका अड्डा मानने लगे थे। उसके हमदर्द दोस्त उसे वहीं खाना खिलाने जाते और उसकी दुःखती जान का हाल लेते थे।

जौन तो बस एक यही ज़िद पकड़े बैठा था कि ऐली को वो एक बार, बस एक बार ज़िन्दा-चलता-फिरता देख ले, और अपनी बेटी की प्यारी आवाज़ सुन ले। हालाँकि ये बातें अब असम्भव थीं, लेकिन जौन को कौन समझाये! उसके अभिन्न मित्र उसकी हालत देख-देख कर रो पड़ते थे। उसके रिश्तेदारों ने उसके सामने जाना ही बन्द कर दिया था, क्योंकि वे लोग ख़ुद को जौन की इस दयनीय स्थिति में बर्दाश्त करने में असमर्थ पा रहे थे। उनका सारा समझाना-बुझाना निष्फल जा चुका था।

जौन ख़ुद से बेगाना हुआ दिन-रात शराब पीता हुआ, क़ब्रगाह के इर्द-गिर्द मँडराता रहता था। एक रात वो ऐली की क़ब्र पर रोते हुए काटता, तो दूसरी रात उसकी माँ के क़ब्र के सिरहाने वेडिंग-गीत गाते गुज़ारता। उसके दुःख का कोई पारावार नहीं था। उसके बाप-दादा की ठीक-ठाक सम्पत्ति के चलते उसे रुपये-पैसों का कोई मलाल नहीं था। लेकिन जमा-जमाया पुश्तैनी धन्धा भी एक सुयोग्य और क़ाबिल वारिस के अभाव में नष्ट होने लगता है, इसलिए उसके शुभेच्छु उसे हर मर्तबा मिलने पर भली नसीहतें देते रहते थे।

इसी दर्द से डूबे उसके कठिन दौर में एक रात जौन का एक दोस्त विल्सन चर्च की पिछली दीवार से टिका उसके साथ शराब पी रहा था। विल्सन भी जौन को उसके दुःख से उबारने में अब तक सफल ना हो सका था। फिर भी वो जौन को अपने तईं समझाये जा रहा था।

''कितने दिन बीत गये जौन, तुमने अपने घर की सूरत भी नहीं देखी...तुम्हें जाना चाहिए...अपना घर बार देखना चाहिए...बल्कि जौन, माय ऑनेस्ट फ्रेंड, तुम्हें ये कब्रिस्तान छोड़ के अब वहीं रहना चाहिए...। कब तक सोग मनाओगे ब्रदर...। वो घर, तुम्हारी वाइफ़, तुम्हारी क्यूट डौटर का बसाया हुआ घर है...वहीं तुमको आराम मिलेगा...फिर तुम्हें अपने अच्छे-भले बिज़नेस का भी तो सोचना चाहिए...। तुम्हारे इस रवैये से तो सब बर्बाद हो जाएगा जौन...। समझा करो मेरे दोस्त ये कम्पिटीशन का दौर है, कोई भी तुम्हारे हालात देखकर तुम्हें तबाह कर डालेगा...फिर सड़क पर आने में ज़्यादा वक़्त नहीं लगेगा...तुम हेल्पलेस रह जाओगे जौन...। समझो अपने ज़माने की इस नज़ाक़त को समझो ज़रा...।''

''कितनी बार तुमसे बोला है विली...। ये सब मुझे मत समझाया करो...तबाह और बर्बाद तो मैं पहले ही हूँ, अब क्या कोई सड़क पर लाएगा मुझे...। मेरी दुनिया पहले ही लुट चुकी है विली...। मुझे वहाँ, उस घर, उस दफ़्तर नहीं जाने का...वो

घर मुझे काटने को दौड़ता है...वहाँ मेरी ऐलीज़ा, मेरी ऐली मेरे साथ कितनी खुश-खुश रहती थी। हम सबने वहाँ कितने अच्छे-अच्छे दिन बिताये हैं। कितने क्रिसमस साथ मनाये हैं...अब अकेले वहाँ मुझे डर लगता है...मैं यहीं ठीक हूँ...'' कहते-कहते जौन फिर फूट फूट के रोने लगा, उसने रोते हुए आगे कहा—''आय'म ओके हियर विली...डोन्ट डिस्टर्ब मी, आय'म रियली ओके हियर। इट्स अ पीसफ़ुल ज़ोन...लेट मी लिव माय लाइफ़ विद माय फ़ैमिली विली। मेरा पूरा फ़ैमिली यहीं आ गया है...सो आय'म फ़ाइन हियर...''

विल्सन ने उसके कन्धे पर हाथ रखा और उसे ढाँढस बँधाते हुए बोला, ''जौन मेरे दोस्त...काम डाउन...इट्स ओके...चुप हो जाओ...शान्त हो जाओ जौन...मैं तो बस यही कह रहा था कि कब तक यहाँ मुर्दों के बीच पड़े रहोगे...कब तक जौन...''

'जब तक मैं मेरी स्वीट ऐली को देख नहीं लेता...। तब तक यहीं पड़ा रहूँगा...। मुझे उससे मिला दो विली, फिर मैं तुम्हारी सारी बात मान जाऊँगा...अपना बिज़नेस भी देखने लग जाऊँगा...। घर जाकर रहने भी लगूँगा...आय प्रॉमिस...।''

विल्सन चुप हो गया। वो जौन की ना पूरी होनेवाली फ़रमाइश का भला क्या जवाब देता। उसने अपने गिलास में थोड़ी विस्की और डाली और ख़ामोशी से सिर झुकाये, पीने लगा।

अचानक उसने देखा चर्च के पादरी के लिबास में एक आदमी चर्च के उसी क़ब्रिस्तान में क़ब्र-दर-क़ब्र कुछ खोजता फिर रहा है। जौन ने भी उसे देखा, उसने समझा चर्च का पादरी फ़ादर डेविड यूँ ही नींद ना आने की वजह से घूम रहा है। उसने कुछ सँभलकर, विल्सन से कहा—

''विल्सन, तुम मुझे यहाँ रहने से रोकते हो ना...देखो फ़ादर डेविड को भी ये जगह कितनी पसन्द है...इतनी रात गये वो भी इसी पीसफ़ुल जगह में अकेले टहल रहे हैं...उन्हें भी यहाँ आकर सुकून मिलता है...। अपने घर के लोगों से वो भी यहीं आकर मिल पाते हैं...।''

इस पर विल्सन ने आपत्ति जताई, और उसे नयी जानकारी भी दी—

'नहीं जौन, ये अपने फ़ादर नहीं हैं...। ये तो कोई और ही है...हाँ याद आया ये फ़ादर डेविड के कोई रिलेटिव हैं...कुछ दिन पहले गोवा से यहाँ आए हैं...इनका नाम शायद ऐंजिल डिकोस्टा है...। जौन, लोग कहते हैं इन्हें कई तरह का मैजिक आता है...। बहुत जादू-टोना सीखा हुआ है इन्होंने...। आत्मा-भूत-प्रेत सब जानते हैं ये...। आज भी शायद कोई एक्स्पेरीमेंट कर रहे हैं यहाँ मज़ारों पर...।''

जौन, ऐंजिल डिकोस्टा के बारे में सुनकर ना जाने क्यों उत्साहित हो गया था और उसने हल्की-सी राहत भी पायी थी। जौन काफ़ी देर तक ऐंजिल डिकोस्टा, उसकी हरक़तों और उसकी खोज को बहुत ग़ौर से, बड़ी बारीक़ी से देखता रहा।

ऐंजिल हरेक क़ब्र के नज़दीक जाता था। बहुत ही धीमे स्वर में कुछ बोलता था और क़ब्र की थोड़ी सी मिट्टी उठाकर अपने साथ लाये एक थैले में डालता जाता। ऐंजिल डिकोस्टा ने वही प्रक्रिया कई बार दोहराई और वो धीरे-धीरे जौन और विल्सन की आँखों से ओझल हो गया।

अगली सुबह चर्च के भीतर, तड़पता-कलपता हुआ जौन, ऐंजिल डिकोस्टा के ठीक सामने बैठा रो रहा था। जौन ने एक एककर ऐंजिल को अपनी सारी आपबीती सुना दी थी। उसने ऐंजिल डिकोस्टा से बड़ी ही विनम्र इल्तिजा की, कि वो अपने जादू से ऐली को फिर से ज़िन्दा कर दे। नादान जौन बार-बार यही दोहराता रहा कि—

"फ़ादर, मेरी लाइफ़ तुम्हारे अहसानों से दबी रहेगी...पूरा लाइफ़ मैं इसी चर्च के दरवाज़े झाड़ू मारूँगा, बस एक बार, एक बार तुम मेरी ऐली को जिला दो...फ़ादर मैं तुम्हारा स्लेव बनके पूरी लाइफ़ गुज़ारूँगा, बस एक बार मेरी स्वीट ऐली को मेरे सामने लाकर खड़ा कर दो फ़ादर...। मुझे मालूम है तुम मैजिक जानते हो...। तुमने आत्मा-प्रेत सब सीख रखा है...। मुझे मालूम है, तुम ज़रूर मेरी ऐली को मुझसे मिला दोगे...। वो आधी-अधूरी बात छोड़ के हँसती-मुस्कराती कहीं दूर चली गयी, मुझे तड़पता हुआ छोड़ गयी...अपने अभागे बाप को अकेला छोड़ गयी फ़ादर...इसी चर्च के पीछे उसे मेरे सामने मिट्टी में दबा दिया गया...वो मुझे अकेला छोड़के कैसे जा सकती है फ़ादर...। शी वाज़ माय बेस्ट-फ्रेंड...। उसने मुझसे कहा था फ़ादर, वो मुझे कभी अकेला नहीं छोड़ेगी...उसने कहा था, वो कभी अपनी ममा जैसा नहीं करेगी...फ़ादर एक बार मेरी इनोसेन्ट ऐली से मिला दो...जाने वो कहाँ छुप गयी है...तुम्हें जीसस का वास्ता, तुम्हें तुम्हारे मैजिक का, तुम्हारी आर्ट का वास्ता...। एक बार मेरी ऐली को मुझसे मिला दो, बस एक बार फ़ादर...सिर्फ़ एक बार...।" कहते-कहते जौन ऐजिंल के पैरों से लिपट गया, और बिलख-बिलख के रोता रहा।

ऐंजिल डिकोस्टा उसकी पूरी बात बड़े धीरज के साथ सुनता रहा। ऐंजिल ने उसे अपने पैरों से उठाकर कुर्सी पर बैठाया। उसके कन्धे पर हाथ रखकर उसने ढाँढस बंधाया। उसने बड़े सधे हुए लहजे में जौन से कहा—

"मैन, सँभालो अपने आपको...रोना बन्द करो...। हिम्मत रखो...मरना जीना सब गौड के हाथ में है...जो चला जाता है, उसे हम कभी वापस ज़िन्दा नहीं कर सकते...गौड के विल के आगे हममें से किसी की नहीं चलती...हम सारे उसके आगे हमेशा हेल्पलेस हैं...लेकिन फिर भी...। फिर भी मैं तुम्हारी मदद करूँगा मैन...क्योंकि तुम जेन्युन हो...आय'ल हेल्प यू...।"

जौन अपने आप ख़ामोश हो गया। उसके आँसू एक तत्काल पनपी हुई आशा

से खुद-ब-ख़ुद थम गये। जौन ऐंजिल को साक्षात भगवान की तरह देखने लगा। जौन की इस उम्मीद से चमकती आँखों को देखकर, ऐंजिल डिकोस्टा ने आगे कहा—

'मैन, मैं किसी भी डेड को वापस अलाइव नहीं कर सकता...ये इम्पौसिबल है...। गौड की बनायी इस पूरी दुनिया में, उसकी विल के बग़ैर, कोई भी मरा हुआ फिर से ज़िन्दा नहीं हो सकता...ऐसा सिर्फ़ गौड ख़ुद कर सकता है...लेकिन फिर भी मैं तुम्हारी मरी हुई ऐली से सिर्फ़ एक बार तुम्हारी बात ज़रूर करा दूँगा...। लेकिन तुम इस बात का ज़िक्र टाउन में किसी से मत करना...गौड के किसी भी फ़ैसले के बीच मैं कभी कोई हर्डल नहीं बन सकता...मैं सिर्फ़ तुम्हारी मदद करूँगा...मैन कल सुबह ठीक चार बजे तुम नहा धोकर, अपनी बेटी की एक तस्वीर लेकर यहीं आ जाना...डेविड से भी तुम कुछ ना कहना...उसे मेरा तुम्हारी हेल्प करना बुरा लग सकता है...। ये उसकी अथौरिटी का चर्च है, यहाँ मुझे सर्विस देना, हमारे चर्च के रूल्स के ख़िलाफ़ है...मैं सिर्फ़ तुम्हारी तक़लीफ़ देखकर तुम्हारी हेल्प कर रहा हूँ...। अब तुम जाओ...मुझे शाम की प्रेयर के लिए तैयारी करनी है...। और सुनो, सवेरे टाइम पर आ जाना...। गौड ब्लेस यू...।''

इतना कहकर ऐंजिल डिकोस्टा चर्च के सार्वजनिक प्रेयर-रूम से उठकर जीजस की प्रतिमा के पीछे, चर्च के भीतर कहीं विलीन हो गया।

जौन को इस वक़्त काटो तो ख़ून नहीं। उसे यक़ीन नहीं हो रहा था फ़ादर ऐंजिल ने जो कहा है, वो सब सच है। उसे ऐंजिल और अपनी ख़ुद के बीच हुई बातों पर रत्ती भर विश्वास नहीं हो रहा था। उसे ऐंजिल डिकोस्टा एक ख्वाब-सरीखा कोई सचमुच का देवदूत लग रहा था। उसे ये यक़ीन ही नहीं हो पा रहा था, कि ऐली फिर उसे मिलेगी। उससे बातें करेगी। उसे सुनेगी। उससे सवाल-जवाब करेगी।

उसकी वो रात पहाड़ जैसी गुज़री। वो रात बिना पल भर भी सोये लेकिन सिर्फ़ ख़्वाब देखते हुए बीत गयी। जौन बेकल, बेचैन, बेबस, बेक़रार रात भर अपनी बीवी और बेटी की धूल-धूसरित तस्वीरों के सामने बैठा रहा। उसने रात के दो बजे घुप्प अन्धेरे में खूब नहाया। तीन बजने से पहले चर्च के तिकोने ऊँचे दरवाज़ों के किनारे लम्बे-लम्बे खम्भों की ओट में आकर बैठ गया और ऐंजिल डिकोस्टा के फिर से प्रकट होने का इन्तज़ार करने लगा।

जब भोर के चार बजने में दस मिनट बाक़ी था, फ़ादर ऐंजिल ने चर्च का एक दरवाज़ा खोल दिया। बहुत देर से दरवाज़े पर टकटकी लगाये जौन को ऐंजिल ने अपने साथ लिया। वो उसके पीछे-पीछे ऐली की क़ब्र तक गया। ऐंजिल डिकोस्टा एक सूती मटमैला-सा झोला भी अपने कन्धे पर टाँगे हुए था। क़ब्र पर पहुँचकर उसने कुछ अजीब-सी ज़बान में दो-एक मन्त्र बुदबुदाये। ऐली की क़ब्र से तीन मुट्ठी मिट्टी उठाकर एक लाल थैले में रख लिया। और उस लाल थैले को कसकर बाँधा,

उसे भी उसने अपने झोले में रख लिया। ऐंजिल डिकोस्टा जौन को लेकर चर्च के सबसे ऊपरी हिस्से तक चला आया। जौन यन्त्रवत डिकोस्टा का अनुसरण कर रहा था। ऐंजिल ने चर्च के सिरे तक जाकर एक छोटा कमरा खोला जहाँ खूब सारी रौशनी से पूरा कमरा जगमगा रहा था। बाहर भोर का समय था, और धुँधलका छाया था लेकिन इस कमरे में दोपहर जैसे चमकते दिन का अहसास होने लगा था। इस कमरे के बीचोंबीच एक छोटी मेज और तीन कुर्सियाँ करीने से रखी हुई थीं।

ऐंजिल डिकोस्टा ने उन कुर्सियों में से एक पर जौन को बैठा दिया। उसने जौन पर कुछ 'पवित्र जल' की बूँदें छिड़कीं और जौन को एक बड़ा-सा काला शनील का पैरहन पहना दिया। अब वो ख़ुद जौन के ठीक सामनेवाली कुर्सी पर बैठ गया।

जौन अन्दर से इस सन्नाटे और ऐंजिल डिकोस्टा की गतिविधियों से घबड़ाया हुआ था। लेकिन अपनी लाडली ऐली की बस एक झलक देखने-सुनने की हसरत अपने मन में लिए, ऐंजिल डिकोस्टा के आगे चूँ भी नहीं कर रहा था।

डिकोस्टा ने अपने झोले में से कुछ चीज़ें निकालकर मेज़ पर फ़ैला दीं, मसलन पुराने ज़माने के भिन्न-भिन्न आकृतिवाले कुछ सिक्के, कुछ नये-पुराने ताश के पत्ते, एक पीतल की कंघी, एक चाँदी का प्याला, कुछ चमकीले कपड़े, ढेर सारी रंग-बिरंगी मोमबत्तियाँ, एक दियासलाई वगैरह-वगैरह। उसने लाल थैले से मिट्टी निकालकर मेज़ के बीच में रखी। अब इन सभी चीज़ों पर ऐंजिल डिकोस्टा ने पानी की कुछ बूँदें छिड़क दीं। फिर मोमबत्तियों को करीने से एक क़तार में रखकर उसने उन्हें जला दिया। ऐली का चित्र भी ऐंजिल डिकोस्टा ने क़ब्र से लाई हुई मिट्टी के बीच खड़ी करके टिका दी। वो बड़ी तेज़ी से न जाने कौन-कौन और किस दुनिया के मन्त्र पढ़े जा रहा था। कुछ देर में जौन ने देखा उस कमरे में एकदम अँधेरा छा गया। अब केवल मोमबत्तियों की रौशनी में ही जौन को ऐंजिल डिकोस्टा का पसीने से भरा चेहरा दिख रहा था। ऐंजिल डिकोस्टा अभी भी आँखें बन्द किये मन्त्र पढ़ने में मशगूल था।

थोड़ी देर बाद जौन ने देखा एक पतली सुनहरी-सी रौशनी की किरण, जो उस कमरे के एक बहुत ऊँचे रौशनदान से सीधा उसकी बेटी की तस्वीर पर आ गिरी है। कमरे के सभी परदे अचानक फ़ड़फ़ड़ाने लगे। जौन बड़ा परेशान होकर इधर-उधर देखने लगा, ना जाने कहाँ से एकाएक हवा के तेज़ झोंके उन दोनों को झकझोरने लगे। ऐंजिल डिकोस्टा निश्चल बैठा मन्त्र पढ़ता रहा। ना हवा ने, ना अन्धेरे ने, ना ही ज़ोर-ज़ोर से हिलते हुए कमरे के दरवाज़े-खिड़कियों ने और ना ही उन पर पड़े बेचैन परदों ने उसे डिगाया, ना रंचमात्र भी ऐंजिल डिकोस्टा विचलित ही हुआ। वो तो बस मन्त्र पर मन्त्र पढ़े जा रहा था। उसने कुछ लम्हे बाद, मन्त्र पढ़ने के दौरान ही जौन की हथेली को थामा और उसकी दसों उंगलियों को अपने बिछाये अजीबोग़रीब

सिक्कों पर एक-एक कर रख दी।

जौन ने कुछ ही लम्हों में बगल में पड़ी तीसरी कुर्सी पर एक हलचल-सी देखी, ठीक इसी लम्हे में उसने अपने दिमाग़ में कहीं एक धीमी आवाज़ भी सुनी, " डैडी...।"

'ये तो ऐली की आवाज़ थी...।" जौन बुरी तरह से व्याकुल हो गया। उसने ऐंजिल डिकोस्टा से अपने हाथ छुड़ाकर इधर-उधर मारना शुरू कर दिया, और बावरा होकर चीखने लगा—

'ऐली, माय डौटर कहाँ हो तुम...मैं यहाँ हूँ बेटा, तुम्हारा डैडी मैं...। मैं यहाँ हूँ...आओ मेरे सामने आओ...ऐली...। ऐली...।"

जौन के चीखना-चिल्लाना शुरू करते ही उसके सामने रखी सारी मोमबत्तियाँ एक साथ बुझ गयीं। कमरे में सब तरफ़ उजाला हो गया। हवाएँ ख़ुद-ब-ख़ुद ठहर गयीं।

उतावला होकर जौन, ऐंजिल डिकोस्टा से बड़े ही बेकल स्वरों में पूछने लगा—

'फ़ादर मेरी बेटी आयी थी...मेरी बेटी ऐली आयी थी उसने मुझे पुकारा था...कहाँ गयी...बताओ ना फ़ादर, वो कहाँ गयी...। कहाँ चली गयी...फ़ादर बोलो ना...बोलो ना फ़ादर...।"

ऐंजिल डिकोस्टा उसे क्रोध से भरी लाल आँखों से घूरने लगा। उसने जौन से कुछ नहीं कहा और अपना सारा सामान एक-एक कर मेज़ से समेटने लगा। उसने अपने झोले में सारी चीज़ें रखनी प्रारम्भ कर दीं, सामान रखकर डिकोस्टा उठने को हुआ ही था कि बौराया हुआ जौन अपनी कुर्सी से उठकर डिकोस्टा के पास आ पहुँचा। जौन फिर से व्यथित होकर उसके पैरों के पास बैठ गया और सिर झुकाकर रोने लगा। डिकोस्टा ने उसके कन्धे पर हाथ रखा और धीरे से बोला—

"जौन मुझे जाने दो, मैं तुम्हारी कोई मदद नहीं कर सकूँगा...। जौन प्लीज़ लेट मी गो...।"

जौन ज़मीन पर लम्बवत लेट गया और ऐंजिल डिकोस्टा के पंजों को पकड़े रहा। उसने रोते-रोते ऐंजिल से कहा—

"फ़ादर मेरी बेटी को मरे पूरे तीन महीने गुज़र गये हैं...। मैं कब से यहीं इसी चर्च के पीछे कब्रिस्तान में रोता-गाता अपनी ऐली की मज़ार के चक्कर लगाता रहा हूँ...। मेरे सारे दोस्त, मेरे रिश्तेदार, मेरे कज़िन, मेरे सब रिलेटिव के आगे मैं इतने दिनों से रोता रहा कि एक बार, बस एक बार मुझे मेरी ऐली से मिला दो लेकिन किसी ने मेरी नहीं सुनी...शायद वो सब इस लायक ही नहीं थे फ़ादर कि मुझे हेल्प कर भी पाते...। तुम रियल ऐंजिल की तरह मिले हो मुझे...बस एक तुम हो इस पूरे अर्थ पर, जिसने मेरी प्यारी गुड़िया की आवाज़ सुना दी मुझे...मुझे तुम ही मिला

सकोगे उससे...प्लीज़ फ़ादर तुम इस तरह मुझसे मुँह मत फेरो...फ़ादर मुझे ऐसे छोड़के मत जाओ...मैं मर जाऊँगा फ़ादर...गौड तुम्हें हमेशा खुश रखेगा फ़ादर...मेरी मदद करो...मुझे सिर्फ़ तुम्हारा भरोसा है....फ़ादर मुझे ऐसे छोड़के मत जाओ...। फ़ादर रहम करो मुझ पर फ़ादर प्लीज़...।''

ऐंजिल डिकोस्टा का दिल जौन की इन सब बातों को सुनकर और उसकी हालत देखकर, एक बार फिर पसीज गया। उसने फिर से उसे सहारा देकर उठाया। उसने जौन से दृढ़ होकर कहा—

''रो मत जौन...हैव फ़ेथ इन गौड मैन...गौड विल हेल्प यू...अगर तुम मुझे को-औपरेट नहीं करोगे तो तुम्हारी मदद मैं कभी नहीं कर सकूँगा...जाओ, तुम अब शांत होकर अपने घर जाओ...हम कल फिर एक बार कोशिश करेंगे...कल भी इसी वक़्त नहाकर आ जाना...।''

ऐंजिल डिकोस्टा ने उसे एक सँकरे दरवाज़े से बाहर भेज दिया। ये दरवाज़ा सीधा चर्च के साइडवाले गलियारे में खुलता था। जौन ने दूर तक गयी क़रीब तीस-पैंतीस सीढ़ियाँ उतरीं और लम्बे-लम्बे दो गलियारों को पारकर वो बाहर गली में आ गया। इस गली से निकलकर वो क़स्बे की मुख्य सड़क पर आ पहुँचा था।

अब तक दिन निकल आया था, और अच्छा-भला उजियारा चारों तरफ़ दिखाई दे रहा था। अब जौन ने अपने घर का रुख़ किया और सच्चे मन से अपने आराध्य को याद किया। रोज़मर्रा के कामकाजी लोग जैसे सब्जीवाले, दूधवाले, न्यूज़पेपर हौकर, परचून की दुकानवाले, सभी अपने-अपने काम-धन्धों पर निकल रहे थे।

जौन आज पहले की अपेक्षा बहुत सँभला हुआ था। आज उसे अपनी जान से प्यारी बेटी ऐली के लिए उसका कलपना, उसका दिन-रात का बिसूरना, हर वक़्त शराब पिये चर्च के इर्द-गिर्द फिरना, ना जाने क्यों उचित नहीं लग रहा था। 'ख़ुदा की मर्ज़ी थी ऐली उसे मिली, फिर ख़ुदा की ही मर्ज़ी से ऐली हमेशा के लिए उससे दूर चली गयी।' इस तरह के दार्शनिक-ख़याल उसके दिल-दिमाग़ से आते-जाते रहे। वो ख़ुद को कुछ बदला हुआ महसूस कर रहा था।

उसके अपने एक-मंज़िलवाले, लेकिन बहुत सुन्दर-से मक़ान में ही उसका अपना एक बहुत करीने से सजा हुआ दफ़्तर था। उसका अपना कई सारी दुकानों

वाला, भरा-पूरा मार्केट भी था। ऐली की माँ ऐलीज़ा उसके दफ़्तर को सँभाला करती थी। ऐलीज़ा की मौत के बाद, ऐली को लिखाई-पढ़ाई में लगाकर, जौन यहीं घर में बना दफ़्तर और अपना फ़ैला-पसरा क़ारोबार चलाता रहा। ऐली के मरने के बाद जौन का जी ना तो दफ़्तर में लगा, ना घरबार में और ना ही क़ारोबार में। वो ख़ुदा से रूठा हुआ, अपनी क़िस्मत को कोसता ऐली के क़ब्र पर धरना दिये, वहीं आवारों की तरह रहने लगा था। रात-बेरात अगर उसका उसके मकान में आना होता भी था, तो उसके पाँव उस देहरी के भीतर ज़्यादा देर टिकते नहीं थे। मुँह-अन्धेरे वो वापस अपनी दुलारी बेटी के क़ब्र के पास धमक जाता था। जौन वहीं बैठा-बैठा घंटों, कल्पना-जगत में विचरता हुआ अपनी बेटी और बीवी से बतियाता रहता था।

लेकिन आज कई महीनों बाद जौन महसूस हो रहा था, कि उसको ऐंजिल डिकोस्टा के वात्सल्य भरे स्पर्श ने और 'पवित्र जल' की राहत देनेवाली कुछ बूँदों ने थोड़ा-सा ही सही लेकिन सँभाल दिया था। जौन को ये बारीक़ अहसास हो चला था कि उसकी अकुलाहट, उसकी बेसब्री और उसके व्याकुल जी के चलते ही आज वो ऐली से दो-बात करते-करते रह गया था। उसने घर पहुँचकर पूरे अपने मकान, अपनी बेटी की सजाई बगिया और अपनी बीवी के बनाये हुए दफ़्तर की खूब सफ़ाई की, धुलाई की और सबकुछ अपने हाथों से चमका डाला।

जौन ने ऐली और ऐलीज़ा की तस्वीरों पर जमी धूल की परतें भी साफ़ कीं, उनके सामने अगरबत्ती जलाई और ताज़े फूलों से उन तस्वीरों को यूँ सजाया जैसे कोई बड़ी तल्लीनता से दुल्हन सजाता हो। वो उन तस्वीरों को ख़ुद ही तस्वीर बना प्रेम से निहारता रहा। दिन भर के कई सारे काम-काज निपटाता रहा।

यही सब करते-कराते रात हो आयी। उसकी बगिया में ऐली की लगाई रातरानी महकने लगी और जहाँ-तहाँ जुगनू टिमटिमाने लगे। जौन थककर अपने घर की खिड़की पर आकर बैठ गया और अपने छोटे-से बगीचे को देखने लगा। उसको फिर ऐली की याद आ गयी, वो ये सब याद करके तड़प उठा कि वो जब बच्ची थी, तो कैसे इन जुगनुओं के पीछे-पीछे भागती-फिरती थी।

जौन को अपने बागीचे में ऐलीज़ा की मुस्कराती हुई छाया भी रह-रह कर दिखती रही, जब वो पहली बार उसके घर में, उसकी ज़िन्दगी में दुलहन बनकर दाखिल हुई

थी। जौन को गुनगुनाती हुई ऐलीज़ा का क्रिसमस का रंगीन पेड़ सजाना भी याद आता रहा, जब ऐली अपनी माँ को तंग करते हुए कभी केक का टुकड़ा तो कभी सजानेवाले खिलौने या फल उठाकर भाग जाया करती थी। जौन ख़यालों में ही ऐली को दौड़ते-भागते और ऐलीज़ा को उसका पीछा करते सोचकर हँस पड़ा। उसके आँसुओं की अविरल धारा उसके गुज़रे हुए सुनहरे दिनों को सामने घूमता हुआ देखकर बहती रही...बहती रही।

उसने उसी खिड़की पर बैठे-बैठे पूरी रात गुज़ार दी।

कभी अतीत की झिलमिल यादों में जीकर मुस्कराते हुए, तो कभी कचोटती हुई यादों की तड़प से रोते हुए, कभी ऐलीज़ा का गाये हुए गीत गुनगुनाते, तो कभी लगातार बहते हुए आँसुओं को बार-बार पोछते हुए।

अगली भोर, ऐंजिल डिकोस्टा फिर उसी मुद्रा में, उसी जगह, जौन को सामने बिठाये अपने झोले के सामानों को मेज पर सजा रहा था। उसने पिछली रातवाली सारी प्रक्रियाएँ, बिलकुल उसी क्रम में दोहराई थीं। लेकिन इस बार उसने मन्त्र पढ़ने के लिए आँखें बन्द करने से पहले, जौन के हाथ थामकर, उसको बड़े आराम से समझाया,

'देखो मैन...अब मैं तुम्हारी बेटी को पुकारूँगा...गौड ने परमिशन दी तो वो आएगी भी...लेकिन तुम्हें पूरा को-औपरेट करना ही होगा...तुम इन सिक्कों पर ठीक उसी तरह अँगुली रखे रहना एकदम जैसे मैंने रखी हुई हैं...ये लिंक अगर टूटेगा तो फिर तुम अपनी पूरी लाइफ़ में कभी अपनी बेटी से कौन्टैक्ट नहीं कर सकोगे...माय सन, पिछली बार टूटा हुआ कम्यूनिकेशन मैं फिर से बनाने की कोशिश करूँगा...। गौड विल हेल्प यू...। डोन्ट फ़ॉरगेट, यू हैव टू कोऔपरेट विद अस...ओके...।''

जौन बड़ी संजीदग़ी से ऐंजिल डिकोस्टा को मन्त्र पढ़ते हुए देखने लगा। मन्त्र-उच्चारण के वेग के साथ, फिर अन्धेरा हुआ, दरवाज़े-खिड़की-परदे तेज़ हवाओं के साथ थरथराए। वही एक पतली सुनहरी-सी रौशनी की किरण उसकी बेटी की तस्वीर पर फिर से आ गिरी। जौन के बगलवाली खाली पड़ी तीसरी कुर्सी पर जौन ने आज फिर आहट महसूस की।

उसे फिर लगा, एक आवाज़ उसके दिमाग़ को छूकर गुज़री।

''डैडी...। क्यों जगाया मुझे...।''

जौन ने अपने आप को कठोरता से थामे रखा। इस नाजुक घड़ी में वो ख़ुद पर बड़ी मुश्किल से क़ाबू रख सका और इस बार अपनी अँगुलियों में कोई हरक़त नहीं होने दी। लेकिन उसकी आँखें उसका पूरा कहा नहीं मान रही थीं। ऐली की मीठी आवाज़ सुनकर वो झरझर-झरझर बहने लगीं थीं।

उसने भारी हुई आवाज़ और रुँधे हुए गले से सिर्फ़ एक वाक्य कहा—

"ऐली, बेटा तुम कहाँ हो..."

उसने कट-कट कर फिर कुछ शब्द सुने—

"मालूम नहीं डैडी...। मालूम नहीं...लेकिन...। ये बहुत अच्छी जगह है...मुझे यहाँ...। अच्छा लगता है...।"

जौन ऐली की बात सुनकर और ज़ोर से रो पड़ा। फ़ादर डिकोस्टा ने उसे हाथ सहलाकर हौसला दिया...

ख़ुद को सख़्त बनाकर, उसने ऐली से फिर पूछा—

"तुम्हें मेरी याद नहीं आती ऐली? अपने डैडी की याद नहीं आती...?"

"उस बच्चे की याद आती है...। वो मेरे सामने अनाथ हो गया था...उसके ममा-डैड मेरे सामने मर चुके थे...। उसे ले आओ डैडी...वो अनाथ हो गया है...।"

जौन सोच में पड़ गया। उसके लगातार बहते आँसू पल भर को थम गये। उसने आगे कहा—

"कौन सा बच्चा ऐली...। तुम कहाँ हो, किसकी बात कर रही हो...।"

जौन ने एक बार फिर अटक-अटक कर आती मधुर आवाज़ें सुनी,

"यहाँ बहुत सुक़ून है डैडी...। मुझे मत जगाना...मुझे नहीं पता ये स्वर्ग है कि नर्क है, लेकिन मुझे यहाँ बहुत अच्छा लगता है...। डैडी मुझे डिस्टर्ब ना करो...मुझे हमेशा यहीं रहना है...। मैं जा रही हूँ...। डैडी...मुझे मत बुलाना...।"

अबकी बार इन आवाज़ों का स्वर क्रमशः धीमा होने लगा और एक सीमा तक जाकर समाप्त हो गया।

'ऐली...। ऐली...। सुनो तो...बेटा...। ऐली...। कहाँ जा रही हो...ऐली... ऐली..." जौन पुकारता रह गया।

ऐंजिल डिकोस्टा ने आँखें खोलकर जौन को देखा। कमरे में प्रकाश फिर से लौट आया था। मोमबत्तियों की लौ फिर से मद्धिम पड़ गयीं। परदे शान्त हो गये थे। दरवाज़े फिर से चुपचाप खड़े हो गये थे। खिड़कियाँ शान्ति से पहले की तरह रहस्य से मुस्करा रही थीं। पूरा कमरा फिर से मौन हो गया था।

ऐंजिल डिकोस्टा ने भी अपने सारे अहम सामानों को फिर से सहेजा। जौन गम्भीर मुद्रा में जड़वत बैठा था। फ़ादर डिकोस्टा ने जौन की ओर सादगी से देखा और छोटा लाल थैला उसे थमाते हुए कहा—

'ये लो...। ये तुम्हारी बेटी की क़ब्र की मिट्टी है...इसे वापस वहीं डाल दो...। उससे अब तुम्हारी बात हो गयी है...मुझे यक़ीन है, कि वो हेवेन में है...उसे राहत है वहाँ...। वो खुश भी है...जौन अब वो एक स्पिरिट है...तुम उसे तंग करोगे तो उसकी रूह को दुःख पहुँचेगा...अगर उसने तुम्हें कोई मैसेज दिया है, तो उसे

फ़ौलो करो...। गौड ब्लेस यू माय सन...।''

इतना कहकर, फ़ादर डिकोस्टा अपने झोले सहित उठे, कमरे से बाहर आए और धीरे-धीरे सीढ़ियों से उतरकर चर्च के भीतर कहीं विलुप्त हो गये। जौन भी जैसे गहरी नींद से जागा। उसने सीढ़ी से उतरकर गलियारा पार किया, और चर्च के पीछे क़ब्रगाह पहुँचा। उसने ऐली की क़ब्र में उसके हाथ में रखी सारी मिट्टी डाल दी। जौन उसकी क़ब्र पर खड़े होकर ख़ुद से ही कहता गया—

''ऐली...। माय स्वीट ऐली...मैंने तुम्हारा मैसेज सुन लिया है...मैंने तय कर लिया ऐली...। अब मैं उस अनाथ बच्चे का पता लगाकर ही चैन पाऊँगा...उसको उसी तरह प्यार से पालूँगा, उसी तरह दुलार से बड़ा करूँगा। जैसे मैंने तुम्हें किया था...ऐली, मेरा बेटा, ये बात तुम समझ लो, वो बच्चा अब अनाथ नहीं है...यही अब मेरी लाइफ़ का ऐम है ऐली...। अब मैं तुम्हें भी कभी तंग नहीं करूँगा...। बाय गौड अब वो बच्चा, तुम्हारा डैडी खोज के लाएगा...चाहे इसके लिए मुझे जो भी करना पड़ जाये...। तुम्हारा डैडी अब उसे ऐडौप्ट करके ही दम लेगा...। कोई बात नहीं कि वो बच्चा मेरी ऐलीज़ा के पेट से नहीं जन्मा, कोई बात नहीं कि वो कहीं दूर देश से आया होगा...। लेकिन मैं उसे बहुत अरमानों से, मोहब्बत से यहाँ लेकर आऊँगा...। अब तो केवल वो बच्चा, तुम्हारा और तुम्हारी माँ का सजाया हुआ मेरा घर...। बस यही अब यही मेरी लाइफ़ है ऐली...। आय प्रौमिस यू, तुम हेवेन से देखना तुम्हारा डैडी कितना अच्छा बन के दिखाएगा तुम्हें...। तुम दोनों मुझे इस दुनिया में अकेले छोड़के चले गये तो क्या हुआ...। ये जौन, उस बच्चे का भी अच्छा डैडी बनके दिखाएगा तुम्हें...। तुम देख लेना ऐली...। तुम देख लेना ऐलीज़ा...।''

ऐली की मज़ार पर हवा के नाजुक झोंके से उठते-गिरते फूल-पत्तियाँ उड़-उड़ कर, जैसे जौन को उसके फ़ैसले के लिए और एक नयी ज़िन्दगी के लिए बधाई दे रहे थे।

जौन अपनी आँखों में छलकते हुए खुशी के आँसुओं को लिए, मजबूत इरादों के साथ अपने घर की ओर चल पड़ा।

मौसमी चटर्जी के दाँत

शादी हुए पूरे दस बरस हो गये हैं, लेकिन शेखर का नशा है कि उतरने का नाम ही नहीं ले रहा था। पाँच बच्चे हो चुके हैं लेकिन फिर भी मोटर-बाइक में अपनी बीवी को लिए-लिए आवारों की तरह शहर भर में फिरता रहता है। खुद तो मरा ही जाता है अपनी बेहद सुन्दर जोरू पर, ख़ुद उस औरत को भी हलक़ान किए रहता है।

यूँ तो आज के ज़माने में पाँच बच्चों की परवरिश कोई मामूली बात नहीं। लेकिन भला हो उसके बूढ़े बाप का, जिसने इतना बड़ा-सा मकान शेखर के हवाले कर दिया है, सो घर के खर्चे उसके किराए-भाड़े से कोई ना कोई गति से चल ही जाते हैं। वरना तो शेखर के पास काम-धन्धा कुछ भी नहीं, सिवाय अपनी जोरू के आगे-पीछे डोलने के। इसी मँडराते भँवरेवाले उसके चित्त और मनचलोंवाली उसकी तबीयत के चलते बच्चों की तादाद जो पहले से ही पाँच थी, देखते ही देखते आठ हो गयी।

बीवी दिन पर दिन कमज़ोर होती जा रही है, ये शेखर को नहीं दिखता। कभी उसके जी का नहीं सोचता, कभी कुछ उसकी सेहत और तन्दुरुस्ती का कोई ख़याल नहीं शेखर को। अरे भई बीवी जान से प्यारी है तो कुछ फ़िक्र भी करनी चाहिए...उसके व्यवहारों से तो यही दीखता है बीवी तो बस बच्चा पैदा करनेवाली मशीन है उसके लिए, जिसे शेखर एक लम्हा भी खुद से दूर नहीं कर सकता। उसकी खूबसूरती देख-देखकर निहाल हुआ जाता है। अरे मशीन भी तो इनसान को प्यारी होती है, लेकिन रख-रखाव तो करना पड़ता है उस बेजान मशीन का भी। उसी तरह शेखर को भी अज़ीज़ तो बहुत है उसकी चलती-फिरती, हँसती-बोलती, उसके आधा दर्ज़न बच्चों की माँ वाली ये मशीन। लेकिन कद्र उसे किसी की नहीं, सिवाय खुद अपने और अपनी हसरतों की।

शेखर तो दरअस्ल आज भी यूनिवर्सिटी का वही छात्रनेता बना घूम रहा है जो

कि बीस-बाइस साल पहले था। बच्चों के भले-बुरे का, उनकी पढ़ाई-लिखाई का, उनके भविष्य का और इस तरह के तमाम सवालों से वो कोसों दूर आज भी रहता है।

अपने यूनिवर्सिटी के ज़माने में, उसने एक हँसती-खिलखिलाती लड़की पटाई थी, वो काजल थी। जब पहली बार उसने काजल को देखा था, वो क्लासरूम की ओर, अपने घने और घुँघराले बाल समेटती, अपनी सहेलियों के साथ किसी बात पर खूब हँसती हुई चली जा रही थी। मनचले शोहदे शेखर से रहा नहीं गया था, और उसने कैम्पस के बागीचे से एक गुलाब तोड़ कर काजल को ये कहकर दिया था, कि

'आपकी हँसी बिलकुल इस गुलाब की तरह है...आप एकदम मौसमी चटर्जी जैसी लगती हैं...।'

वो बेक़ाबू दीवाने की तरह मिला था उस वक़्त काजल से। उसी काजल से जिसे उसने आज आठ बच्चों की, दिल से बड़ी मजबूत माँ और शरीर से एक बेहद कमज़ोर औरत बना कर, अपने बाप की दी हुई कोठी में पालतू पशु-सा बनाकर रख दिया है।

पशु ही तो हो गयी है काजल। क्योंकि उसके सुख-दुःख से, उसकी दर्द-तक़लीफ़ से, उसके अरमान, उसके जज़्बात से, सच कहा जाए तो उसके किसी भी मनोभाव से और किसी भी छोटी से छोटी और बड़ी से बड़ी कैसी भी इच्छा से शेखर को कोई लेना-देना नहीं।

अगर उसका सरोक़ार है तो बस उसके अपने अहम का और अपनी बलवती इच्छाओं का है, जो कि काजल को हर हाल में पूरी करनी है, कोई अर्थ नहीं कि शेखर की मर्ज़ी पूरी करने में वो जीती है या कि मर जाती है...या फिर जीते-जी मर जाती है।

और तो और काजल के लिए अगर शेखर ने अपने ही किसी दोस्त से ज़रा तारीफ़ के दो लफ़्ज़ क्या सुने, शेखर के तन-बदन में तो जैसे ज़हर दौड़ जाता है

गाहे-बगाहे उसके दोस्त-यार कह भी जाते हैं कि—

"याद है शेखर, तू कैसा बावरा हुआ था, काजल भाभी की मुस्कराहट पर...सच में पूरा क्लास ठीक कहता था, कि भाभी जी के दाँत तो एकदम मौसमी चटर्जी जैसे हैं...वो खिलखिलाती भी एकदम हिरोइनों जैसी हैं...।"

दोस्तों की ज़बान से निकले ये अल्फ़ाज़, शेखर को नश्तर की तरह चुभ कर रह जाते थे। कभी-कभी तो लगता है कि वो अपनी ख़ूबसूरत बीवी का बदसूरत होना ज़्यादा बेहतर समझता। लेकिन फिर भी मोहक तारीफ़ के ये और इसी तरह के ढेरों जुमले घर-खानदान, आस-पड़ोस और मित्र-मंडली में अकसर मिल जाया करते थे। और शेखर था कि ये सब सुनकर राख हुआ जाता था।

उसने धीरे-धीरे करके काजल को कहीं साथ ले जाना बन्द कर दिया। घर आनेवाले दोस्तों को रोकना उसके बहुत वश में था नहीं, इसलिए उसने काजल को ही सख़्ती से हिदायत दे दी थी,

'...। अगर मेरा कोई दोस्त आए तो चाय बच्चों के हाथ भिजाया करो...। उसके सामने आने की कोई वजह नहीं तुम्हारी...मर्दों के अपने हँसी-मज़ाक होते हैं...औरतें उन्हें सुने या मेरी अपनी बीवी ये सब सुने, ये मुझे हर्गिज़ पसन्द नहीं...। दोस्तों के साथ मैं रहूँ, तो तुम सामने मत आया करो...समझीं...।'

कूड़ा जैसी सोच रखनेवाले शौहरों के माफ़िक़ शेखर काजल को पूरी की पूरी अपनी प्रोपर्टी समझता था...ऐसी प्रोपर्टी जिस पर एक दमड़ी भी लगाना और उसकी परवाह करना उसके लिए नामुनासिब था...। असल में नामुमक़िन भी था।

काजल का सामाजिक-दायरा जो महदूद हुआ सो हुआ ही, उसका शरीर भी अब जवाब देने लगा था। शेखर की मेहरबानी से रात गये दो-तीन बजे के आसपास वो सोती थी और तड़के साढ़े चार के करीब जाग जाती थी। इतनी कम नींद लेने से उसकी आँखों के नीचे काले घेरे, गहरे होते जा रहे थे और कभी-कभी तो रोटी सेंकते वक़्त वो चूल्हे पर भैरा पड़ती थी। चूल्हे की आँच से उसके माथे के चारों ओर फ़ैले घुँघराले बाल भी जल जाया करते थे। आठ बच्चों का नाश्ता, खाना, दवा-दारू, पढ़ाना-लिखाना, स्कूल भेजना, यूनिफ़ार्म तैयार करना, बच्चों को परीक्षा-प्रतियोगिता में हिस्सा दिलाना, स्कूल के दोस्तों से बच्चों का मिलना-जुलना उस पर नज़र रखना, और ज़ाहिर ही है कि झगड़ा भी देखना-निपटाना, मान-मनौव्वल करना, बर्थडे मनाना, कापी-किताब की परवाह करना, उनमें कवर चढ़ाना, पेन-पेन्सिल-स्याही-स्केल-चाँदा/परकार वगैरह-वगैरह समय से मँगवाना...ये सारे, एक-एक काम काजल के जिम्मे था। इतने सारे बच्चों के साथ, ये हर्गिज़-हर्गिज़ कोई आसान बात नहीं थी।

पहाड़ जैसे इन कामों के बोझ को सँभालने के लिए, उसके बड़े हुए दो बच्चे कुछ मदद कर दिया करते थे। क्योंकि छोटे बच्चों की नैपी बदलना, उन नन्हें बच्चों के दाँत निकलने पर उनकी फ़िक्र और देखरेख करना, किसी ना किसी की चोट-चपेट/दाना-फ़ुन्सी/जुकाम-बुख़ार झेलना, बच्चों के कारण घर में होनेवाली मामूली घटनाओं के नुकसान से, शेखर को बिना बताये, निपटना, उसकी यथासम्भव भरपाई करना, क्योंकि बच्चों की निर्मम पिटाई भी काजल के लिए असहनीय थी, ये सब भी उसी फ़ेहरिस्त का हिस्सा था।

काजल का शरीर कमज़ोर से और कमज़ोर होता जा रहा था। उसके पास

अपने लिए समय का सरासर अभाव था। उसे अपने बालों में कंघा फिराए, उन्हें सलीके से बांधे महीनों गुज़र जाते थे। आईना देखे भी हफ़्तों बीत जाते थे। एक बच्चे को टिफ़िन और तैयार बस्ता देकर, इस्तरी की हुई यूनिफ़ोर्म और पॉलिश किए हुए जूते पहना कर स्कूल भेजती तब तक तो, गये हुए में से तीन के लौटने का वक़्त होने लगता था, उनके लिए खाने का इन्तज़ाम करना और उनके स्कूली-क़िस्से को होमवर्क पूरा करवाने के साथ, धैर्य से सुनना भी होता था।

अपने लिए सोचने का भी पल काजल के पास नहीं होता था। उसकी लापरवाहियों और घरेलू कामों के भीषण दबाव के चलते उसे कई शारीरिक तक़लीफ़ें भी रहने लगीं। उसके ख़ूबसूरत दाँतों में भी असहनीय पीड़ा शुरू हो गयी। स्वभाव से खुशदिल थी, इसलिए हँसती-मुस्कराती रहती थी। लेकिन सर्वविदित है कि दाँतों का दर्द प्राणहन्ता होता है।

कई बार एक हाथ से मुँह दबाये बच्चों की यूनिफ़ार्म इस्तरी करती तो कभी पेन-किलर खा-खाकर झाड़ू लगा रही होती। बाहर आना-जाना शेखर ने पहले ही बन्द कर रखा था, नहीं तो कोई ना कोई मोहल्लेवाली डॉक्टर के पास तक समय से लेकर चली ही जाती...लौंग के तेल का उपचार, काजल ने अपनी दादी-नानी से सुन रखा था, तो दिन में दसियों बार लगा लिया करती।

बर्तन माँजती हुई महरी ने कई दिनों तक जब काजल को दर्द से बिलबिलाते देखा तो हमदर्दी से आकर बोली—

"बहू तनिक-सा जरदा लई लियो औ मुँहवा मे धर के दाब लियो, ई मनहूस दरद चला जाई...दरजन भरि के लड़िका हंय तोहार, कैसे चलिहो अइसे घोर तकलीफ मा...। दूध पिलावे का बी हय तोहका...।"

महरी की आत्मीय बात काजल को समझ आई और उसी दिन, उसने शेखर के पनबट्टे से थोड़ी-सी तम्बाकू ले ली। लेकिन काजल को तम्बाकू की महक से भी मतली आती थी, इसलिए बड़ी नाक-भौं सिकोड़ के जल्दी से निगल ली और तुरन्त ही गश खाकर गिर पड़ी। बच्चे उसे घेर कर माँ-माँ चिल्लाने लगे। बड़े बेटे ने मुँह पर पानी के छीटें दिए तब जाकर उसके होश लौटे।

दूसरे दिन महरी आयी, जब उसने पूरी बात सुनी तो वो पसीज गयी...काजल को फिर वही तम्बाकू वाला नुस्खे का सही सलीका समझाने लगी—

"अरे बहू, ई का कियो तुम...। निगले ना चाही थी ओका। ऊ तो बस दाढ़ के लगे काइदे से, धर लियो और पीक थूकत चलो, बस्स्स्स...अइसन थोरी के सगरय लील लेयो...। अइसन दरद ना जाई बऊ तोहार...।"

काजल की दन्त-पीड़ा घातक थी, जो रह-रहकर उभरती थी। कभी पेन-किलर से दर्द जाता, तो कभी किसी भी दर्द की दवा से तकलीफ़ कम ही नहीं

होती। कई बार काजल ने महरी के बताये तरीके से भी अपना दर्द दूर करने की कोशिशें कीं। इन सब कोशिशों के चलते धीरे-धीरे काजल तम्बाकू खाने की आदी होने लगी।

शेखर इन सब बातों से, सारे दर्द-तक़लीफ़ों से एकदम अलहदा, आज़ाद मस्ती में चूर यहाँ-वहाँ घूमता फिरता था। ना उसे घर के खर्चों की चिन्ता थी, ना उसके सिर पर नौकरी का कोई बोझ था, बच्चे, पूरी तरह से काजल की ज़िम्मेवारी थे। उसे तो बस मीन-मेख निकालने का काम ऊपरवाले ने दे रखा था। कभी बच्चों के कपड़े तो कभी काजल का मेन्टेन होकर ना रहना और कभी किसी ना किसी बच्चे के कम अंक उसकी नाराज़गी की वजह बनते और काजल या फिर कोई ना कोई बच्चा निशाना बनता और उसकी खूब धुनाई होती।

शेखर दिखने में आम इनसान ज़रूर था, लेकिन वो असल में बहुत ख़ास था। एक बेहद ख़ास, अलग-अनोखा किस्म का ज़ालिम कमीना शौहर और पिता। वो लिबास इनसानों का ज़रूर पहनता था लेकिन था वो एक बहुत निर्दयी और ख़ुदगर्ज़ जानवर। जो कि ऊपर से, ज़माने भर को दिखाने के लिए, एक साधारण-से गृहस्थ का चोला लपेटे था। सिवाय रात में अपनी बीवी और एक मजबूर, कमज़ोर और टूटी हुई औरत के साथ सोने के, उसके गृहस्थवाले सारे कामों का बीड़ा उसके बड़े हो रहे, दस साल के बेटे ने उठा रखा था। वही घर की सब्ज़ी-राशन-दूध-दही सब लाता, छोटे भाई-बहनों को स्कूल लाता-पहुँचाता, उनकी हारी-बीमारी में दवा-दारू भी वही कराता था। घर-आँगन की हर ज़रूरत उसे ही देखनी होती और अपने बाप से पिटता भी वही सबसे ज़्यादा था। माँ के दाँत के लिए भी उसने आसपास के डॉक्टर-हक़ीमों से सम्पर्क किया था लेकिन फिर भी फ़ायदा बहुत पहुँचा नहीं।

काजल कई बरस तक यूँ ही तक़लीफ़ लिए घर-गृहस्थी और बच्चों की गाड़ी खींचती रही। शेखर के यूनिवर्सिटी के दोस्त तिस पर भी यदा-कदा आते और आठ बड़े होते बच्चों की माँ के हौंसले, उसके त्याग की, उसके जज़्बे की और उस पर से उसकी चिर-परिचित मुस्कराहट की तारीफ़ शेखर के मुँह पर करके चले जाते थे। शेखर इस तारीफ़ को आज भी खून के घूँट जैसा ही निगलता था। दस-बारह साल और भी गुज़र चुके थे, फिर भी उसके तेवर में रत्ती भर भी फ़र्क़ नहीं पड़ा था।

जब कई बार काजल पूरी-पूरी रात अपने दाँत-दर्द के चलते सोने में समर्थ नहीं हुई, और रह-रह कर मारे दर्द के तड़प के, बिस्तर से उठने लगी, तो शेखर की ये असन्तुष्ट रातें उसे कष्ट देनेवाली साबित होने लगीं।

सालों से तम्बाकू चबाती और कोल्हू के बैल की तरह घर में पिसती हुई काजल के दर्द का उसे आज तक आभास भी नही था। लेकिन रात्रि-कालीन दाँत-दर्द के इस दौर में शेखर फौरन चेत गया। अब ये दर्द शेखर को खुद चुभता हुआ महसूस

भी होने लगा। वो काजल को हफ़्ते भर के भीतर ही एक डॉक्टर के पास ले गया। जहाँ ना कोई पर्चा बना, ना कोई ट्रीटमेंट हुआ। ना कोई दवा लिखी गयी, ना नुस्खा बताया गया, ना कैसा भी परहेज़ ही बताया, ना खाने-पीने को कुछ अलग देने की सलाहितें दी गयीं, बस एक-एक कर काजल के सारे दाँत शेखर ने खड़े-खड़े उखड़वा दिये।

जब प्लास से उखाड़ा हुआ काजल का वो आख़िरी दाँत उस झोलाछाप डॉक्टर ने शेखर के सामने प्लेट पर रखा तो जैसे शेखर के दिल ने एक बड़ी शान्त और आरामदायक ठंडक महसूस की।

शेखर की आँखों में उसी क्षण, सन्तोष की एक लहर उभर आयी, जिसे काजल ने देखा तो उसकी आँखें भीग गयीं। और जब उसके बेटे ने अपनी पोपले मुँहवाली माँ को देखा तो वो नादान बच्चा फफक कर रो पड़ा और अपनी लाचार माँ से आकर लिपट गया।

मौसमी चटर्जी के सारे सुन्दर दाँत, शेखर की बेहिसाब उपेक्षा, बेशुमार ख़ुदगर्ज़ी और बेतहाशा हवस की भेंट चढ़ चुके थे।

रेहन पर पाँच बेटे

आज कई दिनों बाद तेज़ धूप निकली थी। इतने दिनों से सिर्फ़ बदली ही छाई थी। बरसात के मौसम में ये सब लगा रहता है, लेकिन आज आसमान साफ़ हुआ था। इसलिए आज कहीं जाकर जाल फेंका जा सका। लेकिन कोई हाथ नहीं आया। इसलिए, बढ़ी हुई नदी में गोताखोर उतारे गये...यमुना वैसे ही बड़ी गहरी नदी है, उस पर से बरसात में तो और भी बढ़ गयी थी। फिर भी एक-एक कर तीन गोताखोर उतरे...तीनों ही करीब बीस-पच्चीस मिनट के बाद बाहर आए, और एक-एक, लाशें कन्धों पर लटका कर साथ लाये थे, जो कि बेहद ही गली हुई थीं।

बस मांस के लोथड़े जैसे लटके हुए थे। चेहरे तो घिस कर चिकने पत्थर ही हो गये थे। ना नाक समझ आती थी, ना होंठ, ना कान...भला कैसे पहचाना जाता कि किसकी है। पानी में पड़े-पड़े ये सभी लोथड़े फूल-फूल गये थे।

गले हुए उन लोथड़ों में से किसी एक की आँख के बड़े-से गड्ढे में से ढेरों पानी के कीड़े निकले आ रहे थे जैसे चींटी के किसी बिल में पानी भरने से फ़ॉरन चींटियों का रेला बाहर दिखने लगता है ठीक उसी तरह। इस लाश को पानी के जानवर आधे से ज़्यादा खा चुके थे। उसे देखते ही, पसीने से तर-बतर शुभम ने फ़ॉरन ढेर सारी कै उलट दी। पहचानना तो दूर की बात थी, इस सड़े-गले वीभत्स शव को तो देखना भी दुरूह मालूम पड़ रहा था। आसपास खड़े गोताखोर और पुलिसवालों के लिए तो 'पार्ट ऑफ़ ड्यूटी' था, इसलिए उन्हें ज़्यादा फ़र्क़ नहीं पड़ रहा था।

फिर दूसरी लाश पर सबकी निगाह गयी...पूरा नंगा, एकदम ही काला दुबला, झुर्रियोंवाला बुरी तरह से ऐंठा बदन। नहीं, नहीं ये नही हो सकता, ये तो साठ बरस से भी ज़्यादा किसी बूढ़े का शरीर लग रहा था। ये तो हो ही नहीं सकता था। वो तो सोने-सा चमकता हुए रंगवाला है। बड़ा-ही सुन्दर-प्यारा-सा है...पतले-पतले लाल होंठ हैं, वो तो नादान-नटखट पन्द्रह बरस का मोहिल-सा बच्चा है...शुभम को उसकी

मनोहारी छवि याद आई, और उसकी आँखों में पानी भर आया।

तीसरी लाश सामने लाई गयी। ये नयी लग रही थी। मुँह का आकार छोटा था, काठी भी लम्बी-दुबली लग रही थी। और रंग, रंग भी झक्क गोरा था। इसे पानी में डूबे ज़्यादा दिन नहीं हुए थे, ऐसा गोताखोरों का कहना था। शकल फिर भी चीन्ही जाने लायक नहीं थी। उसकी लम्बी पतली टाँगें देखकर, पुलिसवालों में से एक ने पूछा।

''घर से निकलते वक़्त उसने जूता पहना था, के चप्पल ?''

शुभम का सिर दर्द से फटा जा रहा था। अभी-अभी दो बार कै कर चुका था। वो तो वैसे ही आधा बेहोश हो गया था। जो दोस्त, साथ गया था, उसी ने सँभाला। पुलिसवाले को जवाब देने के लिए घर फोन लगाया गया।

घर में तो मुर्दानग़ी पहले ही छाई थी। इस फोन की घंटी ने कुछ ऐसी अनकही ख़बर जैसे आवाज़ लगाई, जैसे 'बौडी' मिल गयी है, अन्तिम-यात्रा के लिए घरवाले सामग्री जुटा लें।

जब कुछ मिनट तक घंटी बजती रही, और किसी की भी हिम्मत फोन रिसीव करने की नहीं पड़ी, तब मजबूत दिल के एक पड़ोसी ने फोन उठाया, और फिर उसने कहा—''पूछ रहे हैं कि जूते पहन के निकला था, या चप्पलें...।''

सौतेली माँ ही चौधरानी बनी, आगे आयी, ''चप्पल पहने था...यहीं चौराहे की दुकान तक का तो कहकर गया था। हाँ चप्पल ही पहने था...।''

सगी माँ पत्थर बनी बैठी थी, बोल कहाँ से फूटे...उसने तो घर के भीतर क़दम भी नहीं रखा था...बाहर बरामदे में ही बुत बनी बैठी, सारी नैराश्य में डूबी हलचलों को देख रही थी।

जब सगी माँ को घर से निकाला गया था, उस वक़्त उस नादान-दुलारे की उम्र महज तीन बरस थी। उस गोद के बच्चे को आज किशोर हुआ देखती, लेकिन ख़बर मिली ये कि वो लापता है। अख़बार में ख़बर पढ़कर पता चला कि बच्चा दस दिन से ग़ायब है। 'रुद्राक्षम' ये नाम तो पूरे शहर में उसका अकेला ही था। कोई दूसरा कहाँ था, नागपंचमी को जन्मा था, तभी तो चुनकर 'पंडित जी' ने ये नाम दिया था। कैसा नाम दिया था 'पंडित जी' ने...जैसा उसका नाम, उस शहर में, कोई अन्य नहीं था ठीक उसी तरह, उस जैसा अभागा भी दूसरा ना था। बच्चा-सा था तो सौतेली-माँ की गोद में जा गिरा। धक्के मारकर निकाली गयी, सगी माँ आज बारह साल बाद आयी भी वापस इस देहरी पर, तो वो भी ये ख़बर जानकर। ख़बर पढ़ते ही दौड़ी-दौड़ी इस मनहूस दरवाज़े पर आयी थी, और रहस्यमयी गहमागहमी देखकर बरामदे में खड़ी रही...सौतेली माँ ने उसे देखा तो मुँह चुराने लगी...कुछ कहने का मुँह रह भी कहाँ गया था...।

जब वो और इन दोनों का पति, इस बूढ़ी औरत को घर से निकाल रहे थे, तो यही दूसरी औरत चीख-चीख कर कह रही थी, 'जा मैं पाल लूँगी। निकल जा अभी इसी वक़्त...मेरी औलाद है, मैं पालूँगी, तेरा कुछ भी नहीं यहाँ, जा निकल जा।'

अपने पति की निगाह में ऊँचा बनने का सुख तो पा ही लिया, लेकिन दुर्गति तो बच्चे की हुई थी। गोद उजड़ी थी, इस लाचार माँ की। उस दूसरी ब्याहता का तो कुछ भी नहीं गया। सच कहा जाये, तो उसकी राह का एक काँटा ही तो दूर हुआ था, ना।

पूरा शहर जान रहा था, 'वक़ील साहब' का बच्चा खो गया है। कोई कहता, "पैसों की लालच में उठा लिया गया है...।"

कोई समझाता, "सौतेली माँ ने खाने तक को रुला दिया होगा तभी घर छोड़ गया..."

किसी ने कहा—"सगी माँ के ना रहते संगत बिगड़ गयी थी, कोई समझाने वाला था ही कहाँ घर में...उचक्कों के संग भाग निकला..."

कोई बताता, "सन्त बच्चा था, साधु-संन्यासी के फेर में पड़ गया था। कोई मन्तर मार के नन्हीं-मासूम जान को ले गया।"

वक़ील साहब का रुआब और पैंतरे जाननेवाले कहते, "कोई नीच-कमीने ने वक़ील साहब का ग़ुस्सा बच्चे से निकाला है...।"

दार्शनिक अन्दाज़ में किसी ऐसे-वैसे-तैसे ने फ़ैसला तक सुना दिया, "रंजिशन उठाया गया है लड़का। देख लेना बात सामने आ के रहेगी...।"

फिर मनोवैज्ञानिक क्यूँ पीछे रहता, उसने भी ज्ञान बघारा, "ये उमर ही नाज़ुक होती है...। सौतेली क्यों सँभालेगी, और वक़ील साहब के पास वक़्त कहाँ...।"

समाजशास्त्री को भी हेकड़ी झाड़ना और विद्वता का परिचय देना, ज़रूरी लगा, "भई बड़ा सँभालना पड़ता है आजकल के बच्चों को...ज़माना देख रहे हैं, किस दिशा में जा रहा है, कहना बड़ा मुश्किल है...समाज, परम्परा, मूल्य, आदर्श, नैतिकता कहाँ बची है अब...।"

जितना मुँह उतनी बातें। इधर-उधर, चाय के गुमटियों, पान के ठेलों, परचून की दुकानों, सभी जगह यही एक मुद्दा ग़रम था, कि वक़ील साहब का बच्चा गायब हो गया है...अगर पैसों की लालच में कोई उठा ले गया है तो कोई ना कोई फोन/सन्देशा भी अब तक आ जाना चाहिए था। वो भी नहीं आया पूरे दस दिन बीत चुके हैं।

किसी ने रंजिशन मारा होता, तो भला बच्चे का किसी से क्या बैर हो सकता था। रही वक़ील साहब की बात तो पूरा शहर उनका बर्ताव, उनका चाल-चलन, उनका रवैया अच्छी तरह जानता है। दुई-दुई मेहरारू सामने ही बैठी हैं...इन सबके

चलते सामने से भले ही कोई कुछ ना बोले, लेकिन पीठ पीछे सारे ही वक़ील साहब के बैरी ही हैं।

और तो और वक़ील साहब की अपनी पहली बीवी, अपनी पहली औलाद, अपने सगे भाई-बहन, नातेदार-रिश्तेदार, सभी उनके धुर विरोधी हैं। ख़ानदान में भी उन्हें कोई भी पसन्द नहीं करता। कितनी ब्याह-बारातों में तो उन्हें कोई पूछता भी नहीं। लेकिन इन सबके बावजूद उस दुलारे-सलोने-सुन्दर लाडले से किसी को भी क्या ईर्ष्या हो सकती थी। उस मासूम को कोई कैसे छू भी सकता था। उसने किसी का क्या बिगाड़ा था।

जैसे ही ख़बर मिली कि आख़िरी बार यमुना के पुल पर टहलता देखा गया था, वहीं से पुलिसवाले, पत्रकार, करीबी जाननेवाले सभी यमुना किनारे पहुँच गये। गोताखोर वहीं उसे खोज रहे थे, और बड़ा भाई बेहाल वहीं यमुना किनारे अपना हाड़ सुखा रहा था। उसके दो-एक सगे दोस्त उसके साथ वहीं उसका सम्बल बने, खड़े हुए थे।

कहते हैं, यमुना नदी के भीतर नागों का जमावड़ा रहता है। नागपंचमी की रात जन्मे इस नादान को भी क्या यमुना लील गयी थी। आख़िर कहाँ चला गया रुद्राक्षम। किसी को कुछ भी समझ नहीं आ रहा था, और कुछ भी, कोई भी एक बात कहना कठिन हो गया था।

सब एक-एक कर निराश होकर लौट गये, जब कोई भी लाश बच्चे से मिलती नहीं दिखी। लेकिन घरवालों के दिल में रुद्राक्षम के जीते रहने की उम्मीद की लौ फिर टिमटिमाने-सी लगी। पूरा घर-बार फिर बच्चे की ख़ोज में जुट पड़ा।

वक़ील साहब दमड़ी-दमड़ी बचाते फिरते थे, तिनका-तिनका जोड़ते थे, पहली बीवी की क़ूबत से गृहस्थी खिंच रही थी। लेकिन वक़ील साहब अपनी करके माने। दूसरी ले आए। और आज दस लाख रुपये के तो केवल पोस्टर छाप दिये गये, जिसमें रुद्राक्षम की तस्वीर बनी थी। जिन्हें शहर के कोने-कोने में चिपका दिया गया और खोजनेवाले को अस्सी लाख और महज पता बतानेवाले को बीस लाख दिये जाने का ऐलान किया गया।

हज़ारों की तादाद में फोन आए, सैकड़ों की संख्या में गाड़ियाँ हर दिशाओं में दौड़ाई गयीं। पुलिस हरसम्भव प्रयास करती रही। ख़ास तौर से एस.टी.एफ़. गठित की गयी। अख़बार और टी.वी. चैनलों में 'रुद्राक्षम लापता कांड' का जैसे रोज़ाना का कॉलम ही बन गया।

अनगिनत लोगों से पूछताछ हुई। बेशुमार लोगों से सम्पर्क किये गये, पता नहीं कितनों को डराया-धमकाया गया, जेल में ठूँसा गया लेकिन नतीजा सिर्फ़ और सिर्फ़ सिफ़र रहा।

उस बच्चे का कोई भी सुराग़, कोई भी चिन्ह, कोई भी एक सूत्र नहीं ही मिला। हर तरफ़ चर्चा शान्त होने के बजाय, मामला दिन-ब-दिन ग़र्म होता गया। हल्ला बढ़ता गया। हर तरफ़ यही एक शोर था कि वक़ील-साहब का सबसे छोटा बेटा ग़ुम गया है। वही रुद्राक्षम बेटा जिसकी दो-दो माँएँ थीं। अब तो वक़ील-साहब की तीसरी औरत जिसे वो रखै़ल बना के कहीं लुका-छुपा के रखे थे, उसकी बातें भी सामने आने लगीं। सारा लुका-छुपा कच्चा-चिट्ठा आम होने लगा, सिर्फ़ एक नादान क़मसिन बच्चे के बहाने।

पुलिस अपना काम तेज गति से कर रही थी, क्योंकि वक़ील-साहब के अनुनय-विनय को जजेज़ टालते नहीं थे, इसलिए हाईकोर्ट से तीखा़ निर्देश मिलते ही पुलिस को ज़ाहिर तौर पर तेज होना ही पड़ता था। घरवाले अपने प्रयासों पर आमादा थे। महामृत्युंजय जाप बिठाया गया।

पंडितों की, ओझाओं की, औलियाओं की और कुछ चिरकुट रिश्तेदारों, वगैरह-वगैरह की भी तो लाटरी ही लग गयी थी। क्या जीजा, क्या जीजा का कुनबा, सभी धधकती चिता में हाथ सेंक रहे थे, और खूब कमा-खा रहे थे। यही तो सुनहरा मौक़ा हाथ आया था, वरना वक़ील साहब से कोई फूटी कौड़ी भी नहीं निकलवा पाता था। अपनी स्वार्थ-सिद्धी के लिए, हर कोई नयी तरह से अपने नये-नये प्रयोग कर रहा था।

कोई बड़ा-सा आईना सामने रखकर उसमें जाने, क्या-ना-क्या देख लेता और फिर बड़े आवेश में चिल्लाकर कहता—

"तुम्हारा बेटा वो जा रहा है...देखो इसमें दूर तक देखो...वो चला जा रहा है...उसे कलकत्तेवाली माता ने बुलाया है। वो कलकत्ते की दिशा में मिलेगा...।"

बेचारा सगा बड़ा भाई अभिन्न दोस्तों के साथ गाड़ी लिए कलकत्ता रवाना होता। कलकत्ते के रास्ते में हर सम्भव जगहों पर पूछता जाता...। पुलिस का स्पेशल टास्क फ़ोर्स वक़ील-साहब के बताये रास्तों पर जाता। लेकिन फिर, फिर भी कुछ हासिल ना होता।

कोई ओझा बच्चे के जीजा को अचानक फ़तेहपुर में फ़लाँ मज़ार के आसपास भेज देता। और जीजा मय अपने लफ़ंगे दोस्तों, वक़ील-साहब से भरपूर धन उगाही करके मौज-मस्ती करने निकल पड़ता। अरे इतने बड़े घर-ख़ानदान की बेटी ऐसे ही दिनों के लिए तो फ़ाँसी थी।

कोई भी इस मौक़े को हाथ से निरर्थक क्यूँ जाने देता। किसी ने ताबीज़ बँधवाया, किसी ने गंडा पहनवाया। किसी ने चाँदी के छत्र चढ़वाये तो किसी ने ग्यारह सौ

नारियल फ़ोड़वाए। किसी को चिलम-गाँजा चाहिए था, तो कोई को तैंतीस बकरों की बलि चाहिए थी। किसी ने इत्र का स्नान ख़ुद किया और पिता को करवाया। किसी ने कोरा घड़ा मँगवाया, उसमें रुद्राक्षम का पहना हुआ कपड़ा गर्भ में रखे हुए भ्रूण की तरह कई विधि-विधान करके रख दिया, और माता को कोई विचित्र-सा मन्त्र दिन भर में इक्कीस बार, घड़े के सामने बैठकर पढ़ने को कहा। उसका कहना था, इस मन्त्र के उच्चारण से 'बच्चा माँ की ओर खिंच कर आ जाएगा...' सौतेली माँ को प्रेम दिखाने का मौक़ा मिला और लगी वो भी मन्त्र बाँचने। बच्चा खिंचेगा या नहीं, अगर खिंचा भी तो किधर खिंचेगा...वास्तव में खिंचेगा या फिर और दूर से और दूर चला जाएगा। किसी ने एक सौ एक परिक्रमा यहाँ, वहाँ, न जाने कहाँ-कहाँ करवाईं।

किसी ने पूरे परिवार को भोर में सुबह के चार से छह बजे तक, बासी मुँह श्मशाम के किनारे रोज़ाना, इक्कीस दिन तक बुलाया और कई सारे कर्मकांड रचे...कई बार तो वो खुद नहीं आया, और परिवारवालों के फोन करने पर कहा कि "बस जलपान करके आता हूँ।" पूरा परिवार भीषण गर्मी में श्मशाम के किनारे तपता रहा था।

सारे के सारे घरवाले यन्त्रवत सभी का कहा मानते चल रहे थे। उनके पास कोई और चारा जैसे रह ही ना गया हो।

इन्हीं घर की ढेर-सारी, नामालूम कितनी-कितनी फ़ज़ीहतों से रुद्राक्षम निकला होगा...आत्महत्या भी अगर उसने की होगी, तो यही सारा रोज़ का ड्रामा देखकर की होगी।

सगी माँ बूढ़ी हो गयी थी, इतनी सबल, इतनी सक्षम नहीं रह गयी थी कि अपने जिगर के टुकड़े को अपने पास रख सके, दो रोटी खिला सके। उसका तो कोई अपना ख़ुद का ही ठिकाना नहीं था, तो भला इस फूल जैसे बच्चे को कहाँ रखती। इसीलिए, दिल पर पत्थर रखकर कसाई-बाप के पास छोड़ना पड़ा था। अगर वो बूढ़ी ना हुई होती तो, वक़ील साहब को क्या पड़ी थी कि दूसरी घर लाते, उन्हें तो हमेशा जवान औरत चाहिए थी, वो भी विवश थे...घर छोड़ते वक़्त बूढ़ी माँ बार-बार लाडले को समझाती रही थी—

"पापा के पास रहो बेटा, वहीं खाना मिल सकेगा, वहीं पढ़ाई हो पाएगी...वहीं कार-मोटर में घूमेगा मेरा चन्दा...मेरा बेटा मेरी बात मान लेगा...वो अपनी अम्मा को दुख नहीं देगा...मेरे साथ कहाँ-कहाँ फिरेगा मेरा लाल...किस-किसके दरवाज़े भीख माँगेगा...।"

जब मन्त्र पढ़ने के लिए घड़े के सामने बैठती तो यही सोचती कि,

"भले ही भीख माँगती और बच्चे को भिखारिन का बेटा कहलवाती, लेकिन साथ रखती वही बेहतर होता। कम से कम आज मेरे लाल का मुँह तो मैं देख पाती...पता

नहीं इस डायन ने क्या बर्ताव किया मेरे चाँद से बच्चे के साथ, कि आज उसकी एक झलक को तरस गयी मैं...''

सौतेली माँ को लाख-लाख गालियाँ दिल-ही-दिल में दे रही थी, लेकिन चुप बैठी बच्चे के वापस आने की बाट जोह रही थी।

वक़ील साहब के यूँ तो और भी चार बेटे थे, लेकिन ये सबसे छोटा उनका सबसे दुलारा था। वो था भी बड़ा मोहिल। अजनबी भी उससे मिलता तो उस पर प्यार लुटाए बिन नहीं रह पाता था। वक़ील साहब को जैसे एक भ्रम ये भी बैठा था कि इसी रुद्राक्षम के आने के बाद से उनकी तिजोरी अचानक ज़्यादा भर गयी थी। परमात्मा जाने ये सच था या कि निरा भ्रम, लेकिन वो आया और जैसे कोई ख़ज़ाना साथ लेकर आया। ये बात जग-ज़ाहिर थी। यही कारण था कि वक़ील साहब ने उसकी ख़ोज-ख़बर के लिए पैसों के लिहाज से रत्ती भर भी कोताही नहीं बरती।

रुद्राक्षम के गायब होने से वक़ील साहब ऐसा मानते थे, जैसे उनकी तिजोरी में सेंध लग गयी थी और उनका ख़ज़ाना ख़ुद-ब-ख़ुद खाली होने लगा था। उनके ख़ानदानी बाप-दादाओं ने भी माशाअल्लाह अकूत दौलत जमा कर रखी थी, लेकिन रुद्राक्षम क्या गया, सब कुछ जैसे ख़ुद-ब-ख़ुद घटने लगा।

नाम-यश-सम्पदा-रौनक तो जो डूबी सो डूबी ही, दिल भी पूरा का पूरा जैसे टूट गया वक़ील साहब का। वक़ील साहब को ना दिन में चैन था ना रात में आराम। रुद्राक्षम जितना सूरत से कँटीला और सुन्दर था उतना ही चितवन का बाँका और छबीला था। सगी माँ से दूर उसने बाप के दामन में ही अपने लिए महीन किनारा पा लिया था। वो वक़ील साहब से चिपका रहता था। 'कोर्ट से मेरे लिए क्या लाए पापा...'

''पापा कोर्ट जाईएगा तो अपनी बन्दूक साथ ले जाइएगा, फिर आपको कोई हरा नहीं पाएगा...।'' पापा ये देखो मैंने आपके उस फ़लाँ-फ़लाँ मुवक्क़िल की कैसी तस्वीर उतारी है...। ''पापा ये, पापा वो...।'' पापा यहाँ, पापा वहाँ...। माँ के साथ होनेवाली सारी-सारी शरारतें-चुहलें सब वो लाडला रुद्राक्षम वक़ील साहब के साथ ही तो करता रहता था।

वकील साहब को ये भी याद आता कि यदा-कदा रुद्राक्षम घर के कोने-अन्तड़े में पड़ी अपनी माँ की साड़ी वो उनके पास ले आता था और कहा करता था, ''पापा देखो, इसमें से मम्मी की महक आती है...।''

वकील साहब का दिल ये सब याद कर-करके भर आता था, वो घंटों चिन्ता में डूबे ख़ामोश बैठे जाने क्या-क्या सोच रहते थे। उनका जीवन जैसे सिर्फ़ रुद्राक्षम

के बग़ैर रुक गया था।

ये सच भी था, सौतेली माँ से उस बच्चे का ज़्यादा बात-व्यवहार नहीं था, वो तो बस 'पापा-पापा' करता बड़ा हो रहा था। वक़ील साहब को उसकी तमाम बाल-सुलभ बातें याद आतीं तो वो बहुत ही ज़्यादा बेचैन होकर टहलने लगते। कभी रात-बेरात कार स्टार्ट करते और अकेले ही यमुना के किनारे रुद्राक्षम को जैसे ख़ोजने निकल पड़ते। वक़ील साहब की बेचैनी का कोई पारावार नहीं था। दिन-दोपहरी मन ही मन रुद्राक्षम की आवाज़ सुन लेते तो मारे तक़लीफ़ के दारू चढ़ाने लगते। धीरे-धीरे करते जब रात सिर्फ़ काली-काली दिखने लगती और नींद आँखों को छू भी ना पाती तो वक़ील साहब दारू की बदौलत ही घंटा-दो-घंटा सोने का प्रयास करते। वक़ील साहब का मन वक़ालत से जैसे उचट गया था। कई मुव्वक़िल अपनी फ़ाइल ले लेकर लौट गये थे। लेकिन वक़ील साहब को इसकी ज़रा परवाह नहीं हुई थी...उनका जी कहीं-कहीं-कहीं नहीं लगता था। वक़ील साहब यदा-कदा अपना जी लगाने इधर-उधर की औरतों के पास भी हो आते थे, लेकिन अला-भला वहाँ भी कुछ ज़्यादा ना हुआ। वक़ील साहब को बस रुद्राक्षम की एक झलक चाहिए थी, और कुछ भी नहीं। रुद्राक्षम का हँसता-खिलखिलाता चेहरा याद करते तो चढ़ी हुई, उनकी दारू भी दिमाग़ से उतर जाती।

इन्हीं बेहद संजीदा हालातों और बेहिसाब तक़लीफ़ों के दौर से गुज़रते हुए वक़ील साहब को एक दिन कुछ ख़ास, कुछ अलग सूझा। वो एक दिन रुद्राक्षम की असली माँ के मामूली से किराए के मकान पर जा पहुँचे। हर तरफ़ से टूटी हुई माँ, अकेली बैठी गीता का पाठ कर रही थी।

माँ ने वक़ील साहब को देखते ही दुखी मन से एक ही वाक्य बोला—

"कुछ पता चला ?"

"नहीं..." वक़ील साहब ने ख़ुद को दृढ़ बनाने की चेष्टा करते हुए कहा।

"फिर अब क्या लेने आए हैं..." माँ ने निरपेक्ष भाव से कहा।

कोई मैल-मलिनता रखने की जगह दिल में बची भी कहाँ थी। पहाड़ जैसा दुख जो समाया हुआ था, शायद, दोनों के ही दिल में।

"तुमसे कुछ बात करनी थी...।" वक़ील साहब ने साहस बटोर कर कहा।

"कहिए..." वो भारी मनवाली माँ को तो वक़ील साहब को बिठाने या अन्दर आने को, कहने की सुध भी नहीं रही।

वक़ील साहब ख़ुद ही अन्दर चले आए। मेज़ पर, बिस्तर पर और उस छोटे-से कमरे के हर कोने में लाल स्याही से 'राम-राम' लिखे बेहिसाब पन्ने और ढेर सारी किताबें फ़ैली हुई थीं, जिनमें किताबें भी ज़्यादातर धार्मिक ही थीं।

वक़ील साहब ने अपने लिए जगह बनाई और शान्ति से साधारण-सी चारपाई

पर बैठ गये।

वक़ील साहब ने ख़ुद पानी माँगकर पिया और बिना कोई भूमिका बाँधे, फ़ैली हुई, नीरवता को उन्होंने भंग किया।

'देखो, तुम्हारे साथ मैंने बड़ा अपराध किया है। मुझे अपने किये का पता है, और सन्ताप भी। अब बहुत हुआ, मैं पश्चाताप करना चाहता हूँ। मैं समझ सकता हूँ जो दुख-तक़लीफ़ तुम्हें मैंने दी हैं। मेरा बच्चा चला गया, कोई नहीं बता पाया कि वो कहाँ गया, कैसे गया, क्यूँ गया। मेरे बच्चे के बग़ैर, और ख़ुद मेरे ही कुकर्मों के चलते आज मैं मरने की क़गार पर आ खड़ा हुआ हूँ...। मुझे लगता है मेरा रुद्राक्षम सिर्फ़ तुम्हारे कारण ही, तुम्हारे साथ किये हुए, हज़ार दुर्व्यवहारों की वजह से ही, मेरे पास न रह सका। तुम उसकी अपनी माँ थीं। तुमने ही उसे जन्मा था। और तुम्हें ही घर से निकाल दिया मैंने...सच में, बड़ा पाप किया है मैंने...।''

वक़ील साहब धारा-प्रवाह बोले जा रहे थे और रुद्राक्षम की माँ की आँखों से आँसुओं के धारे, उसी रफ़्तार से प्रवाहित हुए जा रहे थे।

दोनों ही समान रूप से जारी थे।

''...मेरा ऐसा मानना है कि अब मुझे अपनी ग़लती जल्द से जल्द सुधार लेनी चाहिए...तुम मेरे पाँच सुन्दर और सुयशी बेटों की माँ हो। सारा दोष मेरा है, उस दूसरी औरत का भी नहीं...ये सिर्फ़ मेरा अकेले का दोष है...मुझे तुम्हारा ऐसा निरादर नहीं करना चाहिए था...तुम्हारे रहने से ही मेरा घर आबाद था, मेरा घरबार समृद्ध था। मेरे बच्चे खेल-खा रहे थे। वो सब पढ़ रहे थे, बढ़ रहे थे। अगर तुम मुझे कुछ भी समझती हो, रत्ती भर भी अगर तुम्हें मेरी फ़िक्र है तो मुझे माफ़ कर दो...इनसानियत के नाते मुझे माफ़ कर दो...मेरे सिर पर लगा ये कलंक मिटा दो...। मेरी शान्ति, मेरा सुकून, मेरा बसा हुआ घर मुझे लौटा दो...तुम अपने घर लौट चलो। तुम घर आ जाओ तो क्या पता मेरा हीरा, मेरा मोती, मेरा चाँद, मेरा सूरज, मेरा लड़का मेरे पास लौट आए...। यही बिनती करने आया हूँ तुम्हारे दरवाज़े...।''

इतना कहते-कहते वक़ील साहब रो पड़े...ये वही वक़ील साहब हैं, जिनके घमंड की कोई सीमा नहीं, जिनके अहम और क्रूर बर्तावों की उस शहर में कोई सानी नहीं। हर किसी को अपने आगे दो कौड़ी का जताना जिनका सबसे मशहूर शगल रहा है। आज उनके रोने की भी आवाज़ सुनाई नहीं दे रही। बस आँसू बहे जा रहे हैं, आँसू पर आँसू बहे जा रहे हैं।

मूक पछतावा, मौन प्रायश्चित, नीरव पश्चाताप।

फिर कमरे को जैसे दोबारा मौत आ गयी हो।

एकदम वही सन्नाटा फिर से पसर गया, जो पहले से वहाँ मौजूद था। माँ के आँसू धीरे-धीरे बहते रहे, लेकिन किसी तरफ़ से, आवाज़ कोई भी ना आयी।

कुछ देर बाद माँ ने अपने आँसू पोछे और बड़ी ही सधी हुई गति में बोलना शुरू किया—

"माफ़ी मत माँगो। तुम्हारा झुका हुआ सिर अच्छा नहीं दिखता...इस शहर में तुम बड़े शान से जीते आए हो...इस लिए निराश न रहो...। बच्चे का बहुत दुख तुम्हें है, मैं जानती हूँ। बारह साल से तुम्हीं तो कमा-खिला रहे थे उसे। तुम्हीं ने पाला था अब तक...तुम्हीं उसे बड़ा कर रहे थे...अब जी छोटा ना करो। तुमने मुझे घर से निकाला तो मैं भी तो चली आई थी। देखो, उस बच्चे की तरफ़, यहाँ मैं भी दोषी हूँ...वहीं तुम्हारी देहरी पर प्राण दे देने चाहिए थे, ऐसा तो नहीं किया था ना मैंने। लेकिन अब...अब बहुत देर हो चुकी है...अब यहीं, इसी झोपड़ी में ट्यूशन पढ़ाती हूँ और नमक-रोटी खाकर भगवान का नाम लेती हूँ...यहीं पड़ा रहने दो मुझे...।"

और, देखो, वो जो दूसरी है, अब...। उसके लिए भी तो तुम्हारी ही सारी ज़िम्मेदारी बनती है। अब उसे इस उम्र में कहाँ फेंकोगे। उसका तो कोई बेटा भी नहीं...। बस बेटी हैं। आज नहीं तो कल उसकी भी शादी-ब्याह करना ही होगा तुम्हें...।

मेरा घर-संसार जो उजड़ा सो उजड़ा...अब उसका तो मत उजाड़ो...उसका मान बना रहने दो...इसी में तुम्हारा मान है...।

मैं तुम्हारे पास अपने पाँच लड़के रेहन रखकर आयी थी, वही धरोहर थी मेरी, मेरी कुल जमा पूँजी भी वही है। देखो वक़ील साहब, अब जब मेरे पाँचों लड़कों को मैं सही-सलामत देखूँगी तुम्हारे पास, तो एक दिन लौट के चली आऊँगी। जब तक देह में कूबत है, मुझे अपनी कमाई रोटी खा लेने दो...मैं फिर कहती हूँ, अपना जी छोटा ना करो। मैं यहाँ बैठी भी तुम्हारे घर को दुआ और नेकनियामत ही देती रहूँगी। कोई बात नहीं कि अब मैं उस घर में नहीं। मेरे लड़के तो हैं ना। बस, तुम यही समझ लो कि उन बेटों के रूप में, उनकी माँ हर वक़्त वहाँ उसी घर में मौजूद है...।

रही बात रुद्राक्षम की, तो जो कुछ भी तुमसे बन पड़ रहा है, वो तो तुम कर ही रहे हो। करते रहो, और मैं तुमसे क्या कहूँ...। सी.बी.आई. की जाँच चल ही रही है...क्या पता कोई दिन सामने आकर मुस्करा ही हमारा लाल...।"

वक़ील साहब मूर्ति बने सब सुनते रहे और रुद्राक्षम का नाम आते ही फिर उनकी आँखें डबडबा आयीं।

रुद्राक्षम की माँ ने अपना मजबूत निर्णय सुना दिया था। दोनों मियाँ-बीवी का दुख एकदम एक समान था। कोई भी किसी को क्या धीरज बँधाता, या क्या नसीहतें देता। दोनों तक़लीफ़ के मारे बस अपनी-अपनी बात कहकर दिल से हल्का होने की कोशिश कर रहे थे...।

वक़ील साहब को जब ये यक़ीन हो गया कि वो बूढ़ी स्त्री, जो कि उनकी

पहली बीवी और उनके पाँच बेटों की माँ है, वो वापस उस घर नहीं जाएगी, जहाँ से उसे प्रताड़ित और बेइज़्ज़त करके ख़ुद वक़ील साहब ने निकाला है, तो फिर कुछ देर के इन्तज़ार के बाद, आख़िरकार वो उठ कर खड़े हो गये।

और चुपचाप बोझिल क़दमों से बाहर निकल आए।

बूढ़ी महिला कुछ भी ना बोली, किसी भी औपचारिकता की ना तो ज़रूरत थी, ना ही कोई प्रश्न। कोई भी वहाँ अजनबी कहाँ था।

सारे रिश्ते, सारे सम्बन्ध, सारे कर्म-कुकर्म, सारा किया-धरा, सब कुछ तो सामने था। शीशे-सा एकदम ही पारदर्शी था, स्पष्ट था। कुछ भी किसी को बताने की, पूछने की, समझाने की, और जताने की ग़रज़ भी अब शेष नहीं थी।

वक़ील साहब के क़दमों का बोझ बेटे के मातम का था, बेटे की माँ का उन्हें वास्तव में माफ़ ना करने का था, अय्याशी छूटने के भय का था, या फिर वक़ील साहब को बार-बार, अपनी ख़ाली होती तिजोरी का ख़याल आ रहा था...।

पता नहीं, वक़ील साहब के ये, प्रायश्चित के भारी क़दम थे और सच में उनके हृदय में हल्का-सा भी पश्चाताप था कहीं, कहना निहायत ही दुष्कर है।

क्योंकि माँ का दुख तो साफ़ था, किसी भी कैसे भी आडम्बर से दूर, एकदम शुद्ध था। उसे ना वक़ील-साहब की वैभव-सम्पदा-नाम-यश-दौलत या किसी भी चीज़ की कोई दरक़ार बाक़ी रही थी, ना ही उसके बीते हुए पीड़ा, दारिद्रय और अपमान से भरे बारह साल वापस ठीक होने थे। वो तो गुज़र चुके थे, और बूढ़ी के नरम-दिल को पाषाण बना चुके थे।

और बनाते भी क्यूँ ना, सबकुछ तो गुज़र चुका था उस पर। बस एक ये ही क़सर बाक़ी थी, वो भी अब सुन लिया कि बेटा ही भरे-पूरे परिवार के बीच से उठ गया। अब तक यही एक सन्तोष लिए वो जी रही थी कि उसका हाल चाहे जितना भी दयनीय और शोचनीय हो, वो चाहे जितना भी दाने-दाने को मोहताज रही हो, लेकिन उसके जाये बच्चे तो सम्पन्न, सुखी और सन्तुष्ट थे। लेकिन अब तो वो तसल्ली भी दिल से जाती रही। अब उस बेचारी बुढ़िया को क्या लोभ, और किसका मोह।

दरअसल, वक़ील साहब के पास अब कुछ बचा ही ना था, जिससे वो इस बूढ़ी को फिर से आबाद कर पाते।

घर के बाहर कार स्टार्ट करने की आवाज़ आयी, और रुद्राक्षम की माँ ने गीता फिर से पढ़ना शुरू कर दिया।

''वासांसि देहानि यथा विहाय...।''

मैं रायटर बनना चाहती हूँ

नायाब अपनी सहेलियों के साथ पार्क में मज़े से खेल रही है। खूब दौड़-धूप, खूब शोर-शराबा, खूब मौज-मस्ती, खूब धूम-धड़ाका...कभी आइस-पाइस तो कभी लुक्का-छुपी, कभी रेस लगाना तो कभी आँख में पट्टी बाँधकर सहेलियों को पकड़ना।

जब झूले की बारी आयी तो एक-एक कर सब ट्राइ कर लिए। सी-सा में हवा से बातें कर ली फिर रह-रहकर ज़मीन को चूम आयी। अब चढ़ी सावनवाले झूले पर उचककर, और ज़ोर से पेंग मारी। ठीक इसी वक़्त, पहली ही पेंग में सामने मकान की बालकनी पर वो निकल आया था। कोई कागज़ का बेकार टुकड़ा था, जिसे फ़ेकने आया था और फ़ॉरन वापस अन्दर चला गया। लेकिन नायाब के पैर रुक गये थे, दूसरी पेंग मारने को उठे ही नहीं। वो वहीं उसी बालकनी को देखे जा रही थी।

'लेकिन अब तो वो चला गया था, अब देखने से फ़ायदा भी क्या हुँह...आज भी उसका चेहरा साफ़ नहीं दिखा...कितनी सिगरेट पीता है, हर वक़्त इतने धुएँ में अपना चेहरा छुपाये रहता है...क्या उसे उलझन नहीं होती होगी भला...हो सकता है सिगरेट पीनेवालों को उसका धुआँ भी अच्छा लगता हो, क्या पता?'

पता नहीं उसने मुझे आज तक देखा भी कि नहीं। मुझे इस पार्क में आते दो साल तो अब हो ही जाएँगे...। पिछली की पिछली गर्मी की छुट्टियों से मैंने इस पार्क में आना शुरु किया था। तब तो मैंने फ़िफ़्थ क्लास पास भी कर लिया था...आख़िर, वो इतना कम क्यूँ दिखता है...। वो तो अपनी सिगरेटें फ़ेकने भी नहीं आता...। लगता है ऐशट्रे रखकर पीता होगा, और क्या...नहीं तो बाहर बालकनी पर आता ज़रूर...सोचती हूँ, क्यूँ ना, कोई दिन उसके घर चलूँ ...हाँ ये ठीक रहेगा...अन्दर जाकर देख भी लूँगी कि ये सिगरेट-वाला आख़िर दिन भर करता क्या रहता है...। जाना तो पड़ेगा ही...। लेकिन अभी नहीं...आज भी नहीं, आज तो पहले ही इतनी देर हो चुकी है...।'

इतना सब सोचते-विचारते जैसे ही 'घर' और 'देरी' नायाब के दिमाग में

कौंधे, वो लप्प से झूले से उतरी और सहेलियों को बाय करके दौड़ती-कूदती घर पहुँच गयी।

माँ बाहर ही बैठक में बैठी क्रोशिया से मेज़पोश बुन रही थी, उसके आते ही माँ ने पूछा—

"खेल आयीं। होमवर्क पूरा करके गयी थी ना?"

"हाँ अम्मी, हमेशा तो होमवर्क करके ही खेलने जाती हूँ। बस मैथ्स का नहीं हुआ है। वो जब सर आएँगे तब कर लूँगी।"

"सर भी आते ही होंगे। जा हाथ मुँह-धो ले और कुछ खा ले बेटा। सर आ जाएँगे तो तू फिर पढ़ने बैठ जाएगी।"

"अम्मी मुझे भूख नहीं अभी..." कहते-कहते नायाब वहीं बैठक में सजी तख़्त पर लेट गयी।

माँ ने मेज़पोश किनारे रखा, और वो उसके पास आकर बैठ गयीं। नायाब उनकी होनहार बेटी थी। उस पर उन्हें बड़ा नाज़ भी था। वो खुद बड़ी पढ़ी-लिखी, सलीकेमन्द खातून थीं और एक बड़े खानदान से ताल्लुक रखती थीं। वो अपने उन हर अरमानों को इस बच्ची के रूप में ज़िन्दा देखना चाहती थीं, जिनका कि इस पिछड़ी-सोचवाले परिवार में निकाह के बाद गला दबा दिया गया था। इस मरदूद खानदान में तो औरत-ज़ात सिर्फ़ और सिर्फ़ चूल्हे में लकड़ी की तरह जलने के लिए ही होती है। यहाँ पढ़ाई-लिखाई की क्या वक़्त। वो अपनी बच्ची को कुछ बड़ा बनाना चाहती थीं। उन्हें अपनी क़ाबिल बच्ची पर बड़ा फ़क्र भी था।

नायाब के सिर पर हाथ फेरते हुए बोलीं—

"बिटिया रानी, ज़र्दा बना है...क्या अब भी भूख नहीं है?"

"क्या सच में...।" नायाब उछलकर उठ गयी और फ़ॉरन रसोई पहुँची और ज़र्दा प्लेट में लिए बाहर आयी।

"लेकिन हाथ-मुँह तुमने अभी भी नहीं धोया। बाहर से खेल कर आयी थीं, फिर भी।"

"अच्छा धोती हूँ..." नायाब ने प्लेट वहीं मेज़ पर रखी और वाश-बेसिन में हाथ और चेहरे को धो लिया। छोटे तौलिया से मुँह पोंछती हुई ज़र्दा हज़म करने लगी।

रात हुई, वो अपने बिस्तर पर पहुँची और उस सिगरेटवाले के घर जाने की योजना बनाते-बनाते सो गयी।

दूसरा दिन हुआ, नायाब स्कूल पहुँची।

आज लंच के बाद रूबी खान उसके पास आयी। रूबी भी दर्ज़ा सात की ही छात्रा थी लेकिन दोनों अलग-अलग सेक्शन में पढ़ती थीं। रूबी उसकी पार्क में साथ खेलनेवालों में भी थी। रूबी को नायाब से उसकी इतिहास की कॉपी चाहिए थी, क्योंकि उसकी खो गयी थी। अगले महीने से छमाही के इम्तिहान शुरु होने थे। रूबी का कहना था कि दो-तीन दिन में पूरा काम करके, वो उसकी कॉपी वापस लौटा देगी। रूबी उसी की कॉपी लेना चाहती थी। क्योंकि नायाब अपने स्कूल के बेहतरीन विद्यार्थियों में थी। उसका पढ़ाई-लिखाई का, स्पोर्ट्स का, सभी सांस्कृतिक-प्रोग्रैम्स का मेरिट बहुत अच्छा था। शहर के और स्कूलों से प्रतियोगितायों में उसे अपने स्कूल की ओर से अकसर भेजा जाता था। मैथ्स को छोड़कर उसकी सभी टीचर उससे काफ़ी खुश रहती थीं। शहर के और स्कूल के टाइमिंग के भीतर और स्कूल-टीचर के साथ बाहर जाने से अम्मी-अब्बू को भी ऐतराज़ नहीं था।

नायाब वैसे भी समझदारी से चलती थी। वो अपनी मैथ्स की कॉपी के अलावा कोई भी कॉपी किसी को देती नहीं थी।

वो रूबी को भी 'ना' कहनेवाली थी कि अचानक उसे खयाल आया कि रूबी का मकान उस सिगरेटवाले के ठीक बगल में है। उसने उसे बड़े प्यार से अपनी सीट पर ही बैठाया।

''मैडम रूबी, तो पढ़ाई-लिखाई जम के हो रही है। तभी तो इतिहास की कॉपी का खयाल आया। ले लो मैंने कब मना किया लेकिन लौटा देना एकदम टाइम पर...। ठीक दो दिन बाद...''

''हाँ हाँ मैं दे दूँगी, तुम इत्मीनान रखो...।''

वो अपना बस्ता खोल कर कॉपी निकालने लगी...। उसी बीच उसने कहा—

''रूबी एक बात तो बताओ, वो तुम्हारे घर के ठीक बगल में किसका घर है।''

''मेरे घर के बगल में तो रिचार्ज-कूपन की दुकान है।''

''नहीं नहीं...। उस तरफ़ नहीं...। इस तरफ़...। कोई रहता है वहाँ तो।''

''अच्छा याद आया...इधर की तरफ़...। तो तुम उन अंकल की बात कर रही हो, हाँ-हाँ मैं समझ गयी...वो कोई घुन्ना जैसा आदमी है...। एक दिन उसके घर का एक ख़त, पोस्टमैन ग़लती से हमारे घर डाल गया था, तभी अब्बू बता रहे थे, वो कोई अखबार का काम करता है...। अरे नायाब, उनके घर तो कोई बच्चा भी नहीं कि खेलने जा सकें...। उन अंकल का नाम किसी साँप के नाम जैसा है।''

''साँप...कौन-सा साँप? शेषनाग? शेषमणि तो सुना हुआ नाम है, लेकिन...।''

''...। नहीं नायाब कोई और साँप, जिसे कृष्ण ने मारा था...उस जैसा ही कोई नाम।''

"कृष्ण ने मारा था...कृष्ण ने तो कई सारे राक्षसों को मारा था, यही पढ़ा था अब तक। पूतना-वूतना और पता नहीं कई ठो तो थे। साँप तो कोई नहीं था रूबी।"

"था नायाब, था। वो जो दरिया में रहता था। याद करो...वो गेंदवाली कहानी वाला।"

"अच्छा...। वो जिसकी फोटो कैलेंडर में चिपकी रहती है, कृष्ण के साथ...। लेकिन नाम...। नाम तो एकदम याद नहीं आ रहा...।"

अभी दोनों नाम बूझ ही रहीं थी कि अँग्रेजी की टीचर क्लास में आ गयी, और रूबी कॉपी लेकर अपने क्लासरूम में चली गयी और सभी लड़कियों ने खड़े होकर, एक स्वर में 'गुड आफ़्टरनून' का गान किया।

नायाब फिर अपने स्कूली-पाठ-पढ़ाई में मसरूफ़ हो गयी। स्कूल के बाद शाम को पार्क भी गयी लेकिन वो आज एक बार भी नहीं दिखा। कल हफ़्तों बाद एक बार घड़ी भर को दिखा था...। फिर गायब...लगता है घर में कहीं अख़बार के अन्दर ही घुसा रहता है...। रूबी कह तो रही थी, घुन्ना जैसा...। और उसका नाम...। नाम तो अभी भी पहेली ही बना हुआ था। नायाब को अब तक अपने काम की एक ही जानकारी मिली थी, कि वो जो भी है, अखबार के काम से जुड़ा हुआ है, उसने अपने मन में तय किया कि आनेवाले संडे को वो उस सिगरेटवाले के घर जाएगी। क्योंकि स्कूल भी उस दिन बन्द रहेगा और उसने ये भी सोचा के अखबार का दफ़्तर भी सन्डे को बन्द ही होता होगा।

नायाब दोपहर बाद, बिना पार्क में समय गँवाये सीधा सिगरेटवाले के घर धमक गयी। अन्दर से बहुत डरी हुई थी क्योंकि 'पहली बार किसी अजनबी के घर जा रही थी, बिना कोई भी जानकारी के घर में कौन-कौन है, कैसा है, बुरा भी हो सकता है, बहुत बुरा भी हो सकता है, क्या पता।

"अम्मी कहती है लड़कियों को तो अजनबी से बात भी नहीं करनी चाहिए। और मैं तो घर के भीतर ही घुसी जा रही हूँ। पता नहीं कोई निकल कर डाँट ही ना दे। ना जाऊँ क्या...। लेकिन अम्मी ये भी तो कहती है कि इम्तिहान आने से पहले हमेशा दिल की हर उलझन दूर कर लेनी चाहिए और बहुत मन से सिर्फ़ पढ़ने मे दिल लगाना चाहिए। मेरी मैथ्स वैसे ही कंडम हैं, उसमें तो अगर पासिंग-नम्बर भी मिल जाए यही अल्लाह का शुक्र होगा। नहीं। नहीं ...चलती हूँ। घर के भीतर ही चलती हूँ। मुझे भला किसी का क्या खौफ़, मैं कोई चोर हूँ क्या...। हुँह।"

ज़ेहन में, दुनिया भर के खयाल आते-जाते रहे, और उसने घर की कॉलबेल दबायी। जब दस-बारह सेकंड्स तक कोई नहीं आया तो उसने फिर कॉलबेल दबायी। नायाब

को एक-एक सेकेंड एक-एक घंटे से ज़्यादा लग रहे थे, वो बड़ी बेसब्र थी। तीसरी बार उसने हाथ बढ़ाया ही था, कि एक प्रौढ़-महिला ने दरवाज़ा खोल दिया, एक छोटी लड़की को दरवाज़े पर देखकर प्यार से पूछा—

"क्या हुआ बेटा, क्या तुम्हारी बॉल अन्दर आ गयी है। कहाँ गिरी है?"

"जी...जी नहीं। मुझे तो वो अख़बारवाले सर से मिलना है।" नायाब ने बेहद मासूमियत से अपनी मन्शा जताई।

"अच्छा। वो ऊपर हैं। उधर से...।" कहकर उस भली महिला ने सीढ़ी के रास्ते को इशारे से दिखा दिया।

नायाब को वो आठ सीढ़ियाँ चढ़ने में आठ हज़ार सीढ़ियाँ चढ़ने की हिम्मत अपने दिल-दिमाग में इकट्ठी करनी पड़ी और वो उसके कमरे में दाखिल हुई।

वो बड़े-से डबल-बेड पर तमाम सारे बेहिसाब कागज़ों के बीच, उन्हीं पर झुका हुआ, उन्हीं में से कुछ खोजता हुआ बैठा था।

उसका चेहरा और आसपास का सबकुछ उसकी सिगरेट के धुएँ से सराबोर था। पूरे कमरे में सिगरेट की बेतहाशा गन्ध फ़ैली हुई थी, जिसका अहसास नायाब को वापसी के वक़्त हुआ था। वो इस गन्ध की बिलकुल ही अभ्यस्त नहीं थी। उसका पूरा कमरा किताबों-लेखों-पन्नों से पटा पड़ा था। उसके कमरे की तरफ़ ही बालकनी का दरवाज़ा खुला हुआ था, जहाँ से उसके झूलेवाला पार्क भी दिख रहा था। वो इसी बालकनी पर चार-पाँच महीने में एक बार जाता होगा...। नायाब ये सब देखने-समझने-सोचने से कहीं ज़्यादा बड़े ही मनोयोग से उसे ही देख रही थी।

किसी के आने की आहट से उस सिगरेटवाले ने सर उठाया और नायाब को देखा।

"जी मैं रायटर बनना चाहती हूँ..." नायाब ने उसके कुछ भी पूछने-कहने-बताने से पहले ही तड़ाक से बोल दिया।

"अच्छा...। किस क्लास में पढ़ती हो?" उस अख़बारवाले की, इन दो सालों में, नायाब ने पहली बार आवाज़ सुनी।

"जी...जी हाईस्कूल में।"

नायाब ने अपने हिसाब से बहुत बड़ा झूठ बोला, और अपने आप को, उस लिहाज से सबसे बड़े क्लास में बताया...।

यहाँ एक बात बतानी ज़रूरी है, कि नायाब की लम्बाई उसके झूठ को सच में बदलने के लिए ठीक थी। अगर नायाब बेहद संजीदगी से खुद को पेश करे तो लोग मान लेंगे कि वो बड़े क्लास में पढ़नेवाली होगी।

ख़ैर उस अख़बारवाले ने जो कि एक मशहूर लेखक था और साहित्य जगत में 'कालरा जी' के नाम से पहचाना जाता था, और वो उस वक़्त इलाहाबाद का एक

जाना-माना साप्ताहिक-पत्र निकाल रहा था, उसने उस रायटर बनने की ख्वाहिशमन्द लड़की से अगला सवाल पूछा—

" तुम रहती कहाँ हो?"

"जी, चैथम-लाइन्स में।" नायाब अब सच पर उतर आयी।

कुछ सोचकर कालरा जी ने कहा—"तुम्हारे घर से बैंक-रोड पास है ना?"

"जी हाँ...। है। मेरा घर मज़ार से थोड़ा आगे बाएँ हाथ है।"

"बैंक-रोड में एक राम स्वरूप चतुर्वेदी जी रहते हैं...क्या तुमने उनका नाम सुना है?"

"जी, सुना है..." नायाब ने थूक गटकते हुए फिर झूठ कहा। क्योंकि उसे पता था कि इस झूठ के साथ ही, आगे अभी और कई झूठ बोलने का सिलसिला निकल पड़ेगा...अल्ला जाने कितने झूठ और बोलने पड़ेंगे...। क्योंकि एक झूठ छुपाने के लिए कई सारे झूठ बोलने ही पड़ते हैं, इसीलिए बड़े-बुज़ुर्ग कहते हैं, झूठ नहीं बोलना चाहिए।

"क्या तुमने उनका लिखा कुछ पढ़ा भी है?" कालरा जी के अगले सवाल ने नायाब को अपनी दिमाग़ी कश्मकश से बाहर निकाला।

"जी पढ़ा है...।" इस बार भी उसे झूठ बोलना ही पड़ा और इस बार नायाब ख़ासा डरी हुई थी, कि अब वो ये ना पूछ लें कि क्या पढ़ा है...।

और कालरा जी ने स्वाभाविक रूप से पूछ भी लिया।

"अच्छा तुमने चतुर्वेदी जी को पढ़ा है, अरे वाह...। क्या-क्या पढ़ा है?"

"जी कई चीज़ पढ़ी है..." अपने इस आखिरी झूठ को नायाब ने अपनी जान सुखाकर बोला था।

"वेरी गुड...सुनो, उन्हें अभी साहित्य-साधना अवार्ड मिला है। क्या तुम मेरे अख़बार के लिए उनका इंटरव्यू ला सकोगी?"

कालरा जी के इस 'वेरी गुड' से पहले तो नायाब के दिल को ज़रा-सी राहत और खुशी मिली, लेकिन उसके बाद के वक़्तव्य से पहले तो एक हल्की-सी घबराहट दौड़ गयी, जो ना जाने बाद में, अल्लाह के फ़ज़्ल से, या अम्मी की दुआओं से, या किसी करिश्मे से या फिर कालरा जी के उस नयी छोकरी पर तत्काल ही पैदा हुए भरोसे की वजह से, सारी की सारी घबराहट, ढेर सारे आत्म-विश्वास, हौसले, तमाम सारी उमंग-तरंग और कुछ नया करने के उत्साह में बदल गयी। वैसे तो नायाब की लिखी छोटी-मोटी कविता-कहानी-लेख वगैरह, पिछले तीन सालों से, स्कूल-मैगज़ीन में छप रहे थे, लेकिन किसी का इंटरव्यू करना, वो भी बाहर जाकर, और वो भी घर खोजकर...। ये सब एकदम नयी बात थी।

बहरहाल, उस सिगरेटवाले को खूब आँख भर के, बोलता-बतियाता-बातें करता देख कर, उस अख़बारवाले के चेहरे को साफ़-साफ़ पहचानकर, अपने ढेर-सारे कौतूहल को हल्का-सा आराम देकर नायाब, शान्ति से घर लौट आयी थी।

वो आज बहुत खुश और उत्साहित थी और अपनी माँ को बताने लगी—

"अम्मी आज मैं कालरा जी के घर गयी थी।"

"कालरा जी के घर? बिना मुझे बताये...। ऐसे नहीं जाते किसी के घर...क्या ये भी अब तुम्हें समझाना पड़ेगा मुझे...। अब्बू सुनेंगे तो बेहद नाराज़ होंगे...कहाँ था उनका घर?"

"अम्मी जहाँ पार्क में मैं झूला झूलने जाती हूँ ना, वहीं पर है, एकदम पास, एकदम सामने ही। बिलकुल भी दूर नहीं।"

"कालरा जी वहीं हैं ना, जिनका वीकली अख़बार निकलता है?"

"हाँ-हाँ अम्मी वही तो हैं...पता है, उन्होंने मुझसे इंटरव्यू लाने को कहा है, अपने उसी वीकली अख़बार के लिए।"

"तुमसे कहा है...ये कैसे हो सकता है...उस हिसाब से तो तुम छोटी हो अभी...क्या तुमने बताया नहीं कि तुम केवल सातवीं दर्जे में पढ़ती हो...।"

"अम्मी उनसे मैंने झूठ बोला था कि मैं दसवीं में पढ़ती हूँ...।"

"तो तुम अब झूठ भी बोलने लगी हो...व्वाह...देखो, नायाब पढ़ने-लिखने में अच्छे होने का मतलब ये नहीं कि तुम जो चाहे करने लग जाओ। बिना बताये, जिसके चाहे घर चली जाओ और झूठ-सच कुछ भी बोलने लगो..."

"अम्मी अब बिना बताए कहीं ना जाऊँगी।" माँ को नाराज़ देखकर, नायाब ने सिर झुका कर कहा।

"मैं सच में तुम्हें जाने से नहीं रोकती, लेकिन बता देती तो किसी के साथ भेजती, या मैं खुद लेकर जाती, ऐसे किसी के घर अकेले नहीं जाया करते..."

फिर कुछ रुक कर उन्होंने आगे कहा—

"...किसका इंटरव्यू मँगाया है कालरा जी ने?"

"रामस्वरूप चतुर्वेदी जी का। उन्हें एक अवार्ड मिला है ना, इसलिए...।"

"ठीक है चली जाना, भाई को साथ भेज दूँगी...लेकिन इस बारे में अब्बू से कोई बात ना कहना वरना वो फ़ौरन डाँट ही देंगे। फिर ना तो इंटरव्यू ले पाओगी ना कालरा जी तक पहुँचा ही सकोगी...क्या तुम्हें पता है वो रहते कहाँ हैं?"

"हाँ, मुझे पता है...। वो बैंक-रोड में कहीं रहते हैं।"

"देखो जब किसी बड़े अदब के जानकार से मिलते हैं तो बहुत सलीके और तमीज़ से बात करते हैं...उनके आगे झूठ नहीं बोलते। सबसे पहले उन्हें अवार्ड मिलने की बधाई देना...। फिर उनसे पूछना उन्होंने लिखना कब और कैसे शुरू किया, उनकी

पसन्दीदा किताबें और रायटर कौन-से हैं। उनकी खुद अपनी कौन-सी लिखावट उन्हें बेहद पसन्द है...। लाओ मैं तुम्हारे लिए सवाल तैयार कर दूँ...। कापी-पेन लाओ, अभी ही लिख देती हूँ...।''

इस तरह अम्मी की बदौलत एक अच्छी-खासी सवालों की रूप-रेखा तैयार हो गयी थी, जिसे लेकर वो अपने भाई के साथ, थोड़ा-सा खोजकर, चतुर्वेदी जी के घर पहुँच गयी।

नायाब ने जाते ही और चतुर्वेदी जी को देखते ही, सबसे पहले कहा—

''आप को बहुत-बहुत बधाई, अवार्ड मिलने की...।'' इतना सुनते ही चतुर्वेदी जी के चेहरे पर एक बड़ी मधुर-सी मुसकान तैर गयी।

फिर नायाब ने बिना रुके आगे बताया कि उसे सुधीर कालरा ने उनके पास इंटरव्यू लेने भेजा है, क्योंकि उन्हें फ़लाँ अवार्ड जो मिला है। चतुर्वेदी जी बेहद भले, विनम्र और सुलझे हुए व्यक्ति थे, छोटी-सी लड़की को स्नेह-से ड्राइंग-रूम में बिठाया और कहा—

''अच्छा, कालरा जी ने भेजा है तुम्हें...किस क्लास में पढ़ती हो तुम?''

''जी हाईस्कूल में...।'' झूठ ना बोलने का तय करके आयी नायाब ने पुराने बोले हुए झूठ को इस बार सिर्फ़ दोहराया था।

''अच्छा...मेरा लिखा कुछ पढ़ा है बेटा तुमने?''

''जी...। आप एक जाने-माने आलोचक हैं और आपने 'कविता-यात्रा', 'शरत के नारी पात्र', 'हिन्दी नवलेखन' और बहोत ढेर-सी किताबें लिखी हैं...। आपने अज्ञेय, निराला, प्रसाद और पन्त जी पर भी बहुत कुछ लिखा है...। मैंने उनमें से थोड़ा-बहुत पढ़ा है...।'' माँ ने अब तक उसे चतुर्वेदी जी का लिखा, काफ़ी कुछ बारीक़ी से समझा दिया था।

''तुम तो बड़ी होनहार बच्ची हो...अभी केवल दसवीं में हो, और इतना पढ़ रखा है।''

नायाब चुप रही।

सन्नाटा खींचे रही।

''तुम मुझसे क्या पूछना चाहती हो, बोलो...क्या तुम कोई तैयारी कर के आयी हो बेटा?''

''जी...। मुझे आपसे ये सारे प्रश्न पूछने हैं...'' कहते-कहते उसने सवालों वाला पन्ना उनके सामने रख दिया।

चतुर्वेदी जी, नायाब की इस नादानी पर बड़े भावुक हो गये। क्योंकि कोई भी पत्रकार कभी सवालों की पोटली कलाकार के सामने नहीं रख देता। लेकिन ये लड़की इन सब बातों से, इन सारी औपचारिकताओं से एकदम ही बेख़बर थी।

वो उठकर अन्दर की ओर जाने लगे और नायाब से कहते गये—

''बेटी तुम बैठो, मैं अभी आता हूँ...''

कुछ ही पलों में उनकी पत्नी हाथ में एक ट्रे लेकर नायाब के पास आकर बैठ गयीं। शायद चतुर्वेदी जी ने ही उन्हें बच्चों के पास भेजा था।

वो बड़े प्यार से नायाब से बोलीं—'' इंटरव्यू लेने आई हो इनका...क्या नाम है तुम्हारा? ये भाई है तुम्हारा?''

''जी हाँ...। ये मेरा भाई है...। मेरा नाम नायाब है...माँ अकेले किसी के घर जाने नहीं देती, इसलिए इसे साथ भेजा है। कभी-कभी तो ये पार्क में मेरे साथ खेलने भी चला आता है...।''

''अच्छी बात है...तुम्हारा नाम तो बड़ा ही सुन्दर है...और भाई-बहन को तो साथ रहना ही चाहिए...। लो ये मिठाई खा लो, और पानी पी लो...'' उन्होंने दोनों बच्चों को प्यार से मिठाई खिलाई।

दोनों ने प्रेम-से मिठाई खा ली...नायाब को मीठा बेहद पसन्द था, वो पहले से ज़्यादा खुश हो गयी। इतनी देर में चतुर्वेदी जी वापस ड्राइंग-रूम में लौट आए।

और वहीं उन लोगों के साथ बैठ गये। उन्होंने नायाब को एक किताब देते हुए कहा—

''देखो बेटी, जो सवाल तुम मुझसे पूछने के लिए लायी हो, उन सब के जवाब इस किताब में मौजूद हैं...। अगर तुम कहो तो मैं खुद तुम्हें जवाब बोल दूँ और तुम लिख लो...या अगर चाहो तो इस किताब से भी लिख सकती हो। जैसा तुम कहो...।''

''जी आप खुद ही जवाब दीजिए, मैं लिखती जाती हूँ...तभी तो ये एक इंटरव्यू होगा...और मेरी अम्मी ये भी कहती है कि ज्ञानी-लोगों के साथ बैठने से ज्ञान बढ़ता है। आप मेरे पास बैठकर ही जवाब दीजिए तभी तो मेरा ज्ञान बढ़ सकेगा।''

नायाब की बात सुनकर दोनों मियाँ-बीवी एक-दूसरे को देखकर मुस्करा दिये, और चतुर्वेदी जी ने नायाब से हँसते हुए कहा—

''ठीक है तुम अपना ज्ञान बढ़ाओ, मैं तुम्हारे हर प्रश्न का उत्तर देता हूँ...तुम पूछो बेटा।''

उनकी पत्नी, ट्रे-गिलास समेट कर अन्दर चली गयीं। चूँकि माँ ने हिदायत दे कर भेजा था, कि किसी को भी डिस्टर्ब ना करे इसलिए, भाई एकदम चुपचाप बैठा रहा।

करीब आध-पौन घंटे में नायाब ने सभी चतुर्वेदी जी के दिये हुए उत्तरों को तसल्ली से लिखा और साक्षात्कार पूरा करके उसने, उनसे विदा ली।

माँ ने उसके इस साक्षात्कार को और भी करीने से सजा कर उसे दे दिया कि वो कालरा जी को दे आए।

कालरा जी काफ़ी खुश हुए। कम्पोज़िंग के लिए भेजनेवाली फ़ाइल में रखने से पहले, उस पर लिखने के लिए, कालरा जी ने नायाब से उसका नाम पूछा...। नाम जानकर कहा—"बड़ा ही ख़ास नाम है तुम्हारा...नायाब।" कितनी अजीब बात थी कि जिस अन्जान और अजनबी लड़की को उन्होंने इतने भरोसे से इंटरव्यू करने के लिए भेजा था, वो उसका नाम तक नहीं जानते थे।

उन्होंने अपने साप्ताहिकी में इस साक्षात्कार को पहले पन्ने पर छापा। स्कूल में भी ये अखबार नायाब की टीचर ने लाइब्रेरी में अलग से रखा। अब्बू ने भी उसे देखकर खुशी ज़ाहिर की। नायाब भी खुश थी, लेकिन इस बात से थी, कि अब उसका सिगरेटवाला उससे अंजान और अजनबी नहीं रहा।

वक़्त बदला, नायाब ने स्कूलिंग ख़त्म की और उसकी अम्मी ने उसे आगे पढ़ने के लिए दिल्ली भेजा। ग़ौर करने की बात है कि अम्मी ने भेजा था, अब्बू ने नहीं। वक़्त बदलने के साथ अम्मी और अब्बू के रिश्तों में भी बदलाव आ गया। उनमें तल्खियाँ इस क़दर बढ़ गयीं कि आख़िरकार दोनों अलग हो गये। अब्बू ने अपनी पिछड़ी हुई सोच और स्तरवाली एक औरत से निकाह कर लिया। अम्मी अपनी बेटी को लेकर नये मकान में आकर रहने लगीं, और एक जाने-माने अँग्रेजी स्कूल में नौकरी भी करने लगीं।

कालरा जी भी बड़े-बड़े प्रतिष्ठानों पर बड़े-बड़े ओहदों पर काम करते रहे। उनसे बाबस्ता खबरें अख़बारों और टी.वी. के मार्फ़त मिलती रहीं। फ़ोन पर भी कभी-कभार दुआ-सलाम होती रही। कालरा जी भी यदा-कदा नायाब की ख़ैरियत की ख़बर लेते रहे। कालरा जी को इस बात की भी खुशी थी, कि वो लड़की हिन्दी और अँग्रेजी दोनों में बराबर से काम कर रही थी। उसकी लिखी हुई किताबें भी बाज़ार में यत्र-तत्र दिखने लगी थीं।

नायाब को उसकी पी.एच.डी. के लिए कैलिफ़ोर्निया विश्वविद्यालय में दाखिला मिल गया, उसे वज़ीफ़ा के लिए भी चुना गया। और इधर कालरा जी अपने स्तर पर कई मर्तबा विलायत भी जाते रहे। नायाब सेमिनार में हिस्सेदारी के लिए और कालरा जी ढेरों अवार्ड बटोरने के लिए।

एक दिन कालरा जी को उनके आवास पर एक निमन्त्रण कार्ड मिला। उस कार्ड ने उन्हें बहुत खुशी दी। इस कार्ड के साथ उस लिफ़ाफ़े में न्यूयार्क के दो टिकट भी थे।

जब वो न्यूयार्क सिटी की मॉरगेन लाइब्रेरी हाल पहुँचे, तो उन्हें सबसे आगे की कतार में 'रिज़र्व्ड-सोफ़े' पर बिठाया गया। आज उन्हें वहाँ बा-हैसियत 'चीफ़-

गेस्ट' बुलाया गया था...वो प्रौढ़-महिला जिसने पहली बार नायाब के लिए घर का दरवाज़ा खोला था, और पूछा था, 'क्या तुम्हारी बॉल अन्दर आ गयी है', वो भी उनके साथ थी, क्योंकि वही श्रीमती कालरा थीं। नायाब की अम्मी भी वहीं, उसी कतार में पहले से बैठी थीं। आज यहाँ, कालरा-दम्पत्ति से उनकी पहली मुलाक़ात हुई थी। आज से पहले दोनों एक-दूसरे के बारे में, नायाब से खूब-खूब सुनते रहे, लेकिन दोनों को एक-दूसरे का दर्शन-लाभ पहली बार हो रहा था।

आज नायाब की अँग्रेजी की चौथी किताब 'वंस मोर' को अमेरिकन स्टेट्स का सबसे जाना-माना और सम्मानित पुरस्कार दिया जाना था। पहले से तयशुदा सभी के पर्चे पढ़े गये, और सभी ने अपने-अपने ढंग से अपनी-अपनी बात रखी। धीरे-धीरे अवार्ड देने की सभी औपचारिकताएँ पूरी की गयी।

अब कुछ जलपान की बारी आयी। सुन्दर-सफ़ेद कप हाथ में लिए, कॉफ़ी की चुस्की लेते हुए सुधीर जी नायाब के पास आए और बड़े प्रेम से मुस्करा के बोले,

"क्यूँ नायाब, अब तो तुम रायटर बन गयीं ना...।"

नायाब शरमा गयी।

उसने मुस्करा के सिर झुका लिया।

दूध

सोनू की दहाड़ पूरे वातावरण में चीत्कार जैसी गूँज रही थी। रात बहुत गहरा गयी थी, इसलिए भी बच्चे का चिल्लाना मानो दूर-दूर के सन्नाटे को तोड़ रहा था। उसकी माँ लछमी, होगी यही कोई तीस-पैंतीस साल की मरियल-सी औरत, उस नन्हें-से माँस के कुपोषित लोथड़े को अपनी सूखी और सख़्त छाती से चिपकाए चुप कराए जा रही थी। सोनू का तेज़ बुखार कोई नया समाचार नहीं था। उसका भूख से बदहाल होकर कुलबुलाना भी बेहद पिटा हुआ यथार्थ था। लेकिन आज उसकी चीखों में एक नयी धार ज़रूर थी। नया जोश था।

बारिश का मौसम यूँ तो बम्बई में ज़्यादातर एक-सा ही रहता है, ना कभी नया होता है और ना ही पुराना पड़ता है। अगर ये तेज़ बारिश किसी को नयी लगती है तो वो प्रायः नये-नये प्रेम में पड़नेवाली जोड़ियाँ ही होती हैं, जो झूम-झूम के भीगती हैं और खूब मस्ती में एक-दूसरे के बदन की ओर लपलपाती हैं।

ठीक उसी तरह जैसे आजकाल के पंजे नन्हें सोनू के कबूतर जैसे प्राण हरने के लिए रह-रहकर लपलपा रहे हैं...।

ऐसा लगता था, भूख और बुखार से छटपटाते सोनू के रोने के स्वर और बादलों की गड़गड़ाहट एक-दूसरे से प्रतिस्पर्धा मचाये हुए हैं। पेट में कुछ बूँदें दूध की चली जातीं, तो शायद अतड़ियों को कुछ काम मिलता और बच्चे के जिस्म को ज़रा-सा आराम पहुँचता। ठीक वैसे ही, जैसे बादलों के टुकड़ों का एक-दूसरे को टकराकर, लतियाकर, निकलता क्रोध कुछ बूँदों के बरस जाने से थम जाता। लेकिन ना धरती को ही सुकून था, और ना आसमान को राहत। दोनों जगह की रूहें बुरी तरह से बेचैन थीं, दोनों जगह की धमाचौकड़ी अपने उफ़ान की भीषण रफ़्तार से नीचे ही नहीं आ रही थीं। ऐसा जान पड़ता था जैसे धरती की छटपटाती रूह तत्काल आसमान की ऊँचाई तय कर लेना चाहती है, और आसमान का बेचैन प्राणी धरती पर तत्क्षण कूद जाना चाह रहा हो।

लछमी सोनू को उसी सीवर पाइप के भीतर इधर करवट, उधर करवट लिए एक ही बेकल-बेचैन गति से हलकान थी। कभी इधर से आ रहे पानी की बौछार से बचाती तो कभी उस तरफ़ की तेज़ हवा से। पहले ही उसके चार बच्चे, आदमी रामरती, उसकी झोपड़ी और कचरे जैसा माल-असबाब सब दंगे की भेंट चढ़ चुका था। बाद के दो बच्चे भुखमरी, बीमारी और बदहवासी के शिकार होकर यम का भोजन बन चुके थे। उसकी छाती सूखकर ऐसी काठ की बन चुकी थी, कि बच्चे के लिए आहार सोचा भी नहीं जा सकता था।

लछमी, मज़दूरी करके इस छह-मासे बच्चे और खुद का पेट भरती थी। जमापूँजी के नाम पर कुछ चीथड़े, कुछ टूटे-फूटे बर्तन-भाँड़ें थे, और यही सीमेंट से बना सीवर-पाइप उसका ठिकाना था, जो दरअसल सरकारी सम्पत्ति थी। तकरीबन हफ़्ते भर से आँधी-पानी के चलते ढंग का काम नहीं लग रहा था, जिससे मज़दूरी के दो आने मिल जाते और उन गरीब का कुल परिवार राहत पा जाता। लेकिन बादलों की चीत्कार को शायद ये पसन्द नहीं आ रहा था।

लछमी अच्छी तरह जानती थी, कि 'ये नन्हा-सा ढाई माह का बच्चा, रोज़ाना इस तरह जान लगाकर नहीं रोता था...क्या ये बुझती हुई लौ की आख़िरी तेज़ झिलमिलाहट है...।' इतना ख़याल आते ही, लछमी के बदन में बहुत तेज़ सरसरी दौड़ गयी। ठीक वैसे ही जैसे कोई बहुत पुराना जर्जर शरीर आख़िरी साँस के साथ सरसराता है। लछमी ने आव देखा ना ताव, उसने रोते-कलपते सोनू को पास में मौजूद सारे टाट-कथरी और फटे हुए स्वेटरों में लपेटा और चुल्लू भर दूध की तलाश में बदहवास निकल पड़ी।

सबसे पहले वो पुराने पुल के नीचेवाली लाला की ढिबरी जैसी मृतप्राय दुकान की ओर दौड़ी। क्योंकि लछमी को ये याद था कि रात के बारह-एक बजे तक भी लाला दुकान नहीं बन्द करता था, क्योंकि उस पुराने पुलिया के पार एक हॉली हुआ करती थी, जिसपर नशेड़ियों का जमावड़ा रात भर चलता था। और इन लोगों के लिए लाला की दुकान के नमकीन चबैने की ज़रूरत देर रात तक रहती थी।

रोज़ाना की तरह लाला अपने टुटहे चश्मे की कमानी को मैले धागे से, कान तक बाँधे हुए अपने गल्ले के पैसों को छुपाकर सँवार रहा था। उसकी दुकान में इतना कम उजाला था कि ना जाने उसे कुछ भी कैसे दिखता होगा। या तो आदत होगी, या फिर उसके अन्दाज़े इतने सटीक होते होंगे कि वो उस भुतहे मद्धिम उजाले में भी आना-आना, कौड़ी-कौड़ी गिन लेता था। खुली सड़क पर बारिश और तेज़ मालूम पड़ रही थी। लछमी दुकान तक पहुँचते-पहुँचते पूरी भीग गयी थी। दुकान के मुहाने पर खड़ी होकर, बड़ी महीन आवाज़ में बोली—

"लाला, बच्चा बहुत बीमार है...। एक पेकट दूध का दे दो, मजूरी मिलते ही

पैसा थमा जाऊँगी...।''

लाला अपनी कौड़ियाँ गिनता रहा, बेवड़ों को हैंडल करते-करते बहुत पक्का हो चुका था। बिना सिर उठाये सधी हुई ज़बान से बोला—

''लछमी...फिर आ गयी तू...। पुराना बयालिस रुपये, सत्तर पईसा तो चुका नही पाई अब तक...दूध का पैकेट माँगती है...। जानती भी है, कित्ते का आता है... ?''

ठंड से सिकुड़ते हुए, लछमी ने थोड़ा घिघियाकर कहा—

''जित्ते का भी हो लाला...। मजूरी हाथ में आते ही दे जाऊँगी...वो बच्चा बहुत बीमार है। दवा-दारू का कुछ कर नही पा रही हूँ लाला, दो घूँट दूध भी हलक़ से ना उतरा तो कैसे प्राण चलेंगे उस नन्हीं जान के...। रहम करो लाला, तुम्हारा एक एक आना तुम्हारी देहरी पर खुद रख जाऊँगी...बस मजूरी मिल जाने दो...।''

लाला ने सिर उठाया और तेज़ ज़बान में बोला—

''देख लछमी, तेरा ये ही सब रोना-पिटना देखकर, तरस खाकर तुझे पिछली बार आटा, नोन, तेल दिया था। बीस रुपया नगद भी तू अपनी बीमारी के लिए माँग के ले गयी थी...कहती थी, देह नहीं चलेगी तो काम करने कैसे जाऊँगी...मैंने गरीब लचार जान के उस गाढ़े बखत पर दे दिया था...तू इत्ते दिन मजूरी करती रही, लेकिन लाला की उधारी तुझे याद नही आयी...अब जा यहाँ से, लाला के दरवाज़े से तुझे कुछ भी ना मिलेगा...।'' इतना कहकर लाला अपनी मुर्गी के दड़बे जैसी दुकान के भीतर चला गया।

लछमी फिर भी रिरियाती रही, आवाज़ थोड़ी तेज़ करके बोलती रही—

''ऐसे निरमोही ना बनो लाला...तुम्हारे भी बाल-बच्चे हैं...घर-परवारवाले हो...। नन्हा-सा एक ही बच्चा है मेरा...चुल्लू भर दूध के लिए चीख चीखकर रो रहा है...बिलखता छोड़ के आयी हूँ...लाला एक पेकट दे दो...बस...बड़ा अहसान रहेगा तेरा...लाला...।''

लाला कुछ सुनने को तैयार ही नहीं था। वो मुँह फेरे लछमी की ओर से उदासीन बना ढीटता से दुकान के सामान इधर-उधर रखता रहा। नमकीन के रंग-बिरंगे पैकेट, कार्टन से निकालकर डोरी पर टाँगता रहा। दुकान सजाता रहा।

रात और गहराती जा रही थी। आसपास का माहॉल बड़ा ही ज़हरीला था। पऊव्वा की तीखी दुर्गन्ध, चहुँओर फैली हुई थी। पानी बरसने के कारण सारे पियक्कड़ या तो हॉली के भीतर या फिर कहीं ना कहीं ओट में धूनी रमाये थे। कोई भद्दे गाने गा रहा था, तो कोई एक-दूसरे को गरिया रहा था। कोई कहकहे लगा रहा था, तो कोई अपने करम को रो रहा था। कोई बेहोश हुआ मिट्टी में सना जाता था, तो कोई खुद को संन्यस्त जैसा समझकर, चुपचाप प्लास्टिक की थैलियाँ खाली किये जा रहा था।

जितने चेहरे, उतने भाव। जितने भाव, उतनी विडम्बनाएँ।

एक विडम्बना खुद लछमी ही थी। जितना उसका मन बेचैन था, उतना ही चेहरा निर्विकार। अन्दर ही अन्दर सोनू की चीखों से छलनी हुई जाती थी। लेकिन करे तो क्या करे। लाला था, जो कुछ सुनने को तैयार ही नहीं था। बरसात थी, जो थमने का नाम नहीं ले रही थी। भारी समय था, उससे भी भारी लछमी के हालात, और उससे भी कहीं भारी लछमी का जिगरा था। ठोस, पत्थर सा। मजबूत शिला-सा। जिसमें से मोम-जैसी बहकर आती ममता बार-बार पाषाण को आँच दे रही थी। जैसे ज्वालामुखी के मुँह से लावा पिघल-पिघल कर बाहर आ रहा हो। लेकिन लावा कितना भी गर्म क्यूँ ना हो, ज्वालामुखी का सख़्त पहाड़-सा बदन हर्गिज़ पिघला नहीं पाता।

लछमी लाला की दुकान से आगे कुछ क़दम बढ़कर, रुक गयी थी। सरकारी बत्ती के नीचे सिर पकड़े बैठी सोच रही थी, कि किधर जाऊँ। अड़ोसी-पड़ोसी को जगाऊँ, या ठेकेदार के दरवाज़े को पीटूँ, और उसकी देहरी पर सिर फोड़ूँ। या फिर से लाला के चरण धरूँ या इन ढेर-सारे पियक्कड़ों की भीड़ में जाकर रोऊँ-गाऊँ, चीखूँ—चिल्लाऊँ...कोई तो एक धर्मात्मा निकल ही आएगा जो चार पैसे थमा दे और एक पैकेट दूध का इन्तज़ाम हो जाए। एकबारगी तो उसने यहाँ तक सोच लिया कि वो इन सारे ही विचारे हुए ठिकानों पर दौड़-दौड़कर एक-एक के पास गुहार लगा आए।

ऐसा ही कुछ मन में ठाने वो अपनी गीली धोती निचोड़ते हुए खड़ी ही हुई थी कि एक शराबी, सरकारी ठेके से बाहर निकला और डगमगाकर लछमी पर भैरा पड़ा। लछमी घबड़ाकर कुछ कहती-सुनती, उससे पहले ही वो खुद काफ़ी घबराया हुआ छिटक कर कुछ दूर खड़ा हो गया था। शायद वो भयभीत था कि अंधेरी बरसाती रात में, शराब के नशे में न जाने किससे भिड़ गया। इनसानी स्पर्श ने उसे और भी विचलित किया हुआ था, वो बड़बड़ाने लगा—

"माफ़ कर दो बाबू साहेब माफ़ कर दो...।" कहता हुआ वो बिजली के खम्बे का सहारा लेकर टिका रहा। सरकारी बत्ती की मरियल रौशनी में उसने भीगी हुई धोती में लिपटी एक बहुत दुबली स्त्री काया को घूर-घूर कर आंका।

लछमी अब भी चुप रही। बुरी तरह देसी दारू से गन्धाते हुए आदमी नाम के उस जीव के आगे निकल जाने का इन्तज़ार करने लगी। वो लछमी को देखकर ठहरा रहा, और उसे घूरता रहा। लछमी के भीतर एकबारगी भय भी कौंधा कि कहीं ये दारू में धुत्त आदमी उसे जकड़ ही ना ले। इस निर्मम लम्हे में वो औरत होने के गलीच विचारों से थर्रा भी रही थी। उसके भीतर की माँ ने इस खौफ़नाक़ ख़याल से उबारा और उसने खुद को बचाने के लिए दौड़कर उससे दूर जाने का तय कर लिया।

लेकिन जब वो आदमी एक क़दम भी आगे नहीं बढ़ा, तो पल भर के लिए लछमी वही अपनी जगह ही ठिठकी रही।

नशेड़ी खड़ा-खड़ा बड़बड़ाने लगा—

"तुम तो कोई औरत हो...। इत्ती रात गये यहाँ क्या कर रही हो...। गाहक चईये...।"

लछमी 'गाहक चईये' जैसे शब्द सुनकर, पत्थर जैसी खड़ी रह गयी। 'औरत' और 'माँ' शब्द के बीच 'वेश्या' जैसा एक नया अवतार भी अस्तित्व में आ गया था।

वो पियक्कड़ फिर बोला—

"ये तो गरीब दुखियारों की बस्ती है, यहाँ सब फक्कड़ ही मिलेंगे...। तुम्हें यहाँ कुछ भी नहीं मिलेगा...उधर सड़क के उस पार निकल जाओ...। कुछेक मोटरगाड़ी वाले हैं वहाँ...। तुम्हारा भी कुछ भला हो जाएगा...मेरी बात मानो, जाओ...। उधर जाओ..." कहते-कहते वो आदमी हिलते-डुलते, डगमगाते हुए अँधेरे में जाने किस ओर निकल गया।

लछमी उसी दिशा में घूरती रही जिधर वो आदमी निकला था। "क्या वो उसे एक नया रास्ता दिखाने आया था...।"

"क्या सोनू के दूध के लिए अभी उम्मीद की कुछ नयी किरणें भी बाक़ी थीं...।"

"क्या वो कोई ईश्वर का भेजा फ़रिश्ता था, जो लछमी को नयी राह सुझाने आया था...या फिर वो कोई बुरी आत्मा थी, जो लछमी को ज़लालत भरे गड्ढे में धकेलने आयी थी...।"

बहरहाल, सड़क के उस पार लछमी यूँ गयी जैसे कोई नये जनम में प्रवेश कर रहा हो। जैसे गीता के वचनों को कोई आम इनसान चरितार्थ करने जा रहा हो। जैसे एक चोला उतारकर कोई नया चोला अपनाने जा रहा हो। जैसे फल की तमाम इच्छा तजकर कोई सिर्फ़ कर्म करने जा रहा हो।

लछमी को ज़्यादा वक़्त नहीं लगा अपने लिए एक मुफ़ीद 'गाहक' तलाशने में। वो चालीस-पचास साल का अकेला आदमी अपनी कार के भीतर चुपचाप बैठा था। उसकी आँखें बन्द थीं, ऐसा लगता था गोया वो गहरी नींद में सो रहा हो। उसने अपनी कार दीवार की ओर ऐसी जगह लगा रखी थी जहाँ कुछ दूर तक कोई दूसरी गाड़ी नहीं थी। तेज़ बरसात के कारण उसने अपनी कार के सारे दरवाज़े-खिड़की बन्द कर रखे थे। शायद कार के भीतर बैठा वो कोई गाना सुन रहा था। लछमी को सिर्फ़ कुछ रुपयों की बेइन्तिहाँ दरक़ार थी। उसके लिए और कुछ भी सुनना-समझना इस वक़्त फ़िज़ूल था। उसने अपनी आत्मा और ज़मीर की गर्दन खूब मरोड़कर उनकी

भरपूर हत्या कर दी और कार का शीशा भड़भड़ाया।

तन्मयता में चूर उस आदमी की तन्द्रा टूटी। उसने एक जवान और बूढ़े मिश्रित चेहरे को देखा, जिसे बरसात की बूँदें बार-बार नहला रही थीं। ये अजनबी चेहरा हर-एक बूँद गिरने के साथ पलकें झपकाता था। कार का शीशा थोड़ा नीचे खिसका तो फ़ॉरन मरी हुई धौंकनी-जैसी आवाज़ आयी—

''मेरा बच्चा भूख से मर जाएगा...कुछ पैसा दे दो साहब, जो चाहो मैं करने को तैयार हूँ...।''

आदमी पहले तो चुप रहा, उसे कुछ विस्मय से देखता रहा। ग्राहक ने खरीदे जानेवाले माल पर नज़र फिराई ही थी कि वो आवाज़ फिर उभरी—

'साहब बहुत जरूरत में हूँ...एक पैकेट दूध का पैसा चाहिए बस...साहब दरवाज़ा खोलो, मैं सबकुछ करने के लिए तैयार हूँ...।''

हाँलाकि क्रेता को सूखी-पिसी हुई देह में कोई रुचि दिख नहीं रही थी फिर भी विक्रेता के अनुनय-विनय से सौदा पट ही गया था। आख़िर दया-धरम भी तो किसी शय का नाम है।

कार के पीछे का दरवाज़ा खुल गया था।

आश्वस्त सम्पन्नता ने विकल विपन्नता को फिर एक बार कुचला।

लछमी के ज़ेहन और हवास पर सोनू की चीखों, देसी दारू की तेज़ गन्ध और तेज़ बरसात की वजह से आसपास के बजबजाते हुए गटर से उठती दुर्गन्ध के बीच कुछ और नयी चीज़ें भी शामिल हो चुकी थीं। कार के भीतर से आती फ्रेशनर और उस आदमी के जिस्म से उठती हुई एक भीनी परफ़्यूम की खुशबू...।

कुछ देर बाद, वो 'गाहक' अपनी कार की पिछली सीट को टिश्यू-पेपर से साफ़ कर रहा था। लछमी की धोती का पानी, लिपटा हुआ कीचड़ और भी बहुत कुछ।

लछमी अपनी लत्ता हुई धोती जैसे-तैसे लपेटती, सौ की नोट का नया पत्ता लिए सीधा लाला की दुकान ओर धाई। अभी-अभी जन्मा 'वेश्या' का ये नया वजूद, लछमी को बरसात में खूब धुला हुआ पाक़-साफ़ लग रहा था। उसने चहककर दूध का एक पैकेट लिया, और अपने नीड़ की ओर जहाँ बुखार में तपता सोनू भूखा चिंघाड़ रहा था, दौड़ पड़ी। उसे पैसे वापस लेने की सुध भी नहीं थी। उस पर पहले ही गुज़रा हुआ हर एक पल बहुत भारी था। सच तो ये था कि इस वक़्त वो उड़ कर सोनू के पास पहुँचना चाहती थी।

लेकिन ''हुनोज़ दिल्ली दूर अस्त...।''

बरसात जब अपनी रौ में होती है तो कोने-अन्तरे से कीड़े-मकोड़े बाहर निकल

आते हैं। रात जब गहराती है तो कमीने तत्व सक्रिय हो उठते हैं। इस वक़्त-विशेष में तो दोनों ही हालात मौजूद थे। बरसात में पड़ती हुई लगातार तेज़ बूँदों की तड़तड़ाहट, बादल-बिजली की गड़गड़ाहट, कुत्तों-बिल्लियों की चीख-पुकार, झीगुरों-मेढकों और तमाम तरह के कीड़े-मकोड़ों के शोर के बीच, बड़े ही वेग से दौड़ी जाती लछमी के क़दमों ने अचानक कुछ रुकावट महसूस की। जब वो सोनू से बहुत ज़्यादा दूर नहीं थी, तभी एक यमदूत जैसे कुत्ते ने लछमी की धोती पकड़ ली थी। ऐसा लगता था कि उस टेढ़े लम्हे में प्रगट हुए उस कुत्ते को दूध के पैकेट का आभास हो चला था। उसने अपने पैने तीखे दाँत से बेहद मरियल धोती को चीर दिया। वो लछमी से जैसे दो-दो हाथ करने को आमादा था। लछमी सिर्फ़ दूध की रखवाली में अपनी प्राण लगाये जा रही थी। उसे सोनू के रोने की बहुत मद्धिम आवाज़ सुनाई भी दे रही थी। लछमी को अपने लाड़ले तक पहुँचने की हड़बड़ी भी उतनी ही थी जितनी दूध के पैकेट को बचाने की बेकली।

दोनों जीजान लगाकर लड़ रहे थे। दोनों के ही जीवन-मरण का प्रश्न शायद अब वो दूध का पैकेट ही बचा था। सोनू की आवाज़ें अब बेहद मन्द हो चुकी थीं, या शायद बन्द ही हो चुकी थी। कुत्ते और लछमी के बीच का ये संग्राम बहुत ज़्यादा देर तक ना चल सका। कुत्ते ने दूध के पैकेट तक अपनी छलाँग लगा ली थी और अपने तीखे-नूकीले दाँत, झपटकर उस प्लास्टिक की थैली पर गड़ा चुका था।

दूध की धार बह निकली थी। लछमी जो अब तक इस विकट बदहाली के दौर से जूझ रही थी, उसके हताश आँसू भी छलक पड़े थे। कीचड़ की धार में दूध और आँसू मिलकर सड़क में बहते बरसाती पानी का वेग बढ़ा रहे थे। बादलों का रोष भी कुछ थम-सा गया था, क्योंकि उनका द्वन्द्व अब समाप्त हो चुका था। बिना प्रतिद्वन्द्वी के भला अब कैसी प्रतिस्पर्धा। कुछ उसी तरह जैसे ज़मीन पर फ़ैले दूध को चाटते हुए कुत्ते का संघर्ष भी अब ख़त्म हो गया था।

और लक्ष्मी के लिए दूध की अज़हद ज़रूरत भी अब शेष नहीं बची थी।

नीलम की अँगूठी

''आप मेरे बाप की उम्र के हैं, आपने ऐसा घटिया सोचा भी कैसे...आप इस तरह कैसे ले आए यहाँ मुझे...आपने तो फोन पर कहा था कि मेरी स्क्रिप्ट के बारे में कोई चर्चा करनी थी आपको। मैंने तो स्क्रिप्ट की कॉपी भी आपके दफ़्तर में जमा कर दी थी। और आपने ये क्या किया। ये तो सरासर बदतमीज़ी है, बिना मुझसे पूछे–ताछे, ये रूम बुक करा लिया आपने। हमलोग तो किसी भी पब्लिक–प्लेस पर बैठ कर आराम से बातें कर सकते थे...ये होटल में आने की ज़रूरत भी क्या थी। आप मुझे यहाँ धोखे से लाये हैं...ये ठीक नहीं किया आपने...। चलिए, वापस चलिए...मुझे यहाँ होटल के इस बन्द कमरे में कोई बात नहीं करनी आपसे...।''

''अरे तुम तो बेकार में भड़क रही हो...तुम क्या समझती हो, फ़िल्म के लिए स्क्रिप्ट फ़ायनल कर लेना कोई बच्चों का खेल है, कि बस लिखा तुमने और बन गयी फ़िल्म तड़ से...अरे ऐसी कहानी क्या, इससे लाख दर्ज़े बेहतर कहानियाँ और स्क्रिप्टें लिए रोज़ाना कितनी ही लड़कियाँ आगे–पीछे घूमती रहती हैं मेरे। तुम तो खुशनसीब हो जो मैं एक चांस दे रहा हूँ तुम्हें...बीस दिन के अन्दर तुम्हारी लिखी स्क्रिप्ट बाज़ार में होगी, एक क्या कई सारी फ़िल्में बन रही होंगी उन पर, हर जगह सम्मान किया जा रहा होगा तुम्हारा...। बस्स ज़रा खुश कर दो हमें...।''

''लेकिन...लेकिन आपने तो ऐड में निकलवाया था कि आपको एक गम्भीर प्लौट की ऐसी कहानी की तलाश है जो कम से कम बारह रील की हो...यथार्थ हो, असल ज़िन्दगी से ताल्लुक़ रखनेवाली एक दमदार कहानी हो...यही सब तो अख़बार में निकलवाया था आपके प्रोडक्शन ने...। और आपका प्रोडक्शन तो इस मुल्क़ का सबसे अहम और नामी प्रोडक्शन है...फिर आप इस तरह की वाहियात बातें क्यूँ कर रहे हैं मुझसे...मेरी कहानी में दम है, आप उसे एक बार पढ़ के तो देखिए...''

''अजीब लड़की हो तुम...। तुमको सीधी तरह बात समझ नहीं आती क्या... बड़ा प्रोडक्शन है मेरा, जानता हूँ मैं, और क्या ये फ़ोकट में खड़ा हुआ है...मेरे खून–

पसीने की कमाई से खड़ा हुआ है...फिर हर मर्द की कुछ ज़रूरतें होती हैं, जवान लड़की हो तुम...। इतनी-सी बात नहीं धँसती तुम्हारी अक़्ल में...।''

''अरे कमाल हो गया...आप तो हद दर्ज़े की बेशर्मी पे आमादा हुए जा रहे हैं। माशाअल्लाह आपकी मर्दाना ज़रूरत पूरा करने के लिए दो-दो बीवियाँ मौजूद हैं आपके दर पर...।''

''बीवियाँ अपने सिर पर मढ़ने के लिए होती हैं, कोई ज़रूरत पूरी करने के लिए नहीं होती हैं...वो तो समाज में दिखाने के लिए टाँगना पड़ता है खोपड़ी पर...। उसे तो माँ-बाप बोझे की तरह सर पर उड़ेल दिया है मेरे। उस वक़्त ज़रूरत थी उसकी, और उसके पैसे की भी...लेकिन अब, अब नहीं रही। अब बहुत बासी हो गयी है वो...उसकी याद मत दिलाओ...मेरा जी ख़राब हो जाता है...'' आलीशान सोफ़े पर बैठे हुए, उसने बगल में रखी शानदार टेबेल के क़ीमती ऐशट्रे में अपनी गोरी और कई नगीनों से जड़ी अँगुली में फँसी सिगरेट का धुँआ गिराते हुए कहा।

''उस बासी औरत से छुटकारा पाने के लिए ही तो आपने दूसरी शादी की थी बजाज साहब, वो भी किसी लाचार बंगालिन से। ये बात तो पूरी दुनिया जानती है। क्या तिस पर भी पेट नहीं भरा आपका?'' नव्या ने क़लम में लगानेवाले दिमाग़ को यहाँ खर्च किया और दलील दी।

''उसका तो नाम मत लो मेरे सामने...उस स्साली ने तो जमके चूना लगाया है मुझे। आज भी मेरे इस साम्राज्य के फ़िफ़्टी परसेंट की मालकिन बनी बैठी है वो कमीनी...उस कमबख़्त औरत ने बुरी तरह ब्लैकमेल किया है मुझे...इस पूरे भरे-पूरे स्टाफ़ में वो अकेली थी जिसने फाँस लिया था मुझे...।''

''चलिए छोड़िये उसे भी...। लेकिन आपके ऑफ़िस में भी तो कई सारी हैं जिनके साथ रास रचाते रहते हैं आप...फिर ये होटल, ये एसी कमरा किस वास्ते?''

''वो मामूली कामग़ार लड़कियाँ हैं...उन्हें लिटाने के लिए तो ऑफ़िस की पुरानी मेज़ ही काफ़ी है...ये पाँच सितारा होटल उनके लिए नहीं है, ये तो तुम्हारे लिए है...। और ये इस होटल का बेहतरीन कमरा भी सिर्फ़ तुम्हारे लिए...ये सिर्फ़ तुम्हारे लिए बुक कराया है मैंने...ज़रा देखो यहाँ अट्ठाइसवीं फ़्लोर के इस कमरे से पूरा समन्दर कितना हसीन दिखता है...वो देखो दूर-दूर तक समन्दर की लहरें कितनी ख़ूबसूरती से उछलकूद मचा रही हैं...इसे देखो, और ये भी देखो...इस शानदार कमरे का इन्टीरियर देखो, इसके खूबसूरत फ़र्नीचर देखो, ये सागौन का शानदार बिस्तर देखो, ये शनील के महँगे पर्दे देखो, ये विलायती लैम्प, ये कालीनें देखो, ये जड़ाऊ फ़ानूस देखो, ये सब तुम्हारे लिए ही तो हैं। तुम क्यों बेवक़ूफ़ी कर रही हो...क्या

ऊपरवाले ने अक़्ल नहीं दी तुम्हें...। बिना अक़्ल के लिखती कैसे होगी भला...प्रधान कह रहा था, बेहद शानदार स्क्रिप्ट लिखी है तुमने, ये पढ़ना-पढ़ाना मेरे बस की बात नहीं समझीं...। ये सब काम प्रधान ही करता है मेरा...सुनो अब ये सब बेकार का रायता मत फ़ैलाओ यहाँ...इस सुहानी रात को और इस शानदार जगह को हाथ से मत जाने दो...बातों में क्यूँ अपना और मेरा टाइम ज़ाया कर रही हो...।'बजाज प्रेम से लगातार नव्या को फ़ुसलाने की कोशिश करता जा रहा है।'

नव्या है कि दलील पर दलील दिये जा रही है।

"सच पूछिये तो टाइम आप मेरा ज़ाया कर रहे हैं...इतनी देर में तो मैं दस-बारह पन्ने और लिख ही लेती, कम से कम एक नयी स्क्रिप्ट का आग़ाज़ हो जाता...।"

"ये जो तल्ख़ जवाब हैं तुम्हारे, यही तो सबसे बड़ी कशिश है तुममें...तुम्हारे ये लटके-झटके, तुम्हारे ये नखड़े, तुम्हें किसी भी आम लड़की से बहुत अलग और दिलकश बनाते हैं...तुम भी कहाँ इस क़लमघिसाई में अपनी शोख़ जवानी बरबाद कर रही हो...तुम्हें तो फ़िल्म की हिरोईन बनना चाहिए था...देखो तुम मेरी बात मान जाओ, अभी कच्ची उम्र है तुम्हारी, कहाँ इतने बड़े शहर में यहाँ-वहाँ धक्के खाती फिरोगी...। ये नाज़ुक बदन तुम्हारा छिल जाएगा, ये भोली सूरत तुम्हारी मुरझा जाएगी, ये सब नेमतें ऊपरवाले ने तुम्हें ठोकरें खाने के लिए नहीं दी हैं...तुम मेरी बात मान जाओ, जो कहोगी, मैं फौरन हाज़िर कर दूँगा...। एक फ़्लैट तुम्हारे नाम करे देता हूँ, जहाँ कहो वहाँ ले देता हूँ, तुम कहकर तो देखो बान्द्रा, सान्ताक्रूज़, जुहु, माहिम, कोलाबा, या फिर लोनावला, देर नहीं लगेगी, आज के आज नयी गाड़ी खरीद देता हूँ...राज करना तुम आराम से, खूब ऐश करना, जो मर्ज़ी आए वो करना...फ़िल्मों का तो मैं अम्बार लगा दूँगा तुम्हारे सामने...अवार्ड पर अवार्ड मिल रहे होंगे तुम्हें...देखो समझ से काम लो, तुम अब नादानी मत करो...ये मौक़े तुम्हें बार-बार नसीब नहीं होंगे...मैं भी रोज़ाना नहीं मिल सकूँगा तुम्हें...बहुत बिज़ी आदमी हूँ मैं...। आओ यहाँ आओ...क़रीब बैठो मेरे...।" बजाज साहब की बेकली लपक-लपक कर उनकी ज़बान से टपक रही थी।

"आप मेरे पीछे क्यूँ पड़ गये हैं बजाज साहब?" उसने अपनी कलाई बजाज से छुड़ा कर मिमियाते हुए कहा।

"तुम्हें भी तो मैं पसन्द हूँ, शरमाओ मत...क्या नहीं हूँ, बोलो...भूल गयी तुम, तुमने ही उस दिन अवार्ड-फ़ंक्शन में कहा था, कि ये मेरी नीलम की अँगूठी तुम्हें बहुत प्यारी लगती है...बोलो, बोलो...। भूल गयीं ना...खूबसूरत लड़कियाँ भूलती भी बहुत जल्दी हैं...।" बजाज ने अपनी क़ीमती नीलम से सजी अँगूठी दिखाकर, लालच देते हुए उस लड़की को याद दिलाया।

"भूली मैं नहीं, भूले आप हैं बजाज साहब...आपको ख़ुद ही पूरी बात याद

नहीं...मैंने कहा था, आपकी इस अँगूठी को देखकर मुझे मेरे पिता की याद आती है, इसलिए ये अँगूठी प्यारी थी मुझे। आप याद कीजिए, मैंने उस दिन अवार्ड-फ़ंक्शन में ये भी आपको याद दिलाया था, कि मेरे पिता की मृत्यु बरसों पहले हो चुकी, जबकि मैं बहुत छोटी थी। पिताजी नीलम की अँगूठी पहना करते थे। आपकी अँगूठी देखकर मुझे उन्हीं की याद हो आयी थी, इसलिए ही रुककर अवार्ड-फ़ंक्शन में बातें की थीं आपसे...वरना तो क्या पता था, आप किस दर्जे के फ़िल्म-निर्माता हैं...मैं तो आपको क़ायदे से जानती भी नहीं थी। देखिये अब आप मेरी बात मानिये, हमलोग निकलते हैं...। दूर जाना है मुझे, नालासोपारा तक तो बस भी नहीं जाती कोई...लोकल पकड़ना होगा, वरना तो मैं कैसे पहुँच पाऊँगी...अब हमें चलना चाहिए...। वैसे ही काफ़ी देर हो चुकी है...।''

''अरे ऐसे कैसे देर हो रही है मेरी जान...तुम समझती क्यों नहीं...। ये अँगूठी तो आज की रात ही मैं तुम्हें तोहफ़े में दे दूँगा, अगर ये तुम्हें इतनी ही प्यारी है...लेकिन अभी रात तो गुज़रने दो...। अभी तो क़रीब से तुम्हें देखा भी नहीं मैंने...अभी तो तुम्हारे जलवे देखने हैं मुझे...और तुम चिन्ता मत करो, नालासोपारा क्या, कल्याण या फिर पुणे और गोवा तक भी पहुँच जाओगी तुम, इसलिए इत्मीनान रखो...मेरी ये बीएमडब्लू तुम जैसी खूबसूरत लड़कियों की सेवा के लिए ही तो रखी है मैंने। चलो अब ज़िद छोड़ो और यहाँ आकर बैठ जाओ...ज़रा मैं भी देखूँ तुम्हारी गोरी चमड़ी की चमक...अरे ज़रा मुझे भी तो नहा लेने दो इस गोरी चमक में मेरी परी...मुझे खुशी है कि दो घड़ी के लिए ही सही तुम्हें मेरी वजह से अपने मरे हुए बाप की याद आ गयी...भगवान उनकी आत्मा को शान्ति दे...अब तुम मुझे भी कुछ शान्ति दे दो...मेरी जलती देह को, मेरे झुलसते हुए मन को और मेरी तड़पती हुई बेचैन आत्मा को तुम ही तो एक हो, जो ठंडक दे सकती हो...अब देर ना करो...आओ...। आओ भी...अब मुझे ज़्यादा तड़पाओ मत प्यारी नव्या...चली भी आओ...।'' बजाज आराम से सागौन की शानदार पलंग पर पसरे हुए नव्या को न्यौते पर न्यौते परोसे जा रहे थे।

× × ×

आज दर्शक दीर्घा में कानाफूसी बड़ी देर तक चलती रही। लोगबाग समझ नहीं पा रहे थे, कि ऐसा क्या कमाल का लिख रही है ये लड़की, जिसे चौथी बार फ़िल्म फ़ेयर अवार्ड दिया जा रहा है। जब पहली बार उस नयी लड़की को स्क्रिप्ट-रायटिंग का अवार्ड मिला था तब तक तो ठीक था, भई मान लिया कि नये लोगों को प्रोत्साहन देने के लिए अवार्ड शुक्लाइन को दे दिया गया। लेकिन फिर दूसरी बार भी। अरे, तीसरी बार भी...और ये क्या, एक बार फिर...चौथी बार भी उसी नव्या शुक्ला को! ये तो हद ही हो गयी!

चौथी बार वही ईनाम उसी एक लड़की को दिया जाना कहाँ तक वाज़िब था। लेकिन ये पुरस्कार, ये ज्यूरी और ये पुरस्कार-मंडलियाँ, खुदा ही जाने क्या खुड़पेंच, क्या गड़बड़झाला चलता रहता है इन सब के पीछे। अब कोई क्या बोले, इन बड़े क़द के लोगों के लिए, बड़े लोगों की बड़े-बड़े रहस्योंवाली बातें।

बहरहाल, जब नव्या शुक्ला ने ट्रॉफी हाथ में उठाई तो ज़ाहिर तौर पर, ढेर सारे कैमरों के फ़्लैश एक साथ उस पर बरस पड़े। वो मुस्कराती रही। मुस्कराती हुई सभी का अभिवादन करती रही। झुककर दर्शकों को धन्यवाद करती रही। ट्रॉफ़ी लिए नव्या के हाथों में एक चमकदार नीलम की अँगूठी भी जगमगा रही थी, और इस जगमगाहट का वज़न बहुत ज़्यादा था। इतना ज़्यादा, कि उस जगमगाहट के आगे नव्या शुक्ला की ज़िन्दगी का बड़े से बड़ा तत्व जैसे कि ज़मीर अपनी चमक खो चुका था।

रस्म-ए-इजरा

फ्रांसीसी दूतावास के एक सरकारी सुइट-हॉल में दोनों जमे हुए हैं। लोगों का आना ढंग से शुरु भी नहीं हुआ है, लेकिन ड्रामेबाजी का आगाज़ अभी से हो चुका है। अंग्रेज़ियत से बुरी तरह से लिपे-पुते दो-तीन चेहरे दुनिया भर की अँग्रेजी को एक-दूसरे पर उड़ेले पड़े हैं, जैसे वे ये जानते ही ना हो कि हिन्दी किस चिड़िया का नाम है। सबसे मज़ेदार बात तो ये थी, कि थे वो असल में सारे हिन्दोस्तानी ही।

'कैसी अजीब-सी वीरानी टाइप पसरी है, जैसे किसी की मय्यत में आए हों। आर यू श्योर, यहाँ किताब का ही लोकार्पण है आज?'' सुरूर का सबसे बड़ा दोष उसकी अधीरता ही तो है।

ठीक उसी तरह नवाब का सबसे बड़ा गुण उसका धैर्य है—

''हाँ मेरी दुलारी सुरूर, किताब का ही लोकार्पण है आज...देख लो, मैं गलत क्यूँ कहूँगा तुमसे, लो कार्ड में ही देख लो।''

''चलो मान लेते हैं कि ये किताब का विमोचन ही है, लेकिन ये जो मुर्गे आपस में चोंच लड़ा रहे हैं, क्या इसी में कोई बिज्जू है?'' उन्हीं तीनों को देखते हुए सुरूर ने नवाब से कहा।

''अब क्या पता कौन है, बिज्जू? शर्मा जी (सम्पादक) तो कह रहे थे, कई बार फोन आया है, आज चले ज़रूर जाना...पता नहीं किस लिए इतना फोन आया था।''

''क्या तुम्हें ये भी नहीं पता कि बिज्जू नर या मादा?'' इतना कहते-कहते सुरूर खिलखिलाकर हँस पड़ी। उसकी हँसी की तेज आवाज़ सुनकर वे तीन आपस में लिप्त हुए बन्दे भी सुरूर को तिरछी निगाह से देखने लगे।

नवाब और भी संजीदा हो गया—

''नहीं। नाम से तो पता ही नहीं चल रहा है। बिज्जू महाजन। मराठी है कोई। सरनेम से इतना ही मालूम चलता है, बस।''

अब इतनी देर में ही, जो संख्या में तीन थे, वो पाँच में तब्दील हो चुके थे। दो नये आगन्तुक एक महिला और एक पुरुष थे। लेकिन 'बिज्जू' नाम की गुत्थी अब

तक सुलझी नहीं थी।

इस अजायबघर जैसे फ़ंक्शन-हॉल में ये विचरनेवाले विचित्र जीव चाहे मन में जितनी भी गालियाँ और बददुआएँ एक-दूसरे को देते फिर रहे हों, लेकिन फिर भी सभी एक-दूसरे की तरफ़ देखकर बड़ी लगावट से मुस्कराते ज़रूर थे। अब तक कुल मिलाकर करीब सत्ताइस एकदम ही बनावटी स्माइल सुरूर और नवाब के लिए भी फ़ेंकी जा चुकी थी।

नवाब तो इन स्माइलों का कुछ भी जवाब नहीं देता था, लेकिन सुरूर ज़रूर दुगुनी बनावटी मुस्कान के रूप में उत्तर तत्काल गति से देने में तनिक नहीं चूक रही थी, बल्कि ज़्यादा चहक कर दाँत निपोर रही थी।

वे दोनों पूरे हॉल में अलग से नज़र आ रहे थे, क्योंकि एक तो खाली पड़े सोफ़ों में वे बैठे अकेले ही थे, दूसरे वे सबसे आगे बैठे थे, और तीसरे कि उनका किसी से भी बड़ा लाग-लपेटवाला संवाद नहीं था। वे दोनों आपस में ही सबकी बारीक़ आलोचना में आकंठ मशगूल थे।

अब एक खूब लकदक गहनों से लैस बुढ़िया उन दोनों के ठीक पीछे आकर बैठ गयी, जिसका चित्र यदि खींचा जाये तो निस्सन्देह किसी सम्पन्न लेकिन भूखी लोमड़ी जैसा बनेगा। जो समय-समय पर हर आनेवाले को भरपूर पैनी निगाह से देखती थी, कि उस आगन्तुक से ये बुढ़िया क्या लाभ ले सकती है। वो बात-व्यवहार में बुरी तरह से चौकन्ना थी, और चाँव-चाँव, चपड़-चपड़ करने में खूब उस्तादिन थी। उसके अभिवादन का तरीका भी निहायत ही विलायती था, सबसे गाल चिपका-चिपका कर 'हैलो-हैलो' कर रही थी। उसके साथ उसकी एक अनुचरी भी थी, जो लोमड़ी के बचे हुए शिकार पर हाथ साफ़ करती-सी आभासित हो रही थी। दोनों ने मोटी-मोटी सच्चे मोती की दमदार कीमती मालाएँ भी धारण कर रखी थी। वैसे तो ये लोमड़ी मतलब की बूढ़ी महिला सत्तर-पछत्तर से अधिक की नहीं दिखती थी, लेकिन कार्यक्रम के दौरान स्टेज से बताया गया कि वो नब्बे साल की है। जिसे उसकी इसी पली हुई अनुचरी ने 'नो...नाइन्टी वन...' की ज़ोरदार आवाज़ से सुधारा भी था।

एक मसाला-महिला भी नवाब के बगल आकर बैठी। जिसकी नोकदार नाक और मन-भर काजल से एकाकार की गयी उसकी आँखें उसे हूबहू एक मादा-कौए जैसी छवि प्रदान कर रहे थे...उसे भी वहाँ शायद जाननेवाले कुछेक ही थे, इसलिए वो मादा-कौआ लगी नवाब से चिपकने—

"यू आर फ्रॉम विच पेपर?"

''आइ एम अ फ्रीलांसर'' नवाब ने उसे बेहद कम शब्दों में निपटा दिया।

चतुर मादा-कौआ बेहद होशियार थी, फौरन समझ गयी यहाँ दाल नहीं गलेगी, वो चिढ़ गयी, और उठकर नये नीड़ की तलाश में अगली कतार की एक सीट पर जा बैठी।

अब दो नये गिद्ध-दम्पत्ति ने सभा-मंडल में प्रवेश किया। दोनों ने बूढ़ी-महिला की प्रेम से चुम्मा ले-देकर अभिवादन की औपचारिकता पूरी की फिर अपने नये हमजोली किरदारों की ओर रुख किया। अभी ये कुनबा एक-दूसरे की जड़ें खोदना शुरु भी न कर सका था, कि एक फ्रेंच-फ़ेलो स्टेज पर आ धमका...लेकिन वो मौजूदा सत्र का आगाज़ करने नहीं वो तो सिर्फ़ माइक और साउन्ड चेक करने ही आया था। और वो चेक करके चला भी गया। सभी प्राणियों की निगाह जो उस पर तैनात हुई थी वापस अपने अपनों के गिरेबानों पर लौट आयी। इनमें से ही किसी का बच्चा भी साथ था, जिसे ये बोझिल माहौल चुभ रहा था। यहाँ उसका कोई संगी-साथी भी नहीं था, और वो जी-भर के शैतानी भी नहीं कर पा रहा था। उसकी आया उसे हर वक़्त सहेज रही थी, जैसे रईस घर के कुत्ते पलते हों, ठीक उसी तरह। लेकिन वो बच्चा बहुत नटखट था। जब उसका जी ज़्यादा अकुलाया तो वो कुर्सियों पर चढ़-चढ़ कर कूदने लगा। और इस कुर्सी-तोड़ मिशन में कई कुर्सियाँ गिर पड़ीं, जिसे एम्बैसी के कर्मचारियों ने फिर से सजाया।

''ये औलाद है कि फ़ौलाद...।'' सुरूर ने नवाब से बुदबुदाया।

नवाब ने चुप रहने का इशारा किया।

फिर एक के बाद एक कोई बहेलिए टाइप के, तो कोई बहेलिए के ताज़ा शिकार के माफ़िक, कोई ऊदबिलाव तो कोई घाघ परिवार का-सा, कोई मगरमच्छ और घड़ियाल बिरादरी का-सा, तो कोई कबूतर जैसे उड़ते-उड़ते दल से जैसे ताल्लुक़ रखनेवाले भिन्न-भिन्न प्रजाति के प्राणी जैसे लोगों से वो पूरा का पूरा सभा-मंडल जगमगाने लगा।

और इस सम्पूर्ण अजायबघर की बेहद बनावट आभा वाली जगमगाहट में दोनों नवाब और सुरूर का जी घबराने लगा। दोनों स्वच्छन्द परिन्दे थे। दिल्ली शहर की चौड़ी सड़कों पर इधर-उधर ख़बरें बटोरते घूमते फिरते थे। अल्लाह का करम था, कि दोनों दो रोटी और उस पर मक्खन भर का कमा ही लेते थे।

दोनों बड़े बाप की औलादें थीं...जोरबाग में अपना मकान था। दोनों एक ही प्रेस में रोज़गारयाफ़्ता थे। माँ-बाप ने दोनों का निकाह तय कर दिया था, और उन दोनों फ़ौलादी औलादों ने निकाह से पहले ही साथ रहना शुरु भी कर दिया था। भई दिल्ली और दिल्लीवालों के क्या कहने...उनकी तो हर बात निराली...।

किसी छोटे शहर में तो ऐसा सोचना और वो भी मुस्लिम बिरादरी में...ना भई

ना...वहाँ तो इसकी कल्पना करना भी गुनाह था।

वे दोनों, अपने मकान के चारों तरफ़ के मोहल्लों में दिन-भर घूमते और ख़बरें जुगाड़ कर प्रेस में दे देते थे।

आज भी एक किताब के विमोचन की ख़बर को कवर करने आए थे, और दोनों आकर फ्रेंच-एम्बैसी में बैठे थे, और दोनों ही उबिया रहे थे।

औपचारिक रूप से प्रोग्रैम शुरू हो गया जिसे करीब एक घंटा तक तो सुरूर सुनती रही। लेकिन भाषण जब लम्बा खिंचने लगा तब, सुरूर ने नवाब से कहा—

"क्या हमलोग ऐसे ही इन विचित्र प्राणियों से लैस इस जगमग-जगमग हॉल में अपना दम घुटाते रहेंगे। और इस खड़ूस को सुनते रहेंगे, कितना ऊँघ-ऊँघ कर बोल रहा है...जाओ, ज़रा खाने का इन्तज़ाम देखो, ठीक-ठाक हो तो रुकें, वरना तो भाई वक़्त रहते ही यहाँ से फूट लें...नहीं खानेवाली भी चली जाएगी...।"

'हाँ कह तो ठीक ही रही हो, लेकिन कैसे उठ के जाऊँ बीच में...।"

"ऐसा करो, वॉशरूम के बहाने हॉल से बाहर निकलो, और पूरे में एक फ़ेरा लगा के आओ...तभी देख लेना क्या पोज़ीशन है खाने-पीने की...। ओके।"

"हम्म" नवाब चुपचाप उठ कर हॉल से बाहर खिसका।

करीब पाँच-सात मिनट में लौट आया।

अति जिज्ञासु बैठी सुरूर के कान में फुसफुसाया, 'वेटर टहलते तो दिख रहे हैं, शायद खाना ठीक ठाक होगा...।'

"किधर है इन्तज़ामात। क्या पहले चल सकते हैं...भूख लगी है मुझे..." सुरूर ने भी बहुत धीरे से नवाब के कान में कहा।

"मुझे मालूम नहीं कि व्यवस्था किस तरफ़ की गयी है। थोड़ा देखना पड़ेगा। मेरी समझ से, अभी मत चलो। रुको थोड़ा...।"

"ओके।"

भाषणबाजी अपने शबाब पर थी। अब तक सुरूर और नवाब जान चुके थे, कि किताब को लिखनेवाली शख़्स, यानी बिज्जू एक महिला ही है और साड़ी पहने सामने ही मंच पर जमी हुई है। उसका उस फ्रांसिसी राजदूत से 'पुराना याराना' लगता था। दोनों ने खूब-खूब सार्वजनिक-प्रेम भी जताया था। वास्तविक और व्यक्तिगत प्रेम का तो भगवान ही जाने।

उस महिला ने बिना बाँह की ब्लाउज़ के साथ एक रेशमी साड़ी पहन रखी थी, जिसके आँचल को वो बार-बार हवा में जानबूझ कर, लेकिन अनजान बनकर लहरा रही थी। वो अपने सुडौल कन्धों का प्रदर्शन भी बड़ी ही तबीयत से कर रही थी। उसका दिया, हर एक जवाब बड़ा लम्बा और खीज पैदा करनेवाला था। क्योंकि वो किताब खोलकर उसके अंशों को पूरा-पूरा पढ़ रही थी। और वहाँ बैठे हरेक

शख़्स का वक़्त बड़े इत्मीनान से ज़ाया कर रही थी।

बोझिल स्त्री जिसकी प्रेमिका होती है, उसी को सुहाती है, बाक़ी तो उससे कटने का हरसम्भव प्रयास करते हैं, कि कहीं वो रोककर काट ना खाए या कि पूरा भेजा चाट ही ना ले...अब जैसे इन बिज्जू महाजन को ही ले लिया जाए, इनका आँचल हो सकता है, उस फ्रांसिसी दूत को प्रेम के सुनहरे-सजीले पयाम दे रहा हो, लेकिन भूखी बैठी सुरूर को भला उसके रेशमी आँचल या गोरे कन्धों से क्या वास्ता। अगर बिज्जू सही तरीके से पत्रकारों के सवालों के जवाब देती तो भी सुरूर का भूखा पेट उसे माफ़ कर जाता लेकिन यहाँ तो हद ही हो गयी थी। सुरूर ने ये भी देखा कि सबसे पीछे कतार में बैठे लोग, एक-एककर धीरे-धीरे बाहर खिसक रहे हैं। सुरूर को अब ये आगे की सीट मानो काट खाए जा रही हो। वो कई-कई कोण के मुँह बनाकर नवाब को देख रही थी, जिसका एकमात्र सन्देश यही निकल रहा था, कि "अब बहुत हुआ, चलो बाहर चलें...कुछ खाएँ...कुछ पिएँ...।"

नवाब तमीज़ों और औपचारिकताओं के मद्देनज़र, खामोश बैठा बकझक सुने जा रहा था। उसके पास तो जैसे कोई और चारा ही ना था। आख़िरकार वो ठहरा संजीदा पत्रकार।

लेकिन जब वार्तालाप में कोई सार्थकता ना हो, सिर्फ़ अहम-तुष्टि के लिए मंच से क़सीदे पढ़े और पढ़वाये जाएँ, तो कोई गम्भीर श्रोता भी अन्ततः चट ही जाएगा और मन-मस्तिष्क को बेवजह तकलीफ़ नहीं देना चाहेगा।

आखिरकार नवाब के धीरज ने भी जवाब दे डाला, और वो भी सुरूर का साथ पकड़े, बाहर गार्डन में आ गया, जहाँ खाने-पीने की व्यवस्था की गयी थी। कार्यक्रम भी अब समापन पर था। सुरूर शैतानी से बाज नहीं आयी, उसने अपनी सीट छोड़ते-छोड़ते बगल की कुर्सी पर रखी एक किताब उठा ली। किताब की तमाम प्रतियाँ यूँ तो कई ख़ास मेहमानों को बतौर तोहफ़ा दी गयी थीं, लेकिन पत्रकारों के लिए ऐसी कोई व्यवस्था नहीं थी।

पत्रकार एक ऐसा ओहदा है, जो चाहे समाज में, राजनीति में, बल्कि पूरी दुनिया में ही कितनी ही बड़ी भूमिका अदा करने के लिए क्यूँ ना रचा गया हो, और भले ही कितना भी ज़िम्मेदार क्यूँ ना हो लेकिन बना दरअसल सिर्फ़ ठोकर खाने के लिए ही है। इससे कोई अन्तर नहीं पड़ता कि, मजीठिया आयोग का गठन कर दिया जाए, चाहे सुप्रीम कोर्ट कोई भी आदेश पारित कर दे, लेकिन जज़्बेवाला, मेहनती और ईमानदार पत्रकार हमेशा धूल ही फ़ाँकता है। ये बात अलग है, कि जागरूक-समाज और सार्थक-पाठक ऐसे पत्रकारों की दिल से क़द्र करता है। इसे नियति या विधि का विधान चाहे जो भी नाम दे दें, लेकिन ये बात है सौ फ़ीसदी सच। हाँ यहाँ हरामी-टाइप के अय्याश और बॉस या किसी टुच्चे नेता की मक्खन-पॉलिश करके

बारम्बार प्रोमोशन लेनेवालों या फ़ॉरेन-स्टोरी ही कवर करनेवाले तथाकथित समाचार-विशेषज्ञ-एंकरों की चर्चा नहीं हो रही है।

ख़ैर, सुरूर ने अपने हिस्से की किताब की प्रति मार ली थी, और खाने के लिए दोनों ही गार्डन पहुँच चुके थे। नवाब और नवाबिन यानी कि सुरूर दोनों ही भूखे थे, और दोनों ही खाने की दशा देखकर बेहद हताश-निराश और दुखी हुए। एक तरह से तो दोनों झुँझला ही गये थे। क्योंकि पीने का इन्तज़ाम तो वहाँ चौचक था, लेकिन खाने में महज 'चखने' और 'नमकीन' के कुछ था नहीं।

जिसमें दुनिया भर के बिस्किट, सूखे तले मेवे और मूँगफलियाँ, पनीर, मशरूम और मछलियों के तले हुए बहुत छोटे-छोटे टुकड़े और इन सबके साथ हर तरह की विलायती चटनियों के सिवा कुछ ना था। ये तो ढंग का 'स्नैक्स' भी नहीं था। जिसे पर्याप्त मात्रा में पेट में डाल देने से डकार की उम्मीद की जा सके। इन सारे नामुराद व्यंजनों को देख-देख कर दोनों का जी जल गया।क

वहाँ माहौल के अनुसार ही ढले, वेटर भी और ज़्यादा कुढ़ाने के लिए कुछ ज़्यादा ही तीमारदार बने हुए थे। इन सेवा-भाव से ओत-प्रोत वेटर की फ़ौज, हाथ में ट्रे लिए बार-बार पूरे गार्डन के चक्कर लगा रही थी। उनके इन फेरों में कई परिक्रमाएँ सुरूर और नवाब की भी हो गयी थी। दोनों ने कुढ़ते हुए लेमन-जूस के ग्लास हाथ में ले लिए। खाने की जो दुर्गति थी, सो तो थी...लेकिन पीने की व्यवस्था और पीनेवाले दोनों ही शानदार और जानदार दिखाई दे रहे थे। औरत-मर्द जम के पी रहे थे, गोया कोई प्रतियोगिता चल रही हो पीने-पिलाने की। कुछ पीकर बहक गये, तो कुछ बेमतलब ही चहक रहे थे। अल्लाह का शुक्र था कि कोई गिरा-पड़ा नहीं, उन नकली इनसानों में। दरअस्ल वो ज़िन्दगी में ही पर्याप्त गिरे हुए थे। तो भला अब यहाँ क्या गिरते...उन रंगे हुए सियारों में, जिनका कला-साहित्य की समझ से दूर-दूर तक कोई वास्तविक-राबेता नहीं था, हो सकता है, उनमें कुछ अपवाद हों, लेकिन ज़्यादातर एक ही थाली के चट्टे-बट्टे दिख रहे थे।

नवाब और सुरूर, दोनों आपस में ही भुनभुनाने लगे...।

"बेकार ही चले आए यहाँ, इन नासपीटों के बीच...।"

"अब तो बिट्टी भी चली गयी होगी घर पे लटका ताला देखकर...इतना पेट्रोल फूँका सो अलग...कितना बज गया है देखो तो ज़रा, चलो किसी ढाबे की ओर ही चलें, भूखे सोने से तो वही बेहतर है।"

फिर रज़ामन्दी से दोनों बाहर जाने के लिए तत्पर हुए। जाने से पहले नवाब दोनों ग्लास रखने जिस मेज़ तक पहुँचा, वहाँ उस किताब, जिसका नाम 'ओवरफ़्लो'

था, जिसका कि आज विमोचन हुआ था, उसी की दो प्रतियाँ लावारिस-अवस्था में लापरवाही से पड़ी हुई थीं। जिन्हें नवाब ने बड़ी ज़िम्मेदारी से पूरी शालीनता का परिचय देते हुए समेट लीं।

अपने मेज़बानों से त्वरित-औपचारिक विदा लेकर, दोनों बाहर चाणक्यपुरी की खुली शानदार सड़कों पर निकल आए। गाड़ी में, जब सुरूर ने अपनी वाली को मिलाकर, तीन-तीन किताबों की प्रति देखा तो उचक कर कहा—

"अरे गुरु जी कहाँ से...... ?"

"बस वहीं से, जहाँ से तुमने उड़ाईं...।"

"चलो, ख़ैर उस मनहूस जगह को याद रखने का एक बहाना रहेगा। पढ़ूँगी तो क्या ख़ाक मैं इसे...।"

"तो अब तुम नाराज़ तो नहीं...कि मैं इस बेकार जगह तुम्हें ले आया था...।"

"नहीं जी...रात गयी, बात गयी। मनहूसों की ये सौगात मिली...।" और सुरूर खिलखिला कर हँसने लगी।

सुरूर की बुलन्द हँसी देखकर नवाब भी खिल गया, उसकी उदासी जाती रही। उसने पूछा—

"खाने का क्या सोचा है मोहतरमा ?"

"चलो किसी अच्छी जगह चलते हैं।"

"अशोका चलें ?"

"श्योर...।"

"एम्बैसी का मातम फ़ाइव-स्टार में ही मनाना चाहिए...।"

नवाब पंचशील-मार्ग से आगे बढ़ गया, न्याय-मार्ग से घुमाकर यशवंत-प्लेस पर गाड़ी रोकी। एक बार सुरूर से पूछा, 'डिनर-टाइम खत्म ना हो गया हो अशोका का ? देखो तो काफ़ी देर हो गयी है...चाइनीज़ का कोई विचार तो नहीं ?"

"नहीं...। चाइनीज़-वाइनीज़ चीनियों को ही खाने दो..."

दोनों गोल-चक्कर लांघकर, अशोका होटल की पार्किंग से सीधा, डाइनिंग-हॉल पहुँचे। नवाब का अन्देशा सही साबित हुआ, डिनर वास्तव में खत्म हो चुका था।

अब दोनों जल्दी-जल्दी अशोका होटल के सबसे नीचे फ़्लोर पर बने सागर-रत्न रेस्त्रां में पहुँचे, वहाँ भी समेटा-समेटी चल ही रही थी, कि नवाब ने जल्दी से, लपककर काउंटर तक जाकर ऑर्डर दे आया।

दोनों ने दक्षिण-भारतीय भोजन से पेट और दिल खूब भर लिया। और 'बिज्जू' को जी भर के कोसा भी। इसके बाद दोनों थके हुए जीव अपने घर को लौट गये।

और इस तरह इन दो स्वतन्त्र पत्रकारों के माध्यम से फ्रांसीसी दूतावास के अजायबघर से निकलकर 'सागर-रत्न' में रस्म-ए-इजरा यानी की पुस्तक के विमोचन की सारी रस्में, सारी प्रक्रियाएँ पूरी की गयीं।

केसर-कस्तूरी

शराब पीने के लिए यूँ तो लम्बी-लम्बी उम्र भी कम है, लेकिन विश्वम्भर प्रसाद को ना जाने एक दिन क्या सूझी, पचासवाँ बसन्त पार करते ही उसने ठान लिया कि, भई बहुत हुई...अब बस...अब और नहीं पियूँगा मैं...पीते-पीते ही जीवन का अर्धशतक पूरा कर लिया मैंने...अब और नहीं, बस्स।

कोई हारी-बीमारी नहीं, किसी से कोई वादा-तगाफ़ुल नहीं, कोई मनाही-परहेज़ी भी सामने नहीं आई, और तो और पैसे-कौड़ी की भी कोई दिक्कत पेश नहीं आयी थी, बाप-दादा अकूत दौलत, घर-खानदान के एकलौते चिराग़ विश्वम्भर प्रसाद के लिए छोड़ कर इस फ़ानी दुनिया से रुख़सत हुए थे। लेकिन फिर भी विश्वम्भर प्रसाद ने एक दिन तय कर लिया तो बस कर लिया।

हालाँकि इसी विश्वम्भर प्रसाद का एक ज़माना ये भी गुज़रा था, कि शाम होते ही बोतल खुलनी ही खुलनी है, भले ही बीवी-बच्चों से मेल-मुलाक़ात हो ना हो। खाना मिले ना मिले। नौकर-चाकर हों या छुट्टी पर गये हों। कोई फ़र्क़ नहीं पड़ता था। वैसे भी उसे खाने की कोई ख़ास सुध नहीं रहती थी। हरेक चीज़ से कहीं ज़्यादा ज़रूरी विश्वम्भर प्रसाद के लिए एक समय सिर्फ़ पीना हुआ करता था। सुबह से दोपहर, दोपहर से संझा और संझा से देर रात तक भी विश्वम्भर प्रसाद जमके और शराब में रम के पीता आया था। पीने-पिलाने का हर एक दौर विश्वम्भर प्रसाद की इन्हीं आँखों ने देखा भी था, और अपने हरेक यार को दिखाया भी था। दारू के रंगीन दौर ख़ुद उसके और उसकी सोहबत के हर इनसान के लिए अनोखे नहीं थे। वो तो यारों-दोस्तों के बीच पक्का जाना-माना पियक्कड़ हुआ करता था। विश्वम्भर प्रसाद पूरी दुनिया घूमे बैठा था, दुनिया भर में दोस्ती जमा रखी थी, ठीक वैसे ही जैसे पूरी दुनिया में शराब के दौर पर दौर चलते देखता रहा था। आज इस शहर की महफ़िल, तो कल उस कूचे का फेरा। आज इस यार के यहाँ का जश्न तो कल ना जाने किस-किस संगी के यहाँ, कहाँ की अड्डेबाज़ी। कोई नियत वक़्त नहीं था, कोई तयशुदा अड्डा नहीं था, कोई एक पक्का साथी भी नहीं था पीने-पिलाने का।

पीना होता तो कभी भी कहीं भी चार दोस्त इकट्ठे किये और महफ़िल जमा ली। लेकिन अब जब विश्वम्भर प्रसाद ना पीने पर ज़िदिया ही गया था, तो कोई माई का लाल उसे शराब पिला भी नहीं सकता था, ये भी एक तयशुदा बात थी।

ये बात ठीक थी कि विश्वम्भर प्रसाद ने शराब से तौबा कर ली थी, लेकिन उसका एक-एक जानने वाला तो इस बात से परिचित था नहीं। अकसर देर रात को विश्वम्भर प्रसाद के किसी ना किसी जाननेवाले का फोन, तो कभी दरवाज़ा भड़ाभड़ बजने लगता।

कभी विश्वम्भर प्रसाद के दारूबाज़ दोस्त काशीनाथ सक्सेना, शहर से कहीं दूर बैठे मस्ती में दो-जाम चढ़ा कर फोन करते, "भाई विश्वम्भर प्रसाद...बड़ी याद आ रही है तुम्हारी...चले आओ कोई दिन...मितवा वो जो है मौसम बड़ा सुहाना हुआ है यहाँ...।"

विश्वम्भर प्रसाद शुरू-शुरू में प्रेम से जवाब भी देते रहे, "काशी, अब हमें ना बुलाओ मेरे दोस्त...अब शराब छोड़ दी है मैंने...अब वो सुहाना मौसम मेरे कुछ ख़ास काम का नहीं रहा...।"

यूँ ही एक दिन जानकी लाला की तरफ़ से फोन घनघनाया, "विश्वम्भर प्यारे, तुम कहाँ हो, दर्शन नहीं दिये कई दिनों से...। मैं आ जाऊँ तुम्हारे दुयारे...मिलकर बैठेंगे, कुछ तुम्हारी सुनेंगे, कुछ अपनी कहेंगे...।"

विश्वम्भर प्रसाद जवाब देता रहा, "आने को तो आ जाओ जानकी लाला... लेकिन पीने का चलन अब मेरी देहरी से उठ गया है...। बाक़ी तुम्हारी मर्ज़ी...।"

जानकी लाला, काशीनाथ से बेहतर खिलाड़ी थे, आगे बोले, "अरे तुम्हारे कहने से चलन उठ गया है...। अभी जानकी लाला के दिन पूरे नहीं हुए हैं...। अभी यार तुम्हारा अच्छा-भला ज़िन्दा है, तुम्हारी दुआ से...अरे देहरी क्या, पूरे घर-आँगन को महका देंगे मेरे दोस्त...तुम कहो तो कौन से दिन मुहूरत निकालूँ, आता हूँ फिर बात करता हूँ...अरे विश्वम्भर प्रसाद, शराब है ये शराब, कोई लौंडिया थोड़े है, के जब जी चाहा, जब आत्मा तर हो गयी तो पिंड छुड़ा लिया...जानकी लाला अगले इतवार तुम्हारी दहलीज़ पर खड़ा होगा, क़सम मुझे मेरी बोतल की, जो तुम्हें अपने हाथ से ना पिला दी, तब कहियो विश्वम्भर प्रसाद तुम...।"

विश्वम्भर प्रसाद का एक जिगरी दोस्त रमाकान्त चन्देल भी था, जो बड़ा प्रयोगवादी था। किस चीज़ में क्या मिलाकर पी जाएँ, कहना मुश्किल था। अपने इस अजीबोग़रीब प्रयोग को वो 'कौकटेल' की संज्ञा दिया करता था, जो कि 'एलीट-क्लास-कौकटेल' का उतना ही भद्दा प्रयोग निकलकर आता था, जितना ताजमहल की नकल कहे

जानेवाले 'चाँदबीबी के मक़बरे' को इतिहासकार 'महान फ़ूहड़ निर्माण' कहा करते हैं। रमाकान्त चन्देल के इस फ़िज़ूल-प्रयोगवाद के चलते उनके हाथ हमेशा तंग और जेबें प्रायः ख़ाली हुआ करती थीं। एक रात रोते-बिसूरते उसने भी अपने कुबेर-मित्र विश्वम्भर प्रसाद को फोन लगाया, और सीधे मतलब की बात करने लगा। रमाकान्त चन्देल ने रात दो बजे फोन करने की क्षमायाचना की सुध भी नहीं रही और ना ही उसके दिल में रत्ती भर भी कोई अफ़सोस या ऐसा कोई अहसास ज़ाहिर ही हो रहा था। उसने हिचकी ले लेकर जो बोलना शुरू किया तो उसे बीच में रोकना-टोकना ब्रह्मा के हाथ ही बचा था शायद। उसने अपने स्वरों के भीषण उतार-चढ़ाव के बीच अपनी कहानी शुरू कर दी...। प्रारम्भ में वो बहुत धीमा और मदिर था—

'भाई बिसम्भर...अब भला तुमसे भी छुपा है कुछ...एक बार फिर लाला से कर्ज़ा लेना पड़ा...तुम तो जानते हो, महँगाई के क्या हाल हैं, बेड़ा ग़र्क़ कर रखा है साली सरकार ने...''फिर रमाकान्त चन्देल के स्वर एकदम से बहुत तेज़ हो गये,...और ''वो साल मा...बड़ा वित्तमन्त्री बनके आया था, हिन्दोस्तान की वित्त-व्यवस्था सुधारने...। सब हिजड़े हैं स्साले...कुछ करने लायक बचे नहीं हैं...ये क्या बजट बनाएँगे...अरे बजट बनाना कोई रमाकान्त चन्देल से सीखे...।'' फिर रमाकान्त अपने स्वरों को मद्धिम करता गया...''...। कैसे बच्चों की फ़ीस, अम्मा का इलाज, मकान का किराया, बीवी की रसोई चलाता हूँ, मुझसे पूछो...आओ और मुझसे पूछो...'' सहसा उसका बात करने का अन्दाज़ फिर से बहुत तेज़-तर्रार हो गया...। है किसी के लाल में इतना दम कि वो मुझसे पूछ सके...मैं बताता हूँ तुमको...भाई बिसम्भर...सुन रहे हो ना...। देख रहे हो ना...सब तुम्हारे सामने हो रहा है, सब तुम्हारे सामने...।'' आखिरकार वापस उसने धीमे अन्दाज़ में अपने फोन करने का मन्तव्य बताया, ''...भाई बिसम्भर कुछ मदद कर देते इस आड़े बख़त पर...। कसम से बच्चों की दुआएँ मिलतीं तुम्हें भाई...। ठीक है तुमने पीना छोड़ दिया लेकिन यार तो अपने यार ही होते हैं, उनके वक़्त-ज़रूरत तो साथ दोगे ही ना बिसम्भर भाई...।'' और रमाकान्त चन्देल के स्वर क्रमशः धीमे होते गये, वो आँसू बहाते, हाथ में फोन का रिसीवर पकड़े-पकड़े सदा की तरह सो गया।

विश्वम्भर प्रसाद समझा-समझा के रह जाता कि वाक़ई नहीं पीता वो। अब उसकी लाल-द्रव्य को हलक़ में ढनगाने की सारी लालसा जाती रही। लेकिन कोई भी एक जैसे, सुनने को तैयार नहीं था उसके दिल-जिगर के हाल, उसकी अन्तआर्त्मा की आवाज़, उसके मन की बात।

एक दिन रफ़ीक़ मियाँ बिना कोई ख़ैर-ख़बर दिए, सीधा विश्वम्भर प्रसाद के दरवाज़े पर आ धमके।

''अमाँ क्या सुन रहा हूँ मैं...तुमने तौबा कर ली है...अरे सब ख़ैरियत तो है?

हमसे कहो कोई गिला हो, तक़लीफ़ हो, कोई अनचाही आफ़त आ गयी हो, जो कोई भी मसला हो तो कहो मियाँ...हम यारों के यार हैं...यूँ मुँह ना फेरने देंगे तुम्हें...। मियाँ विश्वम्भर प्रसाद, ऐतबार ना हो तो आज़मा के देख लो हमें...जान निकल जाएगी, लेकिन मज़ाल है कि बात एक से दूसरे तक चली जाये...कहो विश्वम्भर भाई, मेरे यार हुआ क्या? हमें बताओ...भाभी ने क़सम दिलवा दी क्या...या कोई बेवफ़ाई हुई किसी ऐरी-ग़ैरी से...हमसे कहो मियाँ...।''

विश्वम्भर प्रसाद का सफ़ाई देने का भी सिलसिला रवां हो चला—

''नहीं रफ़ीक़ भाई, ऐसी कोई बात नहीं...विश्वास करो मेरा कुछ नहीं हुआ...कोई आफ़त गले नहीं पड़ी...कोई परेशानी नहीं आयी...और फिर तुम्हारी भाभी को क्या कमी है जो वो मुझे रोकेगी...भगवान की दया से रुपये-पैसे की कोई किल्लत नहीं उसे, ख़ुद भी बहुत रईस घर से है...क्या कपड़ा, क्या ज़ेवर, क्या शौक़-सिंगार, कुछ भी ऐसा नहीं जिसके नाते वो मुझे रोक-टोक सके...ऐसा कुछ भी नहीं हमारे घर...। और ऐरी-ग़ैरी से भला मेरा क्या वास्ता, जो वफ़ा-बेवफ़ाई याद रखता फ़िरूँ...। भाई कोई भी वजह नहीं...बस अब दिल भर गया दारू से...बहुत पी ली भई...पचास बरस से पी रहा हूँ, बिना एक दिन का भी नागा किये पिये जा रहा हूँ...। कितना और पियूँ...अब अच्छी नहीं लगती, बस्स...।''

बड़ी लानत-मलामत के बाद जाकर कहीं रफ़ीक़ मियाँ का डोला खिसका।

बद्री नारायण को भी एक दिन-रात बारह बजे विश्वम्भर प्रसाद को कुरेदना याद आ गया, जाम पर जाम खाली करता गया और एक निश्चित गति और स्वर में विश्वम्भर प्रसाद को फोन लगाकर बोलता गया, ''विश्वम्भर प्रसाद कैसे हो...। बड़ी सुरीली कन्या से टकराया हूँ...इसीलिए तेरी याद हो आयी मितवा...। रंगीन फ़िज़ा है, चले आओ इसी दम...बहुत दिन से तुम्हें देखा नहीं, किसी की बरही-छट्टी में मिले थे शायद आख़िरी बार...कहाँ ग़ुम हो जी तुम...।''

''बद्री, मैं तुमसे बरही-छट्टी में नहीं, तुम्हारे ही बाप की तेरही में मिला था। ज़्यादा समय गुज़रा नहीं अभी...। और तुम सुरीली कन्या के जाल में जा फँसे हो...शर्म आनी चाहिए दोस्त तुम्हें...।''

बेशर्म बद्री सुनने के लिए फोन थोड़े ही किए था, वो तो बस बके जा रहा था, ''शर्म काहे की मेरे प्यारे...कमाल है, कन्या से मिलने के लिए तुम्हीं मरे जाते थे, अब मैं मिला रहा हूँ, तो शरम-लज्जा का सबक़ सिखा रहे हो...बाप-महतारी तो एक दिन सभी के बिछुड़ ही जाते हैं...तो क्या जीना छोड़ दूँ...साथ आओ, बैठो तुम भी कुछ जी हल्का कर...। कुछ घड़ी तुम भी जी लो मेरे यार...।''

एक बार रोते-कलपते अयोध्या तिवारी ने रात दो बजे अपने फोन से विश्वम्भर प्रसाद को जगा दिया, ''विश्वम्भर प्रसाद, अब नहीं बचेगी ये...डॉक्टर ने जवाब दे

दिया है...तुम मिल जाते तो कितना सुकून मिल जाता मुझे...तुम्हारे कन्धे पे सर रखकर दो आँसू बहा लेता तो जी हल्का हो जाता मेरा...अपनी भाभी के हाथों की जलेबियाँ अब नसीब नहीं होंगी तुम्हें...।''

और अयोध्या तिवारी की दहाड़ मार के रोने की आवाज़ों ने रात के सन्नाटे को ध्वस्त कर दिया।

अपनी उचटी हुई नींद के साथ विश्वम्भर प्रसाद, अयोध्या को ढाँढ़स देता रहा और सुबकते-सुबकते नशे में धुत्त अयोध्या अपना फोन लिए-लिए है रमाकान्त चन्देल की तरह ही लुढ़क गया।

विश्वम्भर प्रसाद को समझ नहीं आ रहा था कि वो करे तो क्या करे। उसने पीना क्या छोड़ दिया, लोगों ने उसका जीना हराम कर दिया है। बहुत सोच-विचार के उसने फोन का कनेक्शन कटवा दिया, लेकिन स्थितियाँ पहले से भी बदतर हो गयी थीं। अब लोग-बाग जब-तब, वक़्त-बेवक़्त उसके घर आने लगे। अब तो किसी भी चाहे-अनचाहे के घर पर आ टपकने की ख़बरें भी फोन पर मिलना मुमक़िन नही रह गया था। खाना खाते हुए अगली रोटी थाली में गिरने से पहले किसी दोस्त के आने की ख़बर मिलती, तो कभी गुसलखाने के भीतर प्रवेश करते ही उसका छोटा बेटा चीखकर फ़लां मित्र के आने की सूचना देता। देर रात बीवी की ओर करवट करते ही किसी नौकर की पुकार सुनता, ''मालिक आपका कोई दोस्त दरवाज़े पर दस्तक दे रहा है...।'' तो कभी कारोबार के कागज़ जैसे ही मेज़ पर फ़ैलाकर बारीक़ी से उन्हें देखने के लिए बैठता, कोई यारमय अपने साज़-ओ-सामान बैठक में उसका इन्तज़ार कर रहा है, इसका समाचार उसे दिया जाता। इन रात-दिन आनेवालों ने विश्वम्भर प्रसाद का खाना-पीना, सोना-जागना, हगना-मूतना, जीना-मरना सब दूभर कर दिया था। हर एक को पूरी तन्मयता से समझाना पड़ता कि उसने अपनी इच्छा से शराब छोड़ी है ना कि किसी भी दबाव या परेशानी से।

विश्वम्भर प्रसाद परेशान होकर सोचता, 'क्या मैं अखबार में इश्तिहार दे दूँ कि मैंने पीना छोड़ दिया है...कैसे मैं अपने चारों ओर के लोगों से निजात पाऊँ...। हे भगवान तुम्हीं कोई रास्ता सुझाओ...।'

''कुछ दिनों तक विश्वम्भर प्रसाद ने ख़ुद को घर में इस तरह छुपा के रखा कि हर आने-जाने वाला ने समझा वो घर पर नहीं है। उसने अपने बीवी-बच्चों से भी झूठ कहलवाने में झिझक महसूस नहीं की, कि 'घर पर नहीं हैं, बताकर नहीं गये हैं कि कहाँ गये हैं और कब लौट कर आएँगे...।''

कुछ दिनों तक ये परदा ढँका रहा लेकिन फिर ये राज़ भी खुलना ही था। यार-दोस्त कभी ना कभी उसे छेक ही लेते और वही पुराना राग सुनाने लगते...।

''यार अब ऐसे नहीं चलेगा...कोई दो दिन के मीत तो तुम हो नहीं कि तुम्हारे

जैसे यारबाज़ को हम भूल जाएँ...ना सही पहले की तरह रोज़ाना, फिर भी हफ़्ता-पन्द्रह दिन में तो एक बार तुम्हें साथ में जमना ही पड़ेगा...। गुरू हम तुम्हें ऐसे नहीं छोड़ेंगे...हमसे अलग होने की फिराक़ में ना रहो...।''

विश्वम्भर प्रसाद कहे तो क्या कहे। चुपचाप बिना कोई जवाब दिये निकलने लगा। 'दग़ाबाज़' होने की भी सारी तोहमतें उसके सर मढ़ दी गयी, लेकिन विश्वम्भर प्रसाद अपने निर्णय से नहीं डिगा। धीरे-धीरे उसने पाया बिना फोन के ख़ुद उसे उसके काम-काज को लेकर बड़ी दिक्कतें हो रही हैं, लिहाज़ा उसने फोन का कनेक्शन भी बहाल कर लिया, और घर के भीतर छुप के रहने से भी उसने परहेज़ किया। शराब के लिए उसके यारों की नसीहतें-मश्विरे और प्रेम-अनुनय-विनय विश्वम्भर प्रसाद की ज़िन्दगी का हिस्सा बन गये। विश्वम्भर प्रसाद ने ख़ुद को उन रोज़-रोज़ के हल्क़ान करनेवाले माहॉल का आदी बना लिया।

एक रोज़ विश्वम्भर प्रसाद अपने घर की देहरी तक आया तो उसने घर का किवाड़ खुला पाया। अन्दर कुछ हा-हा-हू-हू भी सुनाई पड़ने लगा। विश्वम्भर प्रसाद ने घर के भीतर क़दम रखा तो देखा घर की बैठक में उसके चार-पाँच पुराने दोस्त बैठे मज़े से ठहाके लगा रहे हैं और मेज़ पर खूब दारू-नमकीन भी सजा हुआ है। मयनोशी की ये मंडली देखकर विश्वम्भर बड़ा हैरान हुआ। विश्वम्भर प्रसाद के मुँह से कुछ निकलता, उससे पहले ही उन दोस्तों में एक ने उसे दावत दी—

''आओ आओ विश्वम्भर भाई, तुम्हारा ही इन्तज़ार कर रही है हमारी मंडली...आओ बैठो...।''

विश्वम्भर प्रसाद बड़ी सादगी से बोला, ''मैंने बताया तो था अब नहीं पीता मैं। मैंने शराब छोड़ दी है...।''

''अरे पीना छोड़ा है ना प्यारे, केवल चखने में क्या बुराई है। हम कौन-सा तुम्हें भर घड़ा पिलाने आए हैं या के नहलाने आए हैं...कुछ अपनी कहेंगे, कुछ तुम्हारी सुनेंगे और कुछ तुम्हें सुनाएँगे भी, और चुपचाप उठकर सिर झुकाए तुम्हारे दर से चले जाएँगे...विश्वम्भर पल दो पल का साथ निभाओ यार कम-से-कम...आओ बैठ जाओ हमारे नज़दीक...आओ आओ...।'' 'दूसरे दोस्त ने पेंग बढ़ाई।'

विश्वम्भर प्रसाद फिर सीधा-सपाट एक वाक्य बोलकर ख़ामोशी से उनके साथ बैठ गया, '' ठीक है बैठ जाता हूँ...लेकिन पीना छोड़ दिया है तो बस छोड़ दिया...। पीने को मत कहना...।''

विश्वम्भर प्रसाद ने नौकर को आवाज़ दी और पानी, गिलास-वगैरह का बन्दोबस्त करवा दिया। कुछ और मेवों और घर के बने नमकीन ने भी दोस्तों के जोश में इज़ाफ़ा कर दिया। विश्वम्भर प्रसाद ने अपने लिए एक सादा-सा कोक मँगवाया और साथ देने के लिहाज से बगल में रख लिया। आख़िर वो अपने दोस्तों का मेज़बान

तो था ही। विश्वम्भर का कोक देखकर एक और दोस्त ने उसी वक़्त घोषणा कर डाली, 'भाई विश्वम्भर प्रसाद पिएँ ना पिएँ। हम तो पिएँगे...दबा के पिएँगे, सुना के पिएँगे, गुनगुना के पिएँगे...क्यों भाईयों क्या कहते हो...।''

सारे दोस्तों ने एक स्वर में हामी भरी और बोतलें खुलनी प्रारम्भ हो गयीं।

बोतलें खुली थीं तो सुरूर चढ़ना भी आरम्भ हो गया। विश्वम्भर प्रसाद को ख़ामोशी से बैठा देखकर दोस्त उसे उकसाने लगे। लेकिन विश्वम्भर पर कोई असर ना हुआ। दोस्तों ने उसे ललचाना शुरू कर दिया।

''भाई ये केसर-कस्तूरी राजस्थान से स्पेशल मँगवाई थी विश्वम्भर प्रसाद के लिए...लेकिन अफ़सोस, वो तो पीना छोड़ चुका है, हम ही पी लेते हैं उसके नाम पर...। क्यों भई विश्वम्भर प्रसाद ठीक है ना...बाद में कोई गिला ना करना कि सामने-सामने गटक ली और पूछा भी नहीं...। बार-बार पूछ रहे हैं प्यारे तुमसे...।'' गिलास भरते हुए, और विश्वम्भर को दिखाते हुए एक थोड़ा कमीने किस्म का दोस्त बोला।

विश्वम्भर फिर भी ख़ामोश रहा। उसने कोक के दो घूँट हलक़ में उतार लिए।

दूसरे ने विश्वम्भर को और कोंचा, ''देखो दोस्त नहीं पीने का विचार दुरुस्त तो है तुम्हारा, लेकिन केसर-कस्तूरी को गँवाकर बहुत पछताओगे क़सम से...। जो बात केसर-कस्तूरी में है, वो तुम्हारे इस नामुराद झटुअल कोक में क्या...इन दोनों की कोई बराबरी ही नहीं विश्वम्भर भाई। देखो अब रोज़-रोज़ तो ताहिर उधर से आएगा नहीं, और ना हमें इस नशीली चीज़ का आस्वादन ही नसीब होगा। भई वाह, क्या खुशबू है, क्या रंग है, क्या ख़ुमारी है...। प्यारे विश्वम्भर भइय्या मेरी बात मानो तो तुम भी एक पैग उड़ेल लेयो धीरे से, कुछ फ़रक़ नहीं पड़ेगा। ना पीने की तुम्हारी क़सम पर भी कोई आँच नहीं आएगी, ये बात बाहर नहीं जाएगी, चाहे तो कसम ले लो कस्तूरी-केसर की...यहीं के यहीं ख़तम हो जाएगी...समझ रहे हो ना...। क्यों विश्वम्भर भाई क्या कहते हो...।''

विश्वम्भर ने फिर कोई जवाब नहीं दिया।

विश्वम्भर प्रसाद के दिल पर कोई सुगबुगाहट नहीं दिखी तो फिर एक दोस्त ने अपनी नयी तरक़ीब बड़ी अदा से आज़माई, बोला, ''क्या यार तुम लोग भी देसी तरल पर जान देते फिरते हो...विश्वम्भर प्रसाद पैदा भले ही हिन्दोस्तान में हुआ है लेकिन उसकी पसन्द खालिस विलायती है...। ये बात सिर्फ़ मैं जानता हूँ...मैं उसका पक्का यार जो ठहरा, तुम लोगों की तरह नहीं हूँ मैं...'कहते-कहते उसने अपने बैग से शराब की एक काफ़ी महँगी बोतल निकाली, 'ये देखो विलायती स्कॉच लाया हूँ मैं विश्वम्भर भाई के लिए...अरे विश्वम्भर का टेस्ट भला मुझसे ज़्यादा कौन जानता है...।''

दोस्तों ने विलायती बोतल देखकर, ज़ोर-ज़ोर कहकहे लगाये और विश्वम्भर का जमकर हौसला बढ़ाया। लेकिन विश्वम्भर प्रसाद भी एक ही मिट्टी का बना था, टस के मस ना हुआ। ख़ामोश बैठा मुस्कराता रहा। सबको पीता देखता रहा। सबका चढ़ता-उतरता नशा देख-देख कर, सबकी बहकी-बहकी बातें सुन-सुन कर आनन्दित होता रहा।

आज विश्वम्भर प्रसाद हमेशा से ज़्यादा खुश था। उसका ये अहसास आज पक्का हो चुका था कि शराब के बिना भी ज़िन्दगी बेहद खुशग़वार हो सकती है। आज उसे ना पीने में भी अलग ही सुरूर था। वो बिना एक भी घूँट पिये मुस्करा रहा था। विश्वम्भर प्रसाद पर उसके इन झूमते हुए दोस्तों का नशा तारी था। शायंद वो ख़ुद दोस्ती के नशे में झूम रहा था।

कुछ देर बाद शेर-ओ-शायरी का दौर चला। उन दोस्तों की मंडली में ग़ालिब, मीर, सौदा, आतिश, ज़ौक़, ज़फ़र, फ़ैज़ से लेकर दुष्यन्त कुमार, निदा फ़ाज़ली, वसीम बरेलवी और राहत इन्दौरी तक के सारे शायरों के क़लाम उस महफ़िल में ससम्मान बुला लिए गये।

अगर एक ने खुमारी में एक शेर मारा, तो दूसरे ने नहले पर दहला फेंका।

जब रात आधी से ज़्यादा ढल गयी, तो शेर-ओ-शायरी से नाता तोड़कर, गीत-संगीत की महफ़िलें भी दोस्तों ने जमा दीं। भाँग-धतूरे में खोये हुए शिव-शंकर के भक्तों की तरह विश्वम्भर प्रसाद के सारे दोस्त कभी फाग गाते तो कभी बिरहा की हूक में अपनी अरसों-बरसों की भूली-बिछड़ी प्रेमिकाओं और जिनकी बीवियाँ मर चुकी थीं उनकी याद में आँसू बहाते रहे। विश्वम्भर प्रसाद के दोस्तों ने बिन मौसम कजरी भी गायी और सोहर-बन्ना-बन्नी-घोड़ी-सेहरा गा-गाकर ख़ुद का और सारे मित्रों का दिल भी खूब बहलाया। विश्वम्भर प्रसाद बैठा देखता रहा, उत्साह बढ़ाता रहा, आनन्दित होता रहा। ढोलक-मजीरा की थाप पर उसके यार-दोस्त देर रात तक गाते-गुनगुनाते थिरकते रहे।

ना केसर कस्तूरी, ना विलायती स्कॉच, ना ही महुआ का ठर्रा और ना रम-विस्की-जिन कुछ भी आज विश्वम्भर प्रसाद के अटल इरादों को हिला नहीं पायी, ना उसके मन को डुला ही सकी। लेकिन वो फिर भी चहक रहा था। उसे मित्रों के संग बिना पिये भी झूमना बड़ा रास आ रहा था।

विश्वम्भर प्रसाद आज बहुत खुश था, कि उसके ख़ुद के किए हुए प्रण पर आँच तक नहीं आयी, और उसके दोस्त भी उसकी सोहबत का रस बड़े मनोयोग से लेते रहे।

महफ़िल तो आख़िरकार बर्ख़ास्त होनी ही थी, सो हुई और विश्वम्भर प्रसाद के सभी

दोस्त-यार और पीने-पिलाने के पुराने जमावड़ी विदा भी हुए। उनमें से कुछ अगर पीने-पिलाने के इस लम्बे दौर के बाद भी घर जाने लायक़ ठीक-ठाक हालत में थे तो दो-एक ऐसे भी थे जिन्हें अपने साथियों के सहारे की ज़रूरत पड़ रही थी।

चलते-चलाते जानकी लाला ने बड़ा आभार जताया, ''भई, आज तो बड़ा मज़ा आया विश्वम्भर। अर्से बाद इतनी गुलज़ार महफ़िल नसीब हुई। जब से तुमने लाल परी का साथ छोड़ा है, प्यारे, समझो कि हमलोग तो बेआसरा हो गये थे।''

''हाँ, वैसे भी जब से विश्वम्भर ने पीने से तौबा की है, हमें तो महफ़िल जमाने के लिए जगह के भी लाले पड़ने लगे थे...''दूसरे ने होश में काबिज़ ना रहते हुए भी अपना दुःख सुना दिया।

चन्देल ने नशे में डूबे स्वर में इस बात की ताईद करते हुए फुलझड़ी छोड़ी, ''और हम तो सोचते हैं कि इस सिलसिले को जारी रखा जाए। अरे, विश्वम्भर नहीं पीता तो कोई बात नहीं। यह जगह तो है और ऊपर से विश्वम्भर का साथ। हम तो सोचते हैं कि हर शनिवार को यहीं बैठकी हो। क्यों दोस्तो।''

इस पर नशे में डूबे स्वरों के एक ज़ोरदार कोरस ने मुहर लगाते हुए ऐलान किया कि अब से हर शनिवार को सब यहीं इकट्ठा हुआ करेंगे। और यह ऐलान करके सारी मंडली गाती-गुनगुनाती, लहकती-चहकती, गिरती-डगमगाती रुख़सत हुई।

उन सब के जाने के बाद दरवाज़ा बन्द करके अपने कमरे की तरफ़ लौटते हुए विश्वम्भर को अपना सुरूर कुछ हल्का होता लगा। नौकर-चाकर बेहद ही अस्त-व्यस्त हुए कमरे को ठीक करने लगे। बर्तन, बोतलें, दरी, खाने-पीने के बिखरे सामान समेटने लगे। ढोलक-मंजीरा-झाँझ बहोरने लगे। लेकिन इन सब चीज़ों से अलहदा विश्वम्भर के कानों में बार-बार जानकी लाला और चन्देल की सुरमयी बातें और दोस्तों के बुलन्द ऐलान गूँजने लगे।

कभी-कभार की बात तो और थी, पर अगर हर हफ़्ते यह मंडली बग़ैर नागा किये इसी किस्म की बैठक उस के घर जमने-जमाने लगी तो कितने दिन उसका ये सुरूर, ये संयम, दिल-जिगर की ये मजबूती क़ायम रह पाएगी। ये सब विश्वम्भर प्रसाद के लिए घोर चिन्तन का विषय बन गया था, उसके लिए ये बेहद गम्भीर रूप से शोचनीय बात थी। वो इसी गम्भीर चिन्तन में डूबा हुआ था। और उसे नींद तब जाकर आयी जब आसमान पर सूरज ने हल्की-सी दस्तक दी थी। न सही लाल पानी, सूरज की मद्धम लालिमा ही उसके लिए नींद की गोद बनी, और वो गहन अवसाद जैसा टेढ़ा गम ओढ़कर, इसी चिन्ता को सिरहाने रखकर सो गया, कि 'केसर-कस्तूरी' से कहीं फिर से राबेता ना बन जाए।

❑❑❑

णाणं

पयासयं

वीर नि.सं. 2470

भारतीय ज्ञानपीठ

ई.सन् 1944